Benjamin Stückelberger

Feuertaufe

Ein Fall für Pfarrer Gabathuler

Kriminalroman

Atlantis

www.atlantisliteratur.ch
Lektorat: Andreas Feßer
Covergestaltung: Lara Flues
Covermotiv: iStock /panaramka und den-belitsky
Satz: Tristan Walkhoefer, Leipzig
Gesetzt aus der Stempel Garamond LT / 240115
Druck und Bindung: Friedrich Pustet, Regensburg
Auch als E-Book erhältlich
ISBN 978 3 7152 5525 5

I

Noah Felix Wildgruber, ich taufe dich auf den Namen des Vaters und des Sohnes und des Heiligen Geistes.«

Gabathuler blickte liebevoll auf das kleine Wesen, das er sorgsam in seiner linken Armbeuge hielt. Während er diese Worte sprach, tauchte er dreimal die Finger der rechten Hand in die Schale mit dem Taufwasser, und jedes Mal zeichnete er ein Kreuz auf die Stirn des Kleinen. Danach hielt er die Hand segnend über das Kind und sagte: »So spricht Gott: Meinen Bogen stelle ich in die Wolken, der soll ein Zeichen des Bundes zwischen mir und der Erde sein. Nie wieder soll eine Sintflut kommen, um die Erde zu verderben.« Dann gab Gabathuler das Kind zurück in die Arme der Mutter.

Wie immer bei diesem urtümlichen Ritual verfolgte die Gemeinde gespannt das Tun des Pfarrers. Das Zeichen der Taufe hatte etwas Magisches. An dem neugeborenen Kind wurde ein Ritual vollzogen, in dem so vieles zusammenkam. Staunen und Hoffen, Dank und Verantwortung, die Freude am Neuanfang und das Wissen um die Grenze. Der Taufe haftete etwas Geheimnisvolles an. Sie gehörte in die Reihe jener Rituale, wie sie seit Menschengedenken in allen Kulturen begangen wurden, wenn ein neuer Mensch auf die Welt kam.

Heute waren die Männer und Frauen besonders andächtig. Denn Pfarrer Gabathuler taufte sein eigenes Kind.

Bei den Gemeindegliedern, die regelmäßig den Gottesdienst besuchten, hatte es sich längst herumgesprochen, dass der Pfarrer Vater würde. Dass Gabathuler nicht verheiratet war, versuchte man als aufgeschlossene Gemeinde selbstverständlich zu akzeptieren. Seine Partnerin Barbara Wildgruber lebte im Südtirol, wo sie einen eigenen Weinberg bewirtschaftete. Aber sie kam natürlich zu Besuch nach Winterthur-Ganterwald. Und so konnte die Gemeinde mitverfolgen, wie der Bauch von Frau Wildgruber immer runder wurde. Für die Wintermonate hatte Barbara zudem ihr Gut im Südtirol zugemacht und ihre Zelte in der Schweiz aufgeschlagen. So kam es, dass Noah Felix Ende Januar im Kantonsspital Winterthur geboren worden war.

Nun, am Sonntag nach Ostern, hatte das Paar den Kleinen zur Taufe gebracht. Als Patin hatte Gabathuler seine Halbschwester Bettina Zumbühl angefragt. Seinen besten Freund aus Polizeitagen, Frank Herzog, konnte er für das Amt des Paten gewinnen. Auf Barbaras Seite hatten ihr jüngerer Bruder Alexander und Veronika Pichler, eine Winzerfreundin aus dem Südtirol, diese Rollen übernommen.

Es lag in der Natur der Sache, dass Taufgottesdienste meist etwas besser besucht waren. Die Tauffamilien drückten die Besucherzahl nach oben und den Altersdurchschnitt nach unten. Heute schien es etwas anders gelagert zu sein. Zwar hatten auch Barbara und Gabathuler Freunde und Verwandte eingeladen. Gabathuler konnte aber sehen, dass auch die sogenannten normalen Gemeindeglieder in erhöhter Zahl gekommen waren. Und die Kirchenpflege war gut vertreten. Der neue Pfarrer brachte seinen Sohn zur Taufe. Da wollte, nein, da musste man dabei sein.

Nach dem Gottesdienst fand ein Kirchenkaffee statt. Viele nutzten die Gelegenheit, dem jungen Pfarrer und seiner Partnerin zu ihrem Sohn zu gratulieren. »Jetzt noch persönlich«, wie es immer wieder hieß. Denn bereits zur Geburt hatte Gabathuler viele Zuschriften und Geschenke aus seiner Gemeinde erhalten. Es war ein heiteres Zusammensein nach dem Gottesdienst. Auch Barbara fühlte sich sichtlich wohl. Die vielen Hände, die ihr gratulierten und ihr zumeist völlig unbekannt waren, nahm sie Mal für Mal aufrichtig dankend entgegen.

Anschließend zog die kleine Familie weiter in den Torkel. Bald nach Gabathulers Ankunft in Ganterwald hatten sich Barbara und er mit Angelika Schubert, der Inhaberin dieses exquisiten Restaurants, angefreundet. Gabathuler liebte ihre Küche, und Barbara hatte in Angelika eine Fachfrau gefunden, mit der sie sich auf Augenhöhe über Weine austauschen konnte. Und beide freuten sich an ihrer unkomplizierten Heiterkeit.

Die Gesellschaft stieß mit einem guten Glas Wein aus Barbaras Weinberg auf den neuen Erdenbürger und die junge Familie an. Angelika Schubert wäre als Freundin der beiden natürlich zum Essen im Familien- und Freundeskreis eingeladen gewesen. Aber sie hatte dankend abgelehnt. In ihrem eigenen Lokal hätte sie nicht in Ruhe am Tisch sitzen und sich den Gesprächen hingeben können. Sie ließ es sich aber nicht nehmen, jeden Gang persönlich zu servieren. So war sie wenigstens auf Distanz immer wieder Teil der Taufgesellschaft.

Die Nachricht von Barbaras Schwangerschaft hatte Gabathuler umgehauen. Die Gefühlslandschaften, die er an jenem Samstagabend und in den Tagen danach durchwandert hatte, umfassten freudige Höhen, aber auch dunkle

Täler. Viel unromantischer als via Textnachricht hätte Barbara ihn über seine bevorstehende Vaterschaft nicht informieren können. Zudem erreichte ihn diese inhaltsschwere Botschaft doch ziemlich unvermittelt. Der Kurzmitteilung waren viele Wochen des Schweigens von ihrer Seite vorangegangen. Andererseits erfüllte ihn die Aussicht, Vater zu werden, mit großer Freude. Und mit Stolz. Ein Geschenk des Lebens erwartete ihn, eine herausfordernde, schöne Aufgabe. Dann wiederum musste er feststellen, dass diese Aussicht so gar nicht in ihren Lebensplan passen wollte. Denn sie hatten gar keinen Plan – ihre gemeinsame Zukunft stand bis eben noch grundsätzlich infrage. Und nun waren sie in einer Weise aneinandergebunden, dass sie sich gar nicht ausweichen konnten.

Gabathuler wartete ein paar Tage, bis er Barbara anrief. Danach telefonierten sie regelmäßig und lange. Mit der Zeit gingen sie dazu über, per Videotelefonie miteinander zu sprechen. Das war doch sehr ungewohnt für Gabathuler. Schließlich pflegte er sonst bei längeren Telefongesprächen durchs Büro oder die ganze Etage zu wandern. Er lernte es zwar zu schätzen, Barbara und ihren werdenden Bauch sehen zu können. Andererseits suggerierte das Bild eine Nähe, die so nicht existierte. Die Körpersprache war doch nur eingeschränkt lesbar. Und so konzentrierte er sich lieber auf ihre Stimme, um zu hören, was genau sie zu sagen hatte.

Nachdem sie sich für einen gemeinsamen Weg entschieden hatten, galt es für sie herauszufinden, wie denn dieser aussehen sollte. Zum einen mussten rechtliche Fragen geklärt werden. Weiter mussten sie sich überlegen, wie Gabathuler das Kind sehen und eine Beziehung zu ihm aufbauen konnte. Sie diskutierten auch die Möglichkeit, dass Barbara definitiv nach Winterthur ziehen könnte. Doch wurde schnell klar, dass dies keine wirkliche Option war. Barbara wollte ihren Weinbaubetrieb im Südtirol nicht aufgeben. Und Gabathuler sah für sich erst recht keine berufliche Zukunft auf ihrem Hof. Weiter stellte sich die Frage, inwieweit er sein Haus für ein Kleinkind einrichten musste. Mit dem werdenden Kind rückte schließlich ganz grundsätzlich die Familie ins Blickfeld, und sie stellten fest, dass Gabathuler Barbaras Eltern und Bruder noch gar nicht kannte. Die Adventszeit hatten sie dafür genutzt, Besuche zu machen. So lernte er Monika und Thomas Wildgruber beim Schein der Adventskerzen und in Gegenwart ihres noch ungeborenen Enkelkindes kennen. Auch Alexander, Barbaras jüngerer Bruder, war zugegen. Der nicht sehr gesprächige Enddreißiger lebte immer noch allein, arbeitete in der IT-Abteilung einer Schweizer Regionalbank und schien mit sich und der Welt zufrieden.

So saß nun eine schöne Runde an einem langen Tisch im Torkel und genoss das Essen, das Angelika Schubert und ihr Team vorbereitet hatten. Für Gabathuler war es eine seltsame Erfahrung. Zusammen mit Barbara und dem kleinen Noah war er so etwas wie der Mittelpunkt der Gesellschaft. Diese Rolle war ihm zwar nicht unbekannt. Aber heute saß er nicht als Chef einer Ermittlungsgruppe beim Bier in einer Beiz und auch nicht als Pfarrer an einem Sitzungstisch. Er befand sich vielmehr an einer großen Tafel mit weißen Tischtüchern, umgeben von Freunden und Verwandten, die sich nicht kannten und doch zusammengehörten. Noah verband sie alle. Er fügte sie zu einer Familie zusammen.

Gabathuler hatte eine kleine Ansprache vorbereitet. »Eines ist klar am heutigen Tag«, sagte er. »Keiner weiß, wohin die Reise geht. Am allerwenigsten der kleine Noah

Felix. Wir sind froh und dankbar, dass ihr unsere Reisegefährten seid.« Dann erhob er das Glas, und wenig später wurde die Vorspeise serviert.

Es dauerte ein wenig, bis die Reisegruppe sich angewärmt hatte. Doch je länger sie aßen und tranken, desto freier wurde die Atmosphäre. Die Gespräche kamen in Gang.

Irgendwann während des Hauptgangs hielt Gabathuler inne und blickte in die Runde. Er sah, wie Barbaras Eltern gemeinsamen Boden mit Frank und dessen Frau Ursina gefunden hatten. Barbaras Vater und Kevin, der Sohn von Frank und Ursina, hatten Gefallen aneinander gefunden, während Franks Tochter Livia immer wieder zum Kinderwagen schlich und den kleinen Noah bestaunte. Bettina hatte es geschafft, dem etwas einsilbigen Alexander ein paar vollständige Sätze zu entlocken.

Das war nun also sein neues Leben. Er hatte eine Familie! Er, der als Einzelkind groß geworden war und vor einigen Jahren seine Eltern begraben hatte, feierte nun im großen Kreis die Gründung seiner eigenen Familie.

Gabathuler blickte zu Barbara. Ihr langes schwarzes Haar fiel über ihre Schultern. Ein Haarreif hielt ihr dezent geschminktes Gesicht frei. Und in ihrem Ohr steckte eine goldgefasste Perle. Sie sah wunderbar aus. Ruhiger Stolz und große Freude strahlten aus ihrem Gesicht.

Ja, so ein Anfang hat etwas Zauberhaftes, dachte Gabathuler bei sich.

Den Montag, den er als Pfarrersonntag hochhielt, konnte er noch in aller Ruhe mit Barbara und Noah begehen. Dann hatte ihn das Tagesgeschäft wieder.

»Wir befinden uns an einer Zeitenwende, vergleichbar mit der Französischen Revolution«, hatte Gabathuler dem kleinen Kreis erklärt, der in seinem Wohn-Esszimmer Platz genommen hatte. »Jedenfalls, wenn wir der Astrologin meiner Coiffeuse glauben dürfen.«

Gabathuler hatte zum Pfarrtreff eingeladen. Um die Möglichkeiten des geräumigen Pfarrhauses zu nutzen und den Austausch unter den Kolleginnen und Kollegen zu fördern, hatte er für das Winterhalbjahr diesen monatlichen Treff ins Leben gerufen. Er sorgte jeweils für ein kleines, aber feines Nachtessen und lud stets einen Referenten oder eine Referentin dazu. Das konnten Fachpersonen aus dem Bereich Kirche und Theologie, aber auch aus Wirtschaft, Politik und Kultur sein.

Ein Schmunzeln ging nach diesem prägnanten Einstieg durch die Runde. Daniele Rosso, Pfarrer an der Stadtkirche, lächelte besonders freundlich aus seinem südländischen Gesicht. Das Thema künstliche Intelligenz interessierte ihn. Er hatte erst kürzlich über seine Online Gaming Community eine virtuelle Kirchgemeinde kennengelernt, in der sich Menschen aus aller Welt mittels ihrer Avatare trafen und Gottesdienst feierten. Selbstredend war die Gottesdienstsprache dort Englisch, was den gebürtigen Italiener vor die Herausforderung stellte, nach der deutschen Sprache nun auch die englische lernen zu müssen.

Neben Rosso hatte Esther Wälti auf dem Sofa Platz genommen. Sie war Seelsorgerin an der psychiatrischen Klinik Winterthur, ging auf die sechzig zu und war über die Patientinnen und Patienten mit dem Thema in Berührung gekommen. Auch am Lebenshorizont von Susanne Kneubühler, der Dekanin des Pfarrbezirks Winterthur, tauchte die Pensionierung auf. Sie freute sich, dass ein Pfarrkollege aus eigener Initiative das Gespräch mit den anderen Fakultäten förderte, und war deshalb regelmäßiger Gast bei den Pfarrtreffs. Auf der Chaiselongue saß Werner

Aeschbacher. Er war einer der wenigen, die unabhängig von den Themen am Pfarrtreff teilnahmen. Als Pfarrer im kleinen Dägerlen freute er sich über den wiederkehrenden Austausch mit Kolleginnen und Kollegen. Sein Kopf war ebenso rund wie sein Bauch, und es war offensichtlich, dass ihm auch Gabathulers Speisen zusagten. Denn nachdem seine Frau samt den Kindern vor etwas über einem Jahr ausgezogen war, war der Kühlschrank zu seinem wichtigsten Gegenüber geworden.

»Man kann von dieser astrologischen Ansage halten, was man will«, fuhr Gabathuler fort. »Aber manchmal treffen solche Beobachtungen mit anderen zusammen und verstärken einen Eindruck. Der Zufall nämlich wollte es, dass ich noch am selben Abend auf CNN zwei aufeinanderfolgende Interviews sah. Im ersten sprach die Interviewerin mit Cat Stevens alias Yusuf Islam über sein neustes Album. Dabei fiel mir auf, wie sehr Yusuf die spirituelle Dimension der Musik hervorhob und die Bedeutung von Jesus für alle religiösen Menschen unterstrich. Danach folgte ein Interview mit einem Experten für künstliche Intelligenz. Darin wurde einerseits die Bedeutung der gegenwärtigen Entwicklung betont und gleichzeitig vor den unvorhersehbaren Konsequenzen dieser Technologie gewarnt.«

Das Schmunzeln des Pfarrkreises war nun einer gespannten Aufmerksamkeit gewichen. Dafür hatte sich ein wissendes Lächeln auf dem Gesicht des Referenten breitgemacht, den Gabathuler nun vorstellte.

Thomas Staudinger war Dozent an der Zürcher Hochschule für angewandte Wissenschaften, kurz ZHAW. Sein Forschungsgebiet war die künstliche Intelligenz.

Staudinger bedankte sich für die Einladung und begann sein Referat, indem er sagte: »Künstliche Intelligenz gibt es nicht.« Er führte aus, dass das, was gemeinhin künstliche

Intelligenz genannt wird, im Grunde einfach sehr leistungsfähige Maschinen seien, die Intelligenz vortäuschten. An mehreren Beispielen zeigte er auf, wie sehr die sogenannte künstliche Intelligenz bereits Teil unseres Alltags geworden sei. »Das beginnt mit dem Autokorrekturprogramm in Ihrem Computer oder Smartphone. Siri, das Spracherkennungsprogramm, das man als persönlichen Assistenten befragen kann, gehört dazu – oder die Fahrunterstützung im Auto bis hin zum Selbstfahrprogramm.« Aber auch in der Medizin, zum Beispiel bei der Analyse von CT-Bildern, werde bereits KI eingesetzt, ebenso wie bei Bewerbungsschreiben oder bei der polizeilichen Gesichtserkennung. »Das sind alles Gebiete, in denen künstliche Intelligenz bereits zum Einsatz kommt«, schloss Staudinger seine Aufzählung. »Grundsätzlich aber«, hielt er fest, »weiß heutige KI nur, was man ihr vorher gesagt hat. Dann ist sie zwar unglaublich schnell. Aber selbstständig lernen kann sie nicht. Insofern ist KI viel K und wenig I, wenn Sie so wollen«, fasste er zusammen. »Sie braucht zum Beispiel eine Million Bilder, um eine Katze als solche zu erkennen, und noch einmal so viele, um sie von einem Hund zu unterscheiden. Ein Kind aber muss nur einmal eine Katze knuddeln, dann weiß es, was eine Katze ist, unabhängig davon, welche Farbe ihr Fell hat. Und es muss einmal einen Hund streicheln, um zu wissen, was ein Hund ist. Es wird für den Rest seines Lebens nie einen Hund mit einer Katze verwechseln.«

Nun unterbrach ihn Dekanin Kneubühler mit der naheliegenden Frage: »Weshalb gibt es denn zurzeit einen so großen Hype rund um die KI?«

»Weil mit ChatGPT an den Tag gekommen ist, wie leistungsfähig diese Instrumente geworden sind. Das hat die ganze KI-Community geschockt.«

»Mir macht das Angst«, warf Esther Wälti ein. »Ich habe gehört, dass die KI jetzt schon Gedanken lesen kann.«

Und Kneubühler fragte: »Hat das nicht enorme Auswirkungen auf die Arbeitswelt?«

»Natürlich. Ärzten zum Beispiel wird die Arbeit erleichtert, weil sie gewisse Berichte nicht mehr selber schreiben müssen. Oder ich als Wissenschaftler werde ungemein Zeit einsparen können. Die Flut an Publikationen, die ich eigentlich lesen müsste, kann ich unmöglich bewältigen. Die kann ich nun alle bei ChatGPT eingeben mit dem Auftrag, sie zusammenzufassen. Das ist eine enorme Steigerung der Effizienz.«

»Es geht aber noch weiter«, wandte nun Daniele Rosso ein. »Im Fernsehen werden bereits Wettermoderatorinnen künstlich erzeugt. Denen speist man den Text ein, und sie präsentieren das Wetter erstaunlich lebensecht.«

»Das glaub ich jetzt nicht«, sagte Wälti entsetzt. »Stimmt das?«

»Das stimmt. Solche Anwendungen werden bald auch an Hotelrezeptionen, am Empfang bei Firmen oder in Gemeindehäusern kommen.«

»Schön wäre es, wenn die für mich die Predigt halten könnten«, meinte Aeschbacher mit einem Lachen.

»Online-Kirchen gibt es jedenfalls schon.« Wieder schien das südländische Lächeln aus Rossos Dreitagebart hervor.

»Dazu müssen Sie bald gar nicht mehr in eine Online-Community. Die Technik ist bald so weit, dass man Ihr Hologramm auf die Kanzel abbilden kann. Dann müssen Sie dem Hologramm nur noch sagen, was es predigen soll. Die Predigt können Sie sich ebenfalls von KI schreiben lassen, und schon können Sie sonntags ausschlafen, und die Gemeinde feiert trotzdem Gottesdienst.«

»Wollen wir in einer solchen Welt leben?« Wälti wurde zunehmend unwohl.

»Das ist die falsche Frage«, meinte Staudinger, »denn wir leben bereits in dieser Welt. Die Frage muss lauten: Wie wollen wir uns darauf einstellen, und welche Rahmenbedingungen wollen oder müssen wir setzen. Welche gesetzlichen Regulierungen müssen wir einrichten, damit diese neue Technologie uns nicht aus den Händen gleitet.«

Die Gespräche wurden intensiv. Alle begannen zu ahnen, dass sich da tatsächlich gerade eine Revolution abspielte, die in ihren gesellschaftlichen Konsequenzen noch nicht erfasst werden konnte.

Gegen Ende des Abends meinte Kneubühler schließlich, an Staudinger gerichtet: »Sie wären die Lösung für mein Problem.«

Staudinger sah sie fragend an.

»Am kommenden Dienstag haben wir Pfarrkapitel. Die Referentin vom Zentrum für Kirchenentwicklung hat heute Nachmittag abgesagt. Sie ist krank. Könnten Sie da einspringen?«

»Das wäre mir eine Ehre«, meinte Staudinger. »Wir brauchen gesellschaftliche Kräfte wie die Pfarrschaft, die die Ethik im Blick behalten.«

Am nächsten Morgen sprach Gabathuler als Erstes per Videotelefonie mit Barbara. Natürlich wollte er auch unbedingt den kleinen Noah Felix sehen. Sie beschlossen, dass er über Mittag nach Andelfingen kommen und sie dort gemeinsam essen würden. Barbara war zwar nach Winterthur gekommen und hatte auch hier ihren gemeinsamen Sohn zur Welt gebracht. Aber es behagte ihr immer noch nicht, im Pfarrhaus zu übernachten. Zu stark war die Erinnerung an die tote Jelena, die an jenem Sonntag in ihrem Blut gelegen hatte. Deshalb hatten sie vereinbart, dass sie tagsüber gerne im Pfarrhaus sein könne, abends aber nach Andelfingen in Gabathulers Elternhaus gehe. Dann checkte er seine Mails. Es lag wenig Aufregendes im Eingang. Eigentlich fiel ihm nur eine Mail von Markus Engelhart auf, dem Sekretär der Gemeinde. Eine Frau, die neu nach Ganterwald gezogen war, wünschte einen Besuch des Pfarrers. Gabathuler schaute sich den Namen an. Pia Konrad hieß sie. Der Name sagte ihm etwas. Der Gemeindekartei konnte er entnehmen, dass sie erst seit einem Monat hier wohnte. Sie war dreiunddreißig Jahre alt und hatte einen Sohn. Als Zivilstand war »verwitwet« angegeben. Das half ihm nicht weiter. Er dachte weiter nach.

Die Gemeinde schickte allen neu Zugezogenen ein Begrüßungsschreiben. Per Antwortkarte konnten sie den Besuch eines Pfarrers wünschen. Frau Konrad hatte dies getan. Ungewöhnlich war am ehesten ihr Alter. So junge Menschen suchten in der Regel nicht von sich aus den Kontakt mit dem Pfarrer. Außer sie wollten heiraten oder ein Kind taufen lassen. Beides schien in diesem Fall nicht in der Luft zu liegen. Konrad. Pia Konrad. Woher kannte er diesen Namen?

Die folgende Woche war bereits gut belegt. Gabathuler nahm sich vor, bei Frau Konrad anzurufen und einen Termin frühestens in vierzehn Tagen zu vereinbaren. Dann setzte er sich an die Predigt für den Sonntag. Das Thema lautete »Barmherzigkeit«, und der biblische Text, den er für seine Predigt aussuchte, stand im Propheten Hesekiel.

Um dreizehn Uhr traf er in Andelfingen ein. Gabathuler erkundigte sich zuerst nach Noah. Der hatte sein Mittagessen schon bekommen und schlief nun friedlich in seinem Bettchen. Vorsichtig, als könne er mit bloßem Auge etwas zerbrechen, blickte er auf seinen schlafenden Sohn. Gabathuler musste lächeln. Auch das hatte sich im Laufe der Evolution tief in die Gene der Menschen eingeschrieben. Der Anblick eines ergeben schlafenden Kleinkindes berührte jede Menschenseele.

Danach setzte sich Gabathuler hungrig an den Tisch. Das war noch tiefer in den Genen eingeschrieben: Der Mensch muss essen. Barbara hatte Hühnerschenkel an einer raffinierten Currysauce gemacht und dazu einen Pinot Grigio aus dem Südtirol geöffnet. Allerdings trank nur Gabathuler Wein, denn Barbara stillte noch.

Nach dem Essen hatten sie noch Zeit, bis Noah wieder wach werden würde. Diese Zeit nutzten sie für etwas Weiteres, das tief in den Genen programmiert war.

Eine Dreiviertelstunde später gab Noah zu verstehen, dass er Hunger hatte. Barbara gab ihm die Brust. Dann machte sich die junge Familie auf zu einem Spaziergang durch den frühlingshaften Samstagnachmittag, der Mühe bekundete, sich für einen Wettermodus zu entscheiden. Wieder zu Hause erfreuten sie sich vor allem an ihrer Dreisamkeit. Die Erwachsenen tranken Kaffee, der Kleine bekam, was er brauchte. Noah wurde bald wieder müde, und während Barbara ihn ins Bett brachte, machte Gabathuler ein kleines Abendbrot parat. Trockenfleisch, Käse, Brot und eine Flasche Rotwein. Sie plauderten viel, freuten sich an ihrem Kind, genossen den Moment. Über ihre Zukunft sprachen sie nicht. Dann ging Gabathuler zurück nach Ganterwald. Er wollte zu Hause sein, wenn er am Sonntagmorgen aufstand und sich für den Gottesdienst vorbereiten musste.

Gabathuler hatte sich angewöhnt, morgens die Zeitung zu lesen. Was er früher eher bei Gelegenheit tat, hatte er nun zu einem täglichen Ritual werden lassen. Morgens nach dem Frühsport machte er sich Kaffee und griff sich die Zeitung. Er hatte sich bewusst für die Papierform entschieden, da er nicht noch mehr an den elektronischen Geräten hängen wollte. Er schätzte zunehmend die Sinnlichkeit des Papiers und die größere Ruhe beim Lesen. Umblättern der Seiten brauchte mehr Zeit als Scrollen und Swipen.

Weder die Sonntagszeitung noch das Radio hatten besondere Neuigkeiten zu berichten. Einzig der Arbeitsbesuch des US-amerikanischen Verteidigungsministers hatte auf den Inlandsseiten für ein gewisses Aufsehen gesorgt und lieferte auch heute Material für die Kommentarspalten. Ein solcher Arbeitsbesuch bei der neutralen Schweiz war ungewöhnlich. Die Zeitungen rätselten über den Grund. Die Rede war von engerer Zusammenarbeit in Sachen Cybersecurity. Die Stellungnahmen aber blieben vage. Den Rest der Zeitung überflog Gabathuler und legte sie dann beiseite.

Das blieb auch in der folgenden Woche so. Gabathuler konnte sich gut auf seine Arbeit konzentrieren. Er rief bei der Neuzuzügerin Pia Konrad an. Sie war Assistenzärztin am Kantonsspital Winterthur. Es dauerte eine Weile, bis sie einen Termin für seinen Besuch gefunden hatten.

Das halbjährliche Kapitel, zu dem die Pfarrer des Bezirks Winterthur jeweils zusammenkamen, fand diesmal im Gemeindesaal der Winterthurer Zwinglikirche statt. Zuerst wurden im Verein die Tagesordnungspunkte abgehakt sowie gemeindeübergreifende Fragen und Projekte besprochen. In der Kaffeepause nahmen sich alle Zeit, um sich mit den Kolleginnen und Kollegen auszutauschen. So stand auch Gabathuler an einem Stehtischchen und trank den mäßig schmackhaften Filterkaffee, während er darum bemüht war, die Gipfeli-Konfetti nicht allzu weit zu streuen. Kollege Lauber kam hinzu und meinte: »Das ist ja cool, dass der Staudinger jetzt gleich reden wird!« Lauber war Pfarrer in einer aufgeweckten, freikirchlich orientierten Gemeinde. Er gab sich alle Mühe, hip und modern zu wirken. Und da war »cool« das Wort der Stunde, wenn die Begeisterung ihn gepackt hatte.

»Wie seid ihr nur an diesen KI-Forscher herangekommen?«

»Ich habe ihn für den Pfarrtreff engagiert«, erklärte Gabathuler, »und Susanne Kneubühler fand dann, dass das ein Thema fürs Kapitel sei.«

»Ihr müsst unbedingt auch mal an die Pfarrtreffs kommen«, schaltete sich Esther Wälti ein. »Vor Staudinger hat der CFO des größten Schokoladeproduzenten der Welt referiert. Den konnten wir dann mit Fragen zu fairem Handel und zur Kinderarbeit löchern.«

»Und war nicht auch der Forschungsleiter einer international agierenden Solartechnikfirma bei dir?«, fragte nun Kerstin Caduff, eine weitere Pfarrkollegin mit ihrem klaren Bündner Dialekt.

»Das war im letzten November«, bestätigte Gabathuler.

»Das finde ich gerade so spannend an diesen Pfarrtreffs«, setzte Wälti wieder ein. »Du kommst ins direkte Gespräch mit Verantwortungsträgern, die an Themen arbeiten, die uns in der Kirche ja ebenfalls beschäftigen.«

»Am Freitagabend ist für mich leider immer ungünstig«, bedauerte Caduff.

»Ja, es ist immer unglaublich viel los«, doppelte Kollege Raeber nach. »Es fehlt mir einfach die Zeit!«

Auch Christian Weber, Pfarrer in Hegglingen, stand dabei und nickte bestätigend, schwieg aber, weil er gerade mit dem zweiten Gipfeli und der dritten Tasse Kaffee beschäftigt war.

Auch Gabathuler nahm einen Schluck und überlegte sich währenddessen, was er nun sagen sollte. Lauber unterstrich noch einmal: »Ich würde ja gerne kommen, aber eben die Zeit ist schon ein Problem.«

Diese Vorlage brauchte Gabathuler, um seinen Punkt zu machen. »Interessant war für mich einfach«, sagte er, »dass in der Adventszeit, in der wir ja besonders belastet sind, plötzlich alle einen Abend freimachen konnten, als der Präsident unserer Landeskirche über Stellenstreichungen und Lohnkürzungen bei den Pfarrern sprach.«

»Ja, da ging es doch für uns um die Existenz!«, wehrte sich Kerstin Caduff.

»Genau«, fügte Gabathuler an. »Und bei Fragen von Kinderarbeit geht es ja nur um die Existenz des Nächsten.« Diese sarkastische Bemerkung war nicht fein. Das wusste Gabathuler. Aber er hatte sie sich nicht verkneifen können. *Zu* sehr hatte ihn das Verhalten der Kollegenschaft geärgert. Das Gespräch versiegte. Nach und nach wechselten Lauber, Caduff und schließlich auch Weber zu den Nebentischen und begannen, sich mit anderen Kolleginnen und Kollegen auszutauschen.

Esther Wälti blieb bei Gabathuler. »Mich treibt das um«, meinte sie. »Was ist nur aus unserer Kirche geworden? Nach dem Studium bin ich mit Begeisterung und Elan in den Pfarrberuf eingestiegen. Ich war überzeugt, dass die Kirche eine gesellschaftliche Kraft ist, die die Welt braucht.«

»So kann man sich täuschen«, sagte Gabathuler und zwinkerte Wälti zu.

Sie aber gab nicht auf. »Findest du denn nicht, dass die Bibel dieser Welt etwas zu sagen hat?«

»Natürlich hat die Bibel etwas zu sagen«, bestätigte Gabathuler.

»Aber schau dir doch die Kollegen an, die gerade noch hier gestanden sind. Die interessieren sich für alles Mögliche, aber ganz sicher nicht für die Gesellschaft, in der sie leben.«

»Weil sie spüren, was letztlich wir alle ahnen: Wir haben nichts mehr zu sagen, das die Menschen um uns herum beschäftigen würde.«

Wälti sah ihn schräg von der Seite an. »Du klingst mächtig desillusioniert für einen Pfarrer, der erst seit achtzehn Monaten im Amt ist.«

»Ich bin Quereinsteiger, Esther. Dadurch habe ich einen etwas anderen Blick auf die Kirche.«

»Aber was hält dich denn noch hier? Was treibt dich an?«, fragte Wälti.

Doch Gabathuler konnte nicht mehr darauf antworten, denn in diesem Moment sah er eine junge Frau den Raum betreten, die keine Pfarrerin war. Das sah man sogleich. Er ging auf sie zu und stellte sich vor.

Sie lächelte ihn freundlich, fast schon erleichtert an. »Mein Name ist Angela Friedrichs. Ich bin Assistentin am Institut von Herrn Staudinger. Ich bin wegen seines Referats hier.«

»Aber wenn Sie seine Assistentin sind, wird er Sie wohl kaum mit neuen Thesen überraschen«, sagte Gabathuler mit charmantem Lächeln.

»Ich bin nicht seine Assistentin«, korrigierte ihn Friedrichs. »Ich bin Assistentin an seinem Institut.« Gabathuler sah nicht recht, worin der Unterschied bestand. Aber bevor er nachfragen konnte, fuhr Friedrichs fort: »Mich interessiert, was die Pfarrschaft Winterthurs zum Thema künstliche Intelligenz zu sagen hat.«

»Das überrascht und freut mich gleichermaßen«, meinte darauf Gabathuler ganz ehrlich.

»Wieso? Bei dem, was mit der KI auf uns zurollt, brauchen wir dringend Stimmen, die aus religiöser und ethischer Perspektive etwas zu sagen haben.«

Gabathuler schaute sie einen Moment verwundert an und sagte dann: »Darf ich Sie meiner Kollegin vorstellen?« Er führte die junge Frau an das Tischchen, an dem Esther Wälti von Weitem die Begegnung von Gabathuler und Friedrichs verfolgt hatte.

»Esther, darf ich dir Frau Friedrichs vorstellen? Sie ist hierhergekommen, weil sie sich von der Pfarrschaft Winterthurs Orientierung beim Thema KI erhofft.«

Die beiden Frauen gaben sich die Hand.

»Ich arbeite am Institut von Thomas Staudinger«, ergänzte Friedrichs.

»Und da sind Sie nicht gleich miteinander gekommen?«, fragte Wälti.

»Ich kam mit dem Fahrrad. Thomas wollte mit dem Auto kommen. Er muss nachher noch weiter.«

»Er wird bestimmt jeden Moment eintreffen«, meinte Wälti.

Dann gab es einen fürchterlichen Knall.

2

Wie recht Wälti hatte!

Gabathuler schaute um sich und blickte in erschrockene und fragende Gesichter. Dann kam Bewegung in die Kaffeegesellschaft. Gabathuler reagierte als Erster und rannte nach draußen. Als er auf dem Kirchplatz ankam, sah er, was geschehen war. Ein weißer Tesla war offensichtlich ungebremst in die Mauer der Kirche gerast. Die Front des Wagens war komplett eingedrückt. In der Fahrerkabine war lediglich der weiße Ballon des Airbags zu sehen.

»Oh mein Gott«, hörte Gabathuler eine Stimme hinter sich rufen. »Das ist Staudingers Tesla!«

Es war Angela Friedrichs. Sie hielt sich vor Schreck die Hände vor den Mund. Kurz darauf stand nahezu das ganze Pfarrkapitel auf dem Platz vor der Kirche. Wieder war für den Bruchteil einer Sekunde alles erstarrt. Dann sagte Gabathuler zu einem Kollegen neben sich: »Ruf die Polizei!« Er eilte zum Tesla und versuchte die Tür an der Fahrerseite selbst zu öffnen. Er rüttelte heftig daran. Erst nach mehreren Versuchen und mithilfe eines weiteren Kollegen gelang es ihm, die Tür so weit aufzustemmen, dass er an Staudinger herankam. Der hing reglos in seinem Gurt. Gabathuler hielt zwei Finger an seinen Hals. Er spürte keinen Puls.

»Wir müssen ihn herausholen«, sagte er schnell und versuchte irgendwie, an Staudinger vorbei den Sicherheitsgurt zu lösen. Da spürte er eine Hand auf seiner Schulter und eine Stimme, die sagte: »Lass es, Roger. Lass es.« Es war Weber, der gerade eben noch ganz mit Kaffee und Hörnchen beschäftigt gewesen war. »Lass es«, wiederholte er. »Das ist zu heikel. Das müssen die Profis von der Feuerwehr machen.« Gabathuler sah seinen Kollegen an, der ihm schon beim Öffnen der Fahrertür geholfen hatte. Dann schaute er noch einmal auf den reglosen Staudinger.

»Du hast recht.« Gabathuler ließ von Staudinger ab.

Wieder war es einen Moment lang still. Nun übernahm die Dekanin das Wort.

»Also. Christian und Roger bleiben hier beim Verunfallten. Alle anderen gehen bitte zurück in den Kapitelsaal.«

Langsam begaben sich die Pfarrer und Pfarrerinnen zurück in den Saal, während Weber sich neben Staudinger hinkniete und dessen linke Hand, die schlaff herunterhing, in seinen Händen barg. Gabathuler ging zur Straße und hielt Ausschau nach Polizei und Feuerwehr. Als er zurück zur Unfallstelle blickte, sah er Friedrichs, die nicht mit den Pfarrern und Pfarrerinnen in den Saal zurückgegangen war und nun etwas verloren auf dem Kirchenplatz stand. Er ging zu ihr hin und nahm sie in den Arm. Sie begann zu weinen.

»Kommen Sie«, sagte Gabathuler und führte sie zu einer kleinen Mauer, auf die sie sich setzen konnte.

»Schauen Sie mich an.« Er blickte in ihre verstörten Augen. »Hilfe ist unterwegs. Wenn jemand Herrn Staudinger helfen kann, dann die Profis von Feuerwehr und Sanität.« Er schnippte mit den Fingern, sah ihr in die Augen und erklärte ihr eindringlich: »Wichtig ist, dass Sie jetzt hier sitzen bleiben. Ich bin gleich zurück.«

Sie nickte.

Dennoch behielt Gabathuler Friedrichs mit einem Auge im Blick, nachdem er sich wieder an die Straße gestellt hatte und auf die Blaulichtfahrzeuge wartete. Dabei fiel ihm der

Verkehr auf, der sich unmittelbar vor der Kirche abspielte. Und er fragte sich, wie Staudinger seinen Wagen so sehr hatte beschleunigen können, dass er mit solcher Wucht in die Kirchenmauer gedonnert war. Denn vor der Kirche befand sich eine dicht befahrene Kreuzung, die eigentlich eine derartige Beschleunigung unmöglich machte. Bevor er aber weiter grübeln konnte, hörte er die Sirenen der sich nahenden Rettungsfahrzeuge. Er wies den Polizeiwagen ein.

Die Polizistin, die als Erste aus dem Wagen stieg, informierte er über das Geschehen, während ihr Kollege auf die Straße trat und die nun eintreffende Feuerwehr und Sanität zu sich lotste.

Kneubühler hatte in der Zwischenzeit mit der Winterthurer Pfarrschaft ein kurzes Gebet für Thomas Staudinger gesprochen und schließlich alle gebeten, über den Hinterausgang das Gebäude zu verlassen und in ihre Gemeinden zurückzukehren.

Als Gabathuler mit Friedrichs den Konferenzsaal betrat, war der Raum nahezu leer.

»Kann ich euch mitnehmen?« Esther Wälti war noch da.

Gabathuler war froh, dass er nicht mit Friedrichs in den Bus steigen musste. »Gerne«, sagte er dankbar.

Wälti ging mit Friedrichs voraus zum Hinterausgang.

Gabathuler packte derweil seine Tasche und griff sich die Jacke. Instinktiv verließ er auf der anderen Seite den Saal und sah, wie Polizei, Feuerwehr und Sanität ihre Arbeit taten. Das Autowrack war aufgebrochen und leer. Zwei Sanitäter standen neben der Krankentrage. Der Körper, der auf der Trage lag, war vollständig zugedeckt.

»Ich muss zurück an die Hochschule«, meinte Friedrichs, als Gabathuler sich zu ihr ins Auto gesetzt hatte. Also fuhr Wälti die zwei ins Zentrum. Bei einer Bushaltestelle ließ sie die beiden aussteigen.

Als Gabathuler mit Friedrichs die Büroräumlichkeiten der School of Engineering an der ZHAW betrat, wurden sie von der Dame am Empfang mit »Ach gut! Sie sind zurück« begrüßt. »Bei uns ist heute der Teufel los! Das neue Putzinstitut ist hier, obwohl sie erst nächste Woche kommen wollten. Komische Typen! Anstatt einfach vors Gebäude zu fahren, haben sie fein säuberlich in der Tiefgarage geparkt und müssen nun alles Gerät hochschleppen. Zu allem Überfluss wollten sie dann auch noch, dass wir die Gebühren fürs Parkhaus übernehmen! Und dann«, sie schaute kurz auf, fuhr aber in geschäftigem Ton fort, »kennen Sie einen Herrn Schulz?« Petra Gummersbach nahm den Blick jeweils nur kurz vom Bildschirm, der vor ihr stand.

»Schulz?«, fragte Friedrichs zurück.

»Ja, er sagte, er sei ein Forscherkollege aus Düsseldorf und wolle Sie treffen.«

»Wo ist er jetzt?«

»Ich habe ihn in Ihr Büro geschickt. Habe ihm aber gesagt, dass er unter Umständen lange warten müsse. Ist alles okay bei Ihnen?« Endlich war Gummersbach der abwesende Gesichtsausdruck Friedrichs' aufgefallen. Durch die dicken Brillengläser erschienen Gummersbachs Augen riesig. Ihre mit Haarspray gebändigte Frisur, die sich rund um ihr Gesicht rankte, betonte die etwas altmodische Erscheinung.

»Ja. Das heißt, nein«, stammelte Friedrichs. »Ich erzähl's Ihnen später. Dieser Herr Schulz ist nun also in meinem Büro?«

»Nicht mehr«, sagte eine Stimme hinter ihnen.

»Das ist John Ha«, stellte Friedrichs den Mann Gabathuler vor. »Er ist der Assistent von Staudinger. Wir arbeiten im selben Büro.« Ha war vielleicht fünfunddreißig

Jahre alt. Seine asiatischen Gesichtszüge erklärten den seltsamen Nachnamen und ließen vermuten, dass zumindest seine Eltern nicht in der Schweiz geboren waren.

»Er saß im Büro, als ich von der Pause zurückkam«, nahm Ha das Thema wieder auf. »Wir plauderten ein wenig. Kurz darauf entschuldigte er sich und ging. Er wird sich wieder bei dir melden.« Ha sprach ein einwandfreies Zürichdeutsch.

Friedrichs schien beruhigt. »Kann ich euch bitte kurz sprechen? Im Sitzungszimmer? Alle.«

»Was ist denn geschehen, dass wir dafür ins Sitzungszimmer müssen?«, fragte Gummersbach. Und Ha fügte mit Verweis auf Gabathuler an: »Und wer ist er?«

»Entschuldigung. Das ist Pfarrer Gabathuler. Ich habe ihn bei der Pfarrerkonferenz kennengelernt, bei der Staudinger reden sollte.« Das Sitzungszimmer war nun kein Thema mehr. »Staudinger hatte einen Unfall. Ich weiß nicht, ob er überlebt hat.«

»Hat er nicht«, meinte Gabathuler.

»Scheiße!«, entwischte es Ha.

»Mein Gott!« Gummersbachs Mund blieb offen, und ihre Augen erschienen noch größer, als duldeten sie die Konkurrenz des Mundes nicht. »Wie konnte das nur geschehen?«

»Ich kann jetzt nicht mehr sagen. Sagen Sie alle Termine von Staudinger ab. Ohne Begründung. Und meine auch gleich. Und du«, sagte sie an Ha gewandt und überlegte einen Moment. »Ich weiß auch nicht. Mach, was du für gut befindest.« Wieder an Ha und Gummersbach gerichtet, meinte sie: »Wir drei treffen uns heute Nachmittag und besprechen das weitere Vorgehen. Die Zeit gebe ich noch bekannt.«

Gabathuler staunte, wie klar die Anweisungen Friedrichs' waren. Er fragte sich, welche Stellung sie in dieser Abteilung hatte. Friedrichs ging in ihr Büro. Gabathuler folgte ihr. Sie setzte sich an den Computer und weckte den Bildschirm. Die Arbeitsfläche ihres Pults war nahezu leer. Wohl deshalb fiel Gabathuler das Buch auf, das neben ihrer Maus lag. Es war eine Bibel. Erst recht staunte er, als er beim Blick in das kleine Bücherregal in ihrem Rücken noch eine Bibel entdeckte. Eine alte, dicke Ausgabe. Zudem entdeckte er auf dem Regal eine kleine Kirche aus Kunststoff und eine ähnlich kleine Bibel. Gabathuler wollte eine Bemerkung fallen lassen, aber Friedrichs schaltete in diesem Moment unvermittelt den Bildschirm aus und sagte: »Ich muss etwas essen.« Sie nahm Handy und Geldbeutel und stand auf.

»Soll ich Sie begleiten?«

»Sie müssen«, antwortete Friedrichs, wiederum überraschend deutlich. Sie ging zur Tür und meinte zu Ha, der etwas ratlos hinter seinem Bildschirm saß: »Ich bin in der Mensa. Um vierzehn Uhr im Sitzungszimmer. Einverstanden?«

»Ich sag's Petra.«

Friedrichs wandte sich zum Gehen. Da fiel ihr Blick auf die Schlüsselbox neben dem Türrahmen. Sie stand offen. »Wieso ist die nicht geschlossen?«

Ha fühlte sich angesprochen und sagte: »Keine Ahnung. Vielleicht hatte Staudinger es eilig.«

»Der Schlüssel ist drin. Aber die Box ist nicht zu. Seltsam. Das passt nicht zu Staudinger.«

Sie drückte die Box zu, drehte am Zahlenschloss alle Zahlen auf null und ging. Gabathuler folgte ihr.

»Morgen werden die Zeitungen voll davon sein. ›Selbstfahrend in den Tod!‹, ›Ist die KI ein Monster?‹, ›Wann übernimmt die KI die Macht?‹« Friedrichs stocherte in ihrem Salatteller.

»Darauf müssen wir nicht bis morgen warten.« Gabathuler checkte gerade die Onlinenachrichten. Vor allem die Boulevardmedien berichteten über den ›Horrorcrash von Winterthur‹, spekulierten über einen möglichen ›Selbstmord von Professor S.‹ oder über ein schreckliches Versagen des ›Selbstfahrmodus bei Tesla‹. Sie gaben wieder, was sogenannte Augenzeugen zu berichten hatten. Das war inhaltlich wenig bis nichts, ansonsten aber bestens geeignet, Aufmerksamkeit zu generieren.

»Die haben ja keine Ahnung!«, sagte Friedrichs erbost.

Sie saßen in der Kantine der ZHAW und waren einigermaßen ungestört. Gabathuler hatte wie Friedrichs einen Salatteller vor sich stehen.

»Haben Sie ihn gut gekannt?«

»Ich arbeite nun seit etwas mehr als einem Jahr hier. Da lernt man sich schon ein wenig kennen.«

»Sie betonen immer, dass Sie nicht seine Assistentin seien.«

»Bin ich auch nicht. Marchand ist mein Chef.«

»Wer?«

»René Marchand. Er ist der führende Forscher in der Schweiz beim Thema künstliche Intelligenz.«

»Und der ist auch hier an der ZHAW?«

»Nein, er hat seine eigenen Forschungseinrichtungen. Er ist privat finanziert.«

»Und weshalb forschen Sie hier?«

»Ist etwas kompliziert. Jedenfalls zog es Marchand vor, dass ich nicht in seinen Räumlichkeiten arbeite.«

»Ich verstehe.«

»Wirklich?«

»Ich verstehe, dass Sie mir nicht alles sagen können. Oder wollen.«

»Es ist eben, weil …« Friedrichs zögerte. Dann sah sie Gabathuler an und fragte: »Sie sind doch Pfarrer, nicht?« Gabathuler nickte. »Dann unterstehen Sie dem Amtsgeheimnis oder so. Sie dürfen also nicht weitergeben, was ich Ihnen anvertraue.«

»So ist es«, bestätigte Gabathuler.

»Das ist gut. Ich muss nämlich mit jemandem reden, nach dem, was heute Morgen geschehen ist.«

»Was denken Sie denn, was heute Morgen geschehen ist?«

»Keine Ahnung. Meinen Sie, es war Selbstmord?«

Gabathuler zuckte leicht mit der Schulter. »Ich habe keine Bremsspuren gesehen.«

Friedrichs dachte nach. »Ich kann einfach nicht glauben, dass er das getan hat.«

Wenn ich einen Franken bekommen hätte für jedes Mal, wo jemand das zu mir gesagt hat, wäre ich jetzt reich, ging es Gabathuler durch den Kopf. Er versuchte es seinerseits mit einem Standard: »Man weiß nie wirklich, was in einem Menschen vorgeht.«

Friedrichs legte die Gabel beiseite, packte Geldbeutel und Handy und stand auf. »Ich kann jetzt nicht reden. Ich muss ins Büro.«

Gabathuler begleitete sie. »Kann ich noch irgendetwas für Sie tun?«

»Ja«, antwortete Friedrichs, ohne zu zögern. »Ich mache um fünf Feierabend. Hätten Sie dann nochmals Zeit für mich? Wir könnten einen Kaffee trinken.«

Gabathuler ging in Gedanken seine Agenda durch. Es stand kein Termin im Weg.

»Klar. Wo?«

»Wieder in der Mensa. Vielleicht können wir ja draußen sitzen.«

Sie konnten nicht. Also setzten sie sich drinnen an einen Fensterplatz und sahen dem Regen zu, wie er gegen die Scheiben prasselte.

»Seit ich hier in Winterthur bin, arbeite ich regelmäßig bis spätnachts. Erst in den vergangenen vielleicht drei oder vier Wochen kam ich wie die anderen um fünf aus dem Büro. Und das fühlte sich seltsamerweise ungut an.«

»Wieso das denn?«, fragte Gabathuler erstaunt.

»Wenn ich mit allen anderen Feierabend mache, erfahre ich schmerzlich, wie alleine ich bin. Solange ich nachts um zehn aus der Hochschule kam, war es irgendwie selbstverständlich, dass ich direkt nach Hause gehen und niemanden mehr treffen würde. Aber nachmittags um fünf Uhr bekomme ich mit, dass alle etwas vorhaben. Sie gehen etwas trinken oder eilen nach Hause zu ihrer Familie. Das ist der Moment, wo das Alleinsein zur Einsamkeit wird.«

»Ich helfe Ihnen gerne, die Zeit etwas zu überbrücken.«

Friedrichs lächelte dankbar.

»War heute bestimmt viel los im Büro.«

»Ich habe mich weitgehend rausgehalten.«

Gabathuler sah sie fragend an.

»Ich weiß, ich habe heute Morgen so gewirkt, als ob ich die Chefin wäre. Ich kann organisieren, wenn es sein muss. Aber im Grunde bin ich Gast an diesem Institut. Und da habe ich die Gummersbach und John einfach arbeiten lassen und mich selber in den Keller verzogen.«

»In den Keller?«

»Da steht der Forschungscomputer.«

»Was bringt eine junge Forscherin, die offensichtlich an der Spitze der neuesten Entwicklungen in der Computerindustrie mitarbeitet, dazu, in die Weltstadt Winterthur zu ziehen?«

»Marchand wollte, dass ich mich hier verstecke. Und es ist ja schön hier.«

»Verstecken?«

»Na ja, sein Forschungszentrum in Davos zieht die ganze mediale Aufmerksamkeit auf sich. Und wohl auch die Aufmerksamkeit von zweifelhaften Gestalten. Daher wollte er, dass ich in diesem Institut arbeite, wo niemand damit rechnet, dass hier die Post in puncto KI abgeht.«

»Geht sie denn hier ab?«

»Das dürften Sie eigentlich gar nicht wissen.« Friedrichs lächelte verschmitzt. »Aber Sie sind ja Pfarrer.«

»Vermissen Sie nicht das pulsierende Leben einer echten Großstadt?«

»Ich komme aus Neukirchen-Vluyn, einer kleinen Ortschaft nördlich von Düsseldorf. Dort ist nicht viel los. Ach, was sage ich? Nichts ist dort los! Aber die Gegend ist weit und lädt zum Radfahren ein. Das habe ich immer gerne gemacht. Das kann ich hier auch. Oberwinterthur ist dafür ein guter Ausgangspunkt.«

»Liegt die Informatik in Ihren Genen?«

Friedrichs winkte ab. »Aber nicht doch! Mein Großvater hat noch unter Tage Kohle gefördert. Mein Vater war dann bei Krupp als einfacher Mitarbeiter in der Verwaltung. Ich war die Erste in der Familie, die das Abitur machte und studieren konnte. Mein Bruder ist der Zweite.«

»Dann sind Ihre Eltern sicher stolz auf Sie.«

»Sie freuen sich sehr, dass es so gut für mich läuft. Ich hatte gute Lehrer an der Uni, die mich förderten. So tauchte ich in das Thema der künstlichen Intelligenz ein. Und eines Tages kam die Anfrage von René Marchand.«

»Sie haben doch bestimmt promoviert«, meinte Gabathuler. »Ich frage, weil ich nirgends ein ›Dr.‹ vor Ihrem Namen gesehen habe.«

»Ach«, seufzte Friedrichs. Die Frage schien ihr eher unangenehm zu sein. »Die haben meine Masterarbeit auch gleich als Doktorarbeit angenommen«, erklärte sie fast entschuldigend. »Ich finde allerdings, ich bin für den Doktortitel noch zu jung. Darum verzichte ich möglichst darauf, ihn zu erwähnen.«

Gabathuler wusste nicht, was er darauf antworten sollte. Er glaubte ihr. Ihre Bescheidenheit war echt. Das beeindruckte ihn. Gleichzeitig hätte er ihr einen selbstbewussteren Umgang mit ihrem Erfolg gewünscht. Daher sagte er: »So ein Doktortitel ist ja kein Geschenk. Er ist eine Auszeichnung für eine erbrachte Leistung.«

»Ich weiß. Und wenn ich ihn für meine berufliche Weiterentwicklung benötige, werde ich ihn auch nicht verschweigen.«

Sie will sich beruflich weiterentwickeln, dachte Gabathuler bei sich, nicht Karriere machen.

»Sie müssen wissen«, fuhr sie fort, »Neukirchen-Vluyn war lange stark vom christlichen Glauben geprägt.« Gabathuler erinnerte sich nun an die Zeit seines Theologiestudiums zurück. Damals war er verschiedentlich dem Neukirchner Verlag begegnet, der immer wieder hervorragende wissenschaftliche Arbeiten publiziert hatte.

»Wir sind Pietisten«, erzählte Friedrichs weiter. »Wir sind jeden Sonntag in die Kirche gegangen. Das war ganz selbstverständlich. Ich lese noch immer jeden Tag die Bibel.«

»Das erklärt die beiden Bibeln in Ihrem Büro.«

»Die sind Ihnen aufgefallen, nicht wahr?«

»Bei meinem Beruf!«, meinte Gabathuler nur. »Aber wieso gerade zwei Stück?«

»Die eine, die neben mir lag, das ist meine Alltagsbibel. Die lese ich. Die habe ich immer dabei. Die dicke im Regal ist unsere Familienbibel, in der die Taufen und anderen kirchlichen Ereignisse unserer Vorfahren notiert sind. Die erinnert mich an meine Herkunft, damit ich meine familiären Wurzeln nicht vergesse.«

»Sogar der Nippes, den ich sah, war eine Kirche und wohl auch eine Bibel, nicht wahr?«

»Das sind Memorysticks. Auf ihnen speichere ich jeweils meine Forschungsergebnisse ab. Man bekommt im Netz ja allerlei Sticks. Dass es eine Kirche und eine Bibel sind, ist eine Spielerei.«

»Sie kommen aus einer anderen Welt.«

»So fühlt es sich zuweilen an. Ich bin aufgewachsen im Bewusstsein, dass wir Menschen uns nicht zu groß machen sollten. Gott ist groß, und wir sollten unseren Platz kennen.«

»Das ist sehr weise. Und man wünschte sich, dass es in unserer Welt zuweilen etwas mehr beherzigt würde.«

»Darum halte ich mich mit dem Doktortitel etwas zurück.«

»Ich finde eher, dass Sie Ihr Licht unter den Scheffel stellen. Sie sind zweifellos eine große wissenschaftliche Begabung. Das dürfen Sie die Welt ruhig wissen lassen.«

»Ich glänze lieber durch meine Arbeit als durch einen Titel.«

Gabathuler blickte zum Fenster hinaus. Die Regentropfen zerplatzten immer noch an der Scheibe. Und wer draußen war, ging mit schnellem Schritt.

»Nun verstehe ich auch, weshalb Sie am Pfarrkapitel dabei sein wollten.«

»Die künstliche Intelligenz wird in den kommenden Jahren unsere Welt grundlegend verändern. Da sind wir zwingend auf Orientierung angewiesen.«

»Und Sie erwarten diese Orientierung von der Kirche.«

»Natürlich! Von wem denn sonst?« Die Selbstverständlichkeit, mit der Friedrichs dies sagte, verblüffte Gabathuler auf eine eigenartig positive Weise. »Das finde ich das Großartige an der Bibel«, fuhr Friedrichs fort, »sie hält uns in unzähligen Varianten vor Augen, dass Gott Herr der Welt ist. Damit stößt sie faktisch alle anderen Herrscher vom Thron. Darin steckt ein ungeheurer Trost, finde ich. Und den darf die Kirche den Menschen nicht schuldig bleiben.«

Gabathuler staunte. Friedrichs erwartete etwas von der Kirche. Und eben nicht nur soziales Engagement. Sie erwartete Orientierung von ihr, weil sie vom Potenzial der biblischen Texte überzeugt war.

»Kann ich dir etwas zeigen?«, fragte Friedrichs unvermittelt. Und ehe Gabathuler antworten konnte, erschrak sie. »Oh, jetzt habe ich Sie geduzt. Verzeihen Sie bitte!«

»Kein Problem. Ich bin Roger.«

Verlegen über ihr Versehen, aber auch zufrieden über das Ergebnis, lächelte sie ihn an. »Dann komm mal mit, Roger.«

Sie verließen die Kantine und stiegen direkt in die Kelleretage hinunter. Zielgerichtet ging Friedrichs die dunklen Gänge entlang, die sich nach und nach automatisch mit Neonlicht erhellten. Gabathuler folgte ihr. Die Türen, an denen sie vorbeizogen, verrieten mit ihrer nüchternen Aufschrift, was sich dahinter befand. So zogen sie vorbei an der Werkstatt eins und zwei, der Heizung, einem Lager mit Reinigungsmitteln und an den Laborräumen eins bis sechs. Am Ende eines längeren Flurs schließlich befand sich eine Tür, die auffallend bunt mit »Ludothek« angeschrieben war.

»Ludothek? Spielesammlung?«, fragte Gabathuler.

Bevor Friedrichs aufschloss, hielt sie einen Moment inne und meinte: »Was du jetzt zu sehen bekommst, musst du wirklich für dich behalten. Klar?«

»Klar«, bestätigte Gabathuler.

Der große Kellerraum war nahezu leer. Einzig im hinteren Teil befand sich ein frei stehender Tisch mit einem großen Computerbildschirm darauf. An den Decken hingen zwar die üblichen Neonröhren, aber das Licht kam aus einer ganzen Anzahl von Steh- und Pultleuchten, die ein warmes Licht im hinteren Teil des Raumes erzeugten.

»Das musst du mir erklären«, sagte Gabathuler mit offenem Mund.

»Was genau meinst du? Den Namen? Oder die karge Einrichtung?«

»Alles miteinander.«

»Ich habe dir doch gesagt, dass Marchand wollte, dass ich mich her verstecke. Und ein Versteck ist noch besser, wenn es auffällig und vor allem falsch angeschrieben ist. Kommt hinzu, dass ich hier unten in gewisser Weise auch immer wieder spiele. Darum hat mir der Name Ludothek gefallen.«

»Und die Beleuchtung?«

»Ich verbringe ganze Tage, ja Wochen hier unten, da will ich eine einigermaßen warme Atmosphäre. Warmes Licht hilft mir sehr.«

»Aber die Wände sind ja weitgehend kahl!«

»Wenn man am Computer sitzt, verschwinden die Wände im Dunkel. Da gibt es nichts zu dekorieren.«

Gabathuler schaute sich verwundert um. Da gab es einen Garderobenständer, an dem Angela ihren Mantel aufhängen und einen Schirm einstellen konnte. In einem verschließbaren Metallschrank standen in der oberen Hälfte ein paar Bücher, und darunter sah Gabathuler einen

Wasserkocher, Teebeutel und eine Keksdose. Und eine Schale mit Äpfeln. Das war's.

»Da ist der Begriff ›spartanisch‹ wohl angebracht«, meinte Gabathuler immer noch mit Blick auf den leeren Raum, die kahlen Wände und die warm erleuchtete Tischplatte.

»Ich arbeite im virtuellen Raum. Da brauche ich nicht viel mehr als dieses kleine Wunderding.« Sie zeigte auf den Computer, der zwar etwas anders aussah, als Gabathuler das gewöhnt war. Dennoch hätte er ihn nicht gleich als Wunderding bezeichnet.

»Aber wozu das Ganze? Wieso musst du dich hier unten verstecken?«

»Du hast keine Ahnung, was im Bereich KI zurzeit abgeht. Wenn du nicht willst, dass andere deine Forschungsergebnisse klauen, darf dein Computer an kein Netz angeschlossen sein.«

»Aber wieso im Keller? Ohne Tageslicht?«

»Alle reden von KI. Da spielt gerade die mediale Musik. Aber das eigentliche Rennen dreht sich um das, was ich hier unten mache. Und das möchte ich dir jetzt zeigen«, sagte Friedrichs und fügte dann gleich noch an: »Aber es ist streng geheim!«

»Das heißt, du musst mich erschießen, nachdem ich es gesehen habe?«

»Müsste ich. Aber bei dir mache ich eine Ausnahme«, entgegnete sie mit einem Augenzwinkern. »Wie gesagt: Du bist ja Pfarrer.« Und etwas ernsthafter fuhr sie fort: »Es ist nicht einfach, wenn man so lange an einem streng geheimen Projekt arbeitet und sich mit niemandem austauschen kann.«

»Staudinger war kein Gesprächspartner?«

»Staudinger wusste nur im Groben, worum es hier unten geht. Schließlich musste er ja auch den Raum zur Verfügung stellen. Aber von meiner konkreten Arbeit hatte er keine Ahnung.«

»Ich verstehe bestimmt noch weniger als er.«

»Du musst ja auch nichts verstehen. Du sollst nur zusehen«, sagte Friedrichs mit einem geheimnisvollen Schmunzeln. Sie setzte sich vor den großen Bildschirm und sagte laut: »Angela Friedrichs.« Der Bildschirm wurde hell. Ein großes Fragezeichen erschien. »Bitte Code starten!«

Dann wurde der Bildschirm wieder dunkel. Plötzlich aber erschien ein kleines Licht, das wie ein Impuls über den Bildschirm sauste. Danach folgte ein weiteres Licht. Dann gab es mehrere aufeinander, und schließlich begannen die Impulse ihre Bahn zu variieren. Mal stiegen sie steil an oder beschrieben eine Kurve nach unten. Immer mehr solcher Impulse wurden losgeschickt, und immer komplexere Strukturen beschrieben sie. Irgendwann begannen sie, die Farbe zu wechseln. Schließlich umfassten die Farben das ganze Spektrum des Regenbogens und bildeten ein wunderbares Spektakel, bis der ganze Bildschirm voll davon war. Wellengleich wogten sie hin und her und wechselten die Farben wie ein Chamäleon. Fasziniert schauten Gabathuler und Angela auf den Bildschirm.

»Das sieht aus wie ein sehr spezieller Bildschirmschoner.«

»Was du da siehst, ist der Braincode bei der Arbeit.«

»Braincode? Ist das auch so ein KI-Ding?«

Nicht ohne Stolz erklärte sie Gabathuler: »Staudinger hat zu künstlicher Intelligenz geforscht. Das hier ist wahre Intelligenz!«

»Ich verstehe nicht.«

»Künstliche Intelligenz wiederholt einfach schon vorhandene Muster. Das hier aber löst selbstständig Probleme.

Was sonst nur das menschliche Hirn kann – der Braincode kann das auch.«

»Im Ernst?«

Angela nickte. Sie hatte selbst Freude an ihrer Entwicklung.

»Und du hast ihn nur mit deiner Stimme gestartet.«

»Jedes Codewort, das ich eingeben müsste, wäre früher oder später entziffert. Aber meine Stimme ist unverwechselbar.«

»Und nur du kannst den Braincode mit deiner Stimme starten?«

»Nur ich!«, bestätigte sie mit einem zufriedenen Schmunzeln.

»Kein Backup? Keine Zweitstimme, die einspringen könnte, falls du nicht mehr reden kannst?«

»Das ist tatsächlich ein Problem«, gab Friedrichs zu. »Aber das werde ich auch noch lösen. Jetzt schau dir den Code bei der Arbeit an! Er erschafft gerade seine eigene Welt!«

Gabathuler setzte sich und schaute den Farben und Formen aufmerksam zu. Die Tennisballwellen veränderten ihre Oberflächenstruktur. Die nahm neue – Gabathuler hätte gesagt »geometrische« – Formen an. Mehr und mehr erkannte er einzelne bekannte Formen, und schließlich schienen vereinzelt bekannte Gestalten auf. Blumen und Bäume meinte er zu erkennen und tierähnliche Fabelwesen.

»Das ist interessant«, sagte Friedrichs, die ebenfalls aufmerksam den Bildschirm betrachtete. »Das habe ich noch nie gesehen.«

Sie schaute gebannt auf die Bilder, die vor ihr entstanden.

»Sieht für mich immer noch wie ein etwas komplexerer Bildschirmschoner aus«, meinte Gabathuler lapidar.

»Das ist kein Bildschirmschoner.« Friedrichs hatte Mühe, sich von dem Geschehen auf dem Bildschirm zu lösen. »Das ist«, nun wandte sie sich an Gabathuler, »das ist der Braincode!«

»Tut mir leid. Ich verstehe immer noch nicht.«

»Dieses Programm arbeitet selbstständig. Das hier ist die wahre, die echte künstliche Intelligenz! Das hier«, wieder schaute sie mit leuchtenden Augen auf den Bildschirm, »ist kreativ. Dieser Code trifft eigene unvorhersehbare Entscheidungen.« Mit leuchtenden Augen sah sie Gabathuler an, der fragend ihren Blick erwiderte. »Verstehst du nicht«, fuhr sie begeistert fort, »das hier ist der Braincode! Wir haben den Braincode geknackt!«

»Aber diese Intelligenz ist doch auch künstlich erzeugt?«

»Schon, nur dieser Code löst Probleme, ohne vorher ein Lösungsmuster dafür programmiert bekommen zu haben. Er ist kreativ.«

Gabathuler begann zu verstehen und schaute nun mit anderen Augen auf das Geschehen am Computer. Einmal sah er eine Figur, die ihn an ein galoppierendes Pferd erinnerte. Gleich darauf erschien ein Kopf, der von Picasso hätte sein können.

»Wem hast du das schon gezeigt?«

»Noch niemandem. Du bist der Erste«, sagte Friedrichs, ohne den Blick von der Szenerie zu nehmen. »Das musste ich einfach jemandem zeigen. Und beim Pfarrer ist das alles ja gut aufgehoben.«

»Jetzt verstehe ich den Keller. In Winterthur.«

»Das hier ist ein Gamechanger. Verglichen damit entspricht der medial erzeugte KI-Hype dem Staunen über die Dampflok.«

»Und in der Szene weiß man natürlich, dass Marchand daran herumforscht.«

»Entsprechend haben alle versucht, ihn auszuspionieren.«

Gabathuler dachte kurz nach. Dann sagte er: »In dem Fall ist Marchand jetzt in großer Gefahr.«

»Noch nicht. Denn der Code ist hier«, sie deutete auf die Festplatte des Computers. »Und auf diesem Stick.« Sie hielt einen normalen Memorystick hoch. »Das ist die einzige Sicherungskopie.«

»Dann bist vor allem du jetzt in Gefahr«, meinte Gabathuler nüchtern.

»Nur, wenn du nicht dichthältst«, erwiderte Friedrichs keck. »Denn solange niemand davon weiß, macht es auch niemanden heiß.«

Das hat etwas für sich, dachte Gabathuler. Nur war ihm aus langjähriger Erfahrung klar, dass etwas so Heißes irgendwann eben doch gewusst wird.

»Und wie kommt das jetzt zu Marchand? Du wirst die Datei wohl kaum einer Mail anhängen.«

»Ganz sicher nicht! Ich werde ihn informieren. Dann machen wir ein Treffen aus. Bis dahin schließe ich die Ludothek ab und verstecke diesen Stick an einem sicheren Ort.«

»Einem sicheren Ort?« Gabathuler schaute Friedrichs skeptisch an.

»Ich habe das perfekte Versteck. Dort wird ihn niemand suchen.«

Auch das bezweifelte Gabathuler im Stillen.

»Wobei«, fügte Friedrichs an, »du würdest ihn vielleicht finden.«

Gabathuler war sich bei Friedrichs nicht sicher, ob sie ausgebuffter war, als sie erschien, oder ob sie eine erfrischende Naivität besaß, mit der sie sich erfolgreich durchs Leben schlug.

Sie verließen die Ludothek. Oben angekommen, wartete Gabathuler, bis Friedrichs ihre Sachen aus dem Büro geholt hatte und auch diese Tür schloss. Dann gingen sie zur Busstation.

»Kommst du zurecht? Oder bist du froh, wenn ich dich noch nach Hause begleite?«

»Nicht nötig. Der Bus wird mich zuverlässig bis vor die Haustür bringen.« Und als die Nummer zwei eintraf, sagte sie: »Danke, dass du dir Zeit für mich genommen hast.«

»Es war ein schlimmer Tag«, antwortete Gabathuler.

Sie stieg ein und fuhr davon.

Zu Hause checkte Gabathuler seine Mails. Die Mailbox war voll. Die Winterthurer Pfarrerinnen und Pfarrer hatten in einer Serie von Rundmails ihrer Betroffenheit, Verunsicherung und Angst Luft gemacht. Vom schrecklichen Tod Staudingers war die Rede und von der unheimlichen Macht KI, die selbstfahrende Autos zu Todesfallen mache. Einer übernahm die Überschrift einer Onlinezeitung und sprach vom Monster, das Menschen erschaffen haben, und jemand anderes sah darin eine neue Weltmacht, die dabei sei, die Herrschaft zu übernehmen. Eine Kollegin meinte, das sei die logische Konsequenz davon, wenn Menschen sein wollten wie Gott und vergessen hätten, dass allein Jesus unser Herr sein könne. Und ein weiterer Kollege meinte, das ganze Themenfeld müsse man möglichst bald an einer außerordentlichen Kapitelzusammenkunft theologisch vertieft diskutieren. Er schlug auch gleich einen Titel vor: Gott oder KI – wer hat wirklich Macht über unser Leben?

Don't panic, ging es Gabathuler durch den Kopf. Keine Panik, das sei die Devise im Cockpit eines Flugzeugs, so hatte ihm mal ein Pilot erklärt. Wenn etwas Ungewohntes auftrete oder sogar richtig schieflaufe, dann sei es das oberste Gebot, Ruhe zu bewahren. Denn Panik sei nicht nur keine Hilfe. Sie verhindere auch eine allfällige Lösung des Problems. *Don't panic*, hätte Gabathuler am liebsten seiner Kollegenschar zugerufen. Denn was wissen wir wirklich? Hat tatsächlich der Selbstfahrmodus verrückt gespielt und Staudinger getötet? Oder war es nicht doch eine zugegebenermaßen spektakuläre Form von Selbstmord? Und was wissen wir wirklich über KI? Hatte nicht Staudinger selbst gesagt, künstliche Intelligenz gebe es gar nicht?

Gabathuler machte Feierabend. Er holte sich ein Bier aus dem Kühlschrank und setzte sich vor den Fernseher.

Sein Handy piepste. Es war Frank.

»Lust auf ein Bier?«

»Habe mir gerade eins geöffnet«, schrieb Gabathuler und hängte ein Smiley an.

»Zu zweit macht es mehr Spaß. Muss dich wieder einmal sehen.«

Recht hat er, dachte Gabathuler. Sie hatten sich schon lange nicht mehr unter vier Augen gesehen. Freunde aber brauchten solche Vier-Augen-Meetings.

»Morgen Abend?«

»Siebzehn Uhr. Im City.«

Gabathuler schickte ein »Daumen hoch«.

Dann piepste es noch einmal. Es war eine Sprachnachricht von Angela Friedrichs. »Bitte schick diese Nachricht bei Gelegenheit an Marchand. Du weißt schon, der Chef mit dem Braincode. Aber er soll die Nachricht von Anfang an starten. Ich danke dir für deinen Support. Angela, du weißt schon, Angela Friedrichs.«

Verwundert hörte er sich die Nachricht noch einmal an. Sie war absolut inhaltsleer. Welche Nachricht sollte er denn an Marchand weiterleiten? Bei der nächsten Begegnung wollte er sie danach fragen.

Am nächsten Morgen stand der Besuch bei Frau Konrad auf dem Programm.

Auf dem Weg zu ihr beschäftigte ihn wieder der Name. Wo hatte er ihn schon einmal gehört? Er gab's auf. Und klingelte. Die Tür summte, er trat ein. Und jetzt, als er die Treppe hochstieg, fiel es ihm ein. Wie ein Blitz durchzuckte es ihn. Konrad, Michael Konrad hieß der Kollege, der damals die Undercover-Aktion verraten und Frank in äußerste Lebensgefahr gebracht hatte. Und ebendiesen Michael hatte er, nachdem er vier Russen getötet hatte, auch noch erschossen. Frank war gerettet. Um die Russen war es nicht schade gewesen. Aber Michael – das war reine Rache. Blinde, rasende Rache. Niemand wusste davon. Außer Frank. Im Schlussbericht stand, was auch die Ballistik bestätigte: Michael war von einem Russen erschossen worden. Ungebremst schossen Gabathuler die Bilder jener Minuten durch den Kopf. Wieder spürte er die Anspannung, die er gefühlt hatte, als er in jene Wohnung eingedrungen war und auf die Russen gefeuert hatte. Er erlebte noch einmal die Erleichterung, als er realisiert hatte, dass sein Freund Frank noch lebte. Und wieder stieg in ihm die abgrundtiefe Wut empor, die er dem Verräter gegenüber empfand, und spürte er die Kälte, die sich seiner bemächtigt hatte, als er mit der Waffe eines Russen auf Michael feuerte.

Die Vergangenheit ist nie vergangen, ging es Gabathuler durch den Kopf. Sie wird mir nun gleich in der Person seiner Witwe entgegentreten.

Gabathuler klingelte an der Wohnungstür.

Die Vergangenheit öffnete in Gestalt einer nicht sehr

groß gewachsenen, schlanken Frau, deren blondes Haar auf modische Weise kurz geschnitten war. Sie bat ihn herein.

»Danke, dass Sie gekommen sind«, begann Pia Konrad das Gespräch. Dann hielt sie inne und fragte: »Sie waren früher Polizist, nicht wahr?«

Gabathuler bestätigte und merkte, wie ihn ein Unwohlsein beschlich. War die gemeinsame Vergangenheit von ihm und ihrem Mann der Grund, weshalb sie ihn hatte kommen lassen? Wollte sie etwa von ihm persönlich hören, wie ihr Mann damals gestorben war? Gabathuler hatte keine Lust, ihr etwas vorzulügen. Aber die reine Wahrheit kam auch nicht infrage. Seine Hände verkrampften sich. Seine Magengegend tat es ihnen gleich.

»Dann habe ich richtig vermutet. Meine Nachbarin hat mir erzählt, dass der neue Pfarrer früher Polizist gewesen sei. Und da lag bei Ihrem Namen die Vermutung nahe, dass Sie mit meinem Mann zusammengearbeitet haben.«

»Ihr Mann war Michael Konrad, nicht wahr? Dann müssen wir uns an seiner Beerdigung schon einmal begegnet sein.«

»Das ist gut möglich. Ich kann mich kaum an Details dieser Feier erinnern.«

Gabathuler trat ein.

»Ich war damals im vierten Monat schwanger und befand mich mitten im Medizinstudium.«

»Das muss eine sehr schwierige Zeit für Sie gewesen sein.«

»Das Eigenartige in solchen Situationen ist, dass man die Kraft zum Leben findet, ohne zu wissen, woher sie kommt. Du musst einfach weitermachen, weil da ein Kind in dir heranwächst.«

»Ihr Sohn heißt Linus, nicht wahr?«

»Stimmt«, sagte sie erstaunt.

»Ich habe in unserer Mitgliederkartei nachgesehen«, erklärte Gabathuler.

»Und Linus ist auch der Grund, weshalb ich um Ihren Besuch gebeten habe.«

Das Thema bewegte sich weg von Michael und seinem Tod. Gabathulers Anspannung begann sich vorsichtig zu lösen.

»Er ist neun Jahre alt und sollte den kirchlichen Unterricht besuchen. Ich kann ihn aber kaum dazu motivieren. Er klagt immer, es sei so langweilig.«

Da war wieder sicherer Boden. Gabathulers Muskeln entspannten sich vollständig.

»Die Katechetinnen machen bestimmt gute Arbeit. Aber Linus kommt immer schlecht gelaunt aus dem Unterricht nach Hause.«

»Dann machen die Katechetinnen offensichtlich doch keine so gute Arbeit«, meinte Gabathuler.

»Ich kann das alles zu wenig beurteilen. Ich will auch nicht einfach den engagierten Frauen die Schuld geben.«

»Das habe ich auch nicht gemeint. Ich sage nur: Der Unterricht ist für die Kinder da, nicht die Kinder für den Unterricht. Und wenn der Unterricht Linus nicht guttut, dann muss man vielleicht eine andere Lösung für ihn suchen.«

»Ein Problem ist, dass er in einer Klasse mit mehrheitlich Mädchen gelandet ist. Und die Katechetinnen sind auch Frauen.«

»Daran kann ich schlecht etwas ändern«, meinte Gabathuler.

»Linus braucht einen Vater«, sagte Konrad und machte deutlich, weshalb sie sich an Gabathuler gewendet hatte.

Nun meldeten sich leise andere Alarmglocken bei Gabathuler. Du willst doch nicht etwa, dass ich die Vaterrolle bei deinem Sohn übernehme, schoss es durch seinen Kopf.

»Das hat mir Linus vor Kurzem sogar so gesagt. Er wolle endlich auch einen Vater. Und er hatte auch gleich ein Anforderungsprofil parat. Dieser Vater solle mit ihm Fußball spielen, Radtouren machen, im Wald mit Holz anfeuern und Würste braten. Im Sommer solle er mit ihm im See baden gehen und im Winter Ski fahren.«

»Er hat klare Vorstellungen.«

»Das sind alles Sachen, die er von seinen Klassenkameraden hört, wenn sie erzählen, was ihre Väter mit ihnen machen.«

»So ein Vater lässt sich nicht so leicht besorgen, nicht wahr?«

»Ich würde mich ja auch nicht gegen eine Beziehung sträuben. Nur, ich habe keine Zeit dafür. Ich bin Assistenzärztin am Kantonsspital und muss alle Kräfte sammeln, um endlich meine Ausbildung abschließen zu können.«

»Zudem muss ein Partner für Sie noch lange nicht mit dem von Linus gewünschten Vater übereinstimmen.«

Konrad seufzte. »Haben Sie eine Idee, wie man ihm die kirchlichen Pflichten etwas schmackhafter machen könnte?«

»Ich könnte mal Kontakt mit dem CVJM aufnehmen, dem Christlichen Verein junger Menschen. Unsere Kirchgemeinde unterstützt dessen Arbeit. Die gehen, soweit ich weiß, immer noch in den Wald und machen dort Programm. Ich kann mir gut vorstellen, dass er dort mitmachen will.«

»Und dann könnte er den kirchlichen Unterricht fallen lassen?«

»Wenn es tatsächlich eine so große Qual für ihn ist, wäre es ja dumm, ihn weiterhin dazu zu zwingen.«

Kurz nach fünf betrat Gabathuler das City. Frank saß schon auf der Terrasse und hatte zwei Bier vor sich stehen.

»Muss mächtig gedonnert haben gestern«, meinte Frank.

»Das kann man wohl sagen«, antwortete Gabathuler und wischte sich den Schaum vom Mund.

»Wo bist du da reingeraten, lieber Freund?«

»Bin ich in etwas reingeraten?«

»Das war kein Unfall.«

Gabathuler nickte. »Wobei Selbstmord auch nicht zu Staudinger zu passen scheint.«

»Wer sagt das?«

»Angela Friedrichs. Sie arbeitet am selben Institut wie Staudinger.«

»Es war auch nicht Selbstmord«, bestätigte Frank, ohne seinen Blick von Gabathuler abzuwenden.

Das irritierte Gabathuler. »Was schaust du mich so prüfend an?«

»Du hast also wirklich keine Ahnung?«

Gabathuler verzog das Gesicht und nahm einen Schluck.

»Das gestern war kein Versagen des Selbstfahrmodus, und es war kein Selbstmord.«

»Was war es dann?«

»Mord. Eiskalter, nach außen hin gut getarnter Mord.«

»Das musst du mir erklären.« Frank hatte nun Gabathulers volle Aufmerksamkeit.

»Hat es dich nicht auch gewundert, dass Staudinger überhaupt so schnell beschleunigen konnte? Der muss mit rund hundert Sachen in die Mauer gedonnert sein.«

»Doch«, gab Gabathuler zu, »diese Frage ist mir auch

gekommen. Die Verkehrssituation bei der Zwinglikirche lädt nicht wirklich dazu ein.«

»Die Kollegen von der Cyberkriminalität meinten, das passe ganz zu den jüngsten Entwicklungen in der Hackerszene.«

»Wie sehen die denn aus?«

»Seit ein paar Wochen macht in den entsprechenden Foren das Gerücht die Runde, dass es gelungen sei, in die Computer der Teslas einzudringen.«

»Damit man die Autos lahmlegen kann?«

»Oder den Autopiloten übernehmen.«

Gabathuler runzelte die Stirn. »Du meinst, ein Hacker hat Staudingers Tesla ›übernommen‹ und ihn in die Mauer der Kirche donnern lassen?«

»So in etwa.«

»Wer sollte so etwas tun?«

»Genau diesen Fragen müssen wir nun nachgehen. Tatsache aber ist: Wer auch immer das war, er muss Helfer vor Ort gehabt haben. Staudingers Wagen brauchte mindestens hundertfünfzig Meter, um auf diese Geschwindigkeit zu kommen. Die Straße vor der Kirche musste also, wenn auch nur für einen ganz kurzen Moment, gesperrt worden sein.«

»Das ist ja ein Ding!« Gabathuler war wirklich erstaunt. »Und du bist sicher, dass du da ganz zufällig hineingeraten bist?«

»Steck ich denn schon drin?«, fragte Gabathuler, während er in seinem Hosensack nestelte. Sein Handy hatte gepiepst.

Es war eine unbekannte Nummer. Gabathuler zögerte, aber die Neugierde siegte.

»Sie kümmern sich gut um Angela Friedrichs. Würde Sie gerne treffen. Morgen, fünfzehn Uhr? Gruß, RM«

Gabathuler zeigte die Nachricht seinem Freund.
»Du steckst schon tiefer drin, als ich dachte.«
»Was will der?«
»Finde es heraus!«

3

»Wo wollen wir uns treffen?«

»Geben Sie folgende Koordinaten in Ihr Navi ein.« Es folgte eine Reihe von Zahlen. Dann schwieg das Handy wieder.

»Das habe ich ja noch nie erlebt.« Gabathuler schaute auf sein Handy. »René Marchand ...«

»Das ist doch der KI-Forscher, der den Braincode knacken will.«

»Sie hat ihn geknackt.«

Frank machte erst große Augen und meinte dann lachend: »Lieber Freund, du hast ja keine Ahnung, wie tief du bereits drinsteckst.«

Am nächsten Morgen hieß es Abschied nehmen von Barbara und Noah. Die Zeit rund um Geburt und Taufe ging zu Ende. Es waren gute Monate gewesen, in denen sie sich als Kleinfamilie erproben konnten. Barbara und er hatten erlebt, was sie als Paar verbindet. Und sie hatten erfahren, wie der Kleine ihre Beziehung um eine besondere Farbe reicher machte.

Aber auch die Unwägbarkeiten wurden deutlicher. Solange das Pfarrhaus mit pfarramtlichen Themen gefüllt war, hielt sie sich gerne darin auf. Daher hatte sie auch kein Problem, am Pfarrtreff mit Staudinger teilzunehmen. Als aber die Pfarrerinnen und Pfarrer sich anschickten, nach Hause zu gehen, packte sie Noah in den Wagen und fuhr nach Andelfingen. Wäre sie allein mit Gabathuler im

Pfarrhaus zurückgeblieben, hätte Barbara sich davor gefürchtet, Jelena wieder vor sich zu sehen, wie sie reglos am Boden lag, von den Frauenhändlern erschossen. Und sie hätte die Blutlache wieder vor sich gesehen, die sich aus Jelenas Kopf ergoss, immer größer und größer werdend. Barbara konnte sich nicht anfreunden mit der gewalttätigen Vergangenheit ihres Partners, die immer wieder in die Gegenwart ragte. Sie liebten sich. Aber ein Zusammenleben schien nicht möglich.

»Dann fahr ich mal los.« Barbara hatte alles in ihrem Renault Mégane verstaut. Das Reisen mit dem Kleinkind glich ein wenig einem Umzug. Kleider, Windeln, Spielsachen, Laufgitter, Kinderwagen – alles musste mit. Und alles hatte in dem geräumigen Kombi Platz.

»Fahr vorsichtig.«

»Wir nehmen's gemütlich«, sagte Barbara und blickte auf den Rücksitz, wo Noah zufrieden in seinem Kindersitz schlief. Sie lächelte.

»Wann sehe ich euch wieder?«, fragte Gabathuler.

»Kannst du an Pfingsten kommen?«

»Keine Chance. Dann ist hier in der Gemeinde Hochbetrieb. Aber vielleicht kannst du ja hierherkommen?«

Barbara schüttelte den Kopf. »Ich bin jetzt schon spät dran. Alberto steckt bereits mitten in der Rebarbeit. Und Frau Gruber ruft mich täglich an, was sie kochen solle und wie viel das kosten dürfe und so weiter.« Alberto und Frau Gruber waren Mitarbeiter auf Barbaras Gut. Die pensionierte Frau Gruber kochte täglich für die Arbeiter im Weinberg. Alberto war die gute Seele, die jede Rebe persönlich zu kennen schien, unglaublich schnell arbeitete und Barbara in allen Fragen des Weinbaus kompetent beriet.

»Wir hören voneinander.« Gabathuler hatte keine Lust, jetzt eine unfruchtbare Suche nach einem Termin für ein Wiedersehen zu starten.

»Per Videotelefonie kannst du dann ja mitverfolgen, wie der Kleine wächst und gedeiht.«

Gabathuler wusste, dass dies, wenn überhaupt, nur ein sehr dürftiger Ersatz dafür war, dass er seinen Sohn eben nicht groß werden sehen konnte. Aber auch er hatte keine bessere Lösung parat. »Lass mich wissen, wenn ihr angekommen seid.«

»Mach ich.« Sie drückte ihm einen Kuss auf den Mund und stieg ein.

Zum Mittagessen hatte er mit Angela Friedrichs abgemacht. Er wollte sie nun nicht allein lassen. Und er hoffte, etwas über ihren Chef René Marchand zu erfahren.

Sie trafen sich bei einem Italiener auf dem Sulzerareal. Gabathuler hielt es für gut, Angela wenigstens für eine gute Stunde aus dem Umfeld der Fachhochschule herauszuholen. Und er hatte keine Lust auf das Essen in der Mensa.

Friedrichs sah nicht gut aus. Ihre Augen waren matt und von dunklen Ringen umrandet.

»Das Gespräch mit dir nach dem Unfall hat geholfen, das schreckliche Ereignis auf Distanz zu halten. Aber zu Hause überrollte mich die ganze Wucht des Geschehens.«

»Selbstmord ist keine schöne Sache.«

»Wenn es denn Selbstmord war.«

»Woran denkst du?«

»Es macht überhaupt keinen Sinn. Staudinger war kein schwermütiger Mensch. Kommt hinzu …« Friedrichs zögerte.

»Was?«

»Das mag nun etwas seltsam klingen, aber dieser Schulz war heute Morgen schon wieder da.«

»Konntest du mit ihm sprechen?«

»Nein. Er war da, als Petra um sieben aufsperrte. Sie bat ihn zu warten. Und als ich zur Arbeit kam, war er bereits wieder weg.«

»Und?«

»Ich kenne gar keinen Schulz! Was will der? Wieso taucht der genau in dem Moment auf, als Staudinger stirbt?«

»Was könnte der denn wollen?«

»Keine Ahnung! Nur ...«, wieder zögerte Friedrichs und schaute Gabathuler an, »Marchand wollte ja, dass ich mich hier in Winterthur gewissermaßen verstecke. Alle wissen, dass er in Davos sein großes Forschungszentrum hat. Aber ich sollte gewisse Forschungsergebnisse zusammenführen. An einem Ort weit weg von Davos.«

»Ich verstehe wirklich nicht, was du sagen willst.«

»Es weiß eigentlich niemand, dass ich hier arbeite, und vor allem, was ich arbeite. Nun weiß aber doch ein Herr, der sich Schulz nennt, dass ich hier bin. Woher? Was will er?«

»Und es kann wirklich kein Studienkollege oder sonst ein alter Bekannter von früher sein?«

Friedrichs schüttelte den Kopf. »Wenn doch, weshalb ruft er nicht einfach zu Bürozeiten an? Dann könnten wir etwas abmachen. Stattdessen taucht er immer dann auf, wenn ich nicht da bin.«

»Er hat dich zweimal verpasst. Kann das nicht auch Zufall sein?«

Unruhig stocherte Friedrichs in ihrem Risotto. »Ich habe kein gutes Gefühl.«

Schade, dass sie das Essen nicht genießen kann, dachte Gabathuler, denn die Küche hier ist hervorragend.

»Was kannst du mir zu Marchand sagen?«

»Zu René? Was willst du denn wissen?«

»Er hat sich bei mir gemeldet. Ich werde ihn heute Nachmittag treffen.«

Friedrichs Gesichtszüge wurden weicher. »Das ist typisch für René. Er hat das Herz am rechten Fleck. Manchmal ist er vielleicht etwas komisch. Aber das sind doch diese Genies alle ein wenig. Jedenfalls beschäftigt ihn nicht nur der Braincode. Er will auch wissen, wer der Mann ist, der sich da um mich kümmert.«

»Du meinst mich?«

Angela sah ihn erstaunlich freundlich an und nickte.

Sie tranken noch einen Kaffee, dann begleitete er Friedrichs zurück zu ihrem Büro.

»Willst du nicht freinehmen heute Nachmittag?«, fragte Gabathuler.

»Das geht schon.« Friedrichs betrat ihr Büro. Als sie sah, dass es leer war, fragte sie Gummersbach: »Weißt du, wo John ist?«

»Der war vor einer halben Stunde kurz da. Ist dann aber wieder gegangen.«

Das schien Friedrichs nicht zu gefallen. »Der ist doch auch sonst immer der Erste«, meinte sie verärgert und setzte sich an ihr Pult. »So kann man doch nicht arbeiten!«

»Ich dachte, du arbeitest gar nicht mit ihm zusammen.« Gabathuler versuchte, etwas Spannung aus der Situation zu nehmen. Es gelang ihm nicht.

Gummersbach meldete sich noch einmal aus ihrem Büro: »Ach, und übrigens, dieser Schulz hat wieder angeklopft. Das nennt man Pech. Der hat dich schon wieder verpasst.«

Aber Friedrichs schien dies gar nicht zu hören. Sie beschäftigte immer noch Ha. »Der sitzt doch sonst auch immer …« Sie stockte und meinte dann: »Ich ertrag das nicht … alles gerät durcheinander.«

»Darum frage ich noch einmal, willst du nicht lieber nach Hause gehen?«

»Ich kann doch nicht einfach …« Sie sah Gabathuler an. »Danke für das Mittagessen, Roger. Du kannst nun gehen. Ich muss arbeiten.«

Das war nun doch ein unerwartet schroffer Abschied. Aber Gabathuler nahm es ihr nicht übel. Zudem musste er ohnehin losfahren. Er hatte am Morgen noch nachgeschaut, wo die Koordinaten, die Marchand ihm gesandt hatte, hinführten. »Meilen!«, hatte er laut vor sich hingesagt, als er sah, was sein Navi ausspuckte. »Das kennen wir«, meinte er weiter, als hörte ihm jemand zu. Gabathuler besaß in Meilen ein Mehrfamilienhaus, von dem niemand wusste. Er hatte von der Existenz dieses Hauses selber erst bei der Testamentseröffnung nach dem Tod seines Vaters erfahren. Schnell begann er die Anonymität zu schätzen, die ihn in Meilen umgab. So behielt er die Dachwohnung für sich und finanzierte sie mit den Erträgen aus der Vermietung der anderen Wohnungen. Nicht einmal Frank wusste davon. Nur eine Frau kannte sie: Bridschet. Mit ihr verband ihn eine On-off-Affäre. Seit Barbara ihm allerdings mitgeteilt hatte, dass sie schwanger sei, war die Beziehung zu Bridschet im Off-Modus geblieben. Er überlegte, ob er sie nach dem Gespräch mit Marchand anrufen sollte.

Er stieg in sein Saab 900 Cabrio, Baujahr 1993, ließ das Verdeck verschwinden und freute sich am Wind und an den Düften, die ihn bei seiner Überlandfahrt nach Meilen umgaben. Die Sonnenbrille im Gesicht, den Hut auf dem Kopf und in eine warme Jacke gehüllt, genoss er seine Fahrt durch den Frühling.

Das Navi in seinem Smartphone führte ihn nach Obermeilen auf einen Parkplatz neben einem Schulhaus. Er hatte den Wagen noch nicht geparkt, da piepste sein Handy.

»Gehen Sie zu Fuß die Flurstrasse hinauf. Das Gartentor bei Nummer 14 ist offen. Gruß RM«

Gabathuler schüttelte den Kopf. Das ist wirklich ein komischer Kauz. Wieso ruft er mich nicht einfach an?

Die Flurstrasse war eine kleine, steile Straße, die am Rande eines Bachtobels bergauf führte. Zum größten Teil war die Straße von Bäumen beschattet, sodass sich der kühle Frühlingstag noch etwas kühler anfühlte. Gabathuler war kaum fünf Minuten unterwegs, da öffnete sich die Szenerie, und er kam an vereinzelten Häusern vorbei, die auf ihn wie Adlerhorste wirkten. Die Nummer 14 war deutlich angeschrieben. Das Gartentor war aus modernem Stahl gefertigt. Gabathuler sah sich das Gartentor an und fand schnell die Mechanik, mit der es sich öffnen ließ. Er betrat den Platz vor dem Haus. Eine Reihe von Steinplatten, auf denen lustige kleine Mosaike zu sehen waren, führte ihn zur Eingangstür. Als er sie erreicht hatte, öffnete sie sich scheinbar von selbst, und im Türrahmen sah er einen Mann stehen, der etwas älter als er zu sein schien.

»Treten Sie ein, Herr Gabathuler!«, sagte der Mann, und mit einer einladenden Geste ließ er seinen Gast hinein.

»Herr Marchand, nehme ich an.« Gabathuler war immer noch nicht sicher, worauf er sich da eingelassen hatte.

»Sie nehmen richtig an. Kann ich Ihnen einen Kaffee anbieten?«

»Gerne.«

»Und ein Eis dazu? Ich liebe Eiscreme. Ich trinke nicht,

ich rauche nicht. Aber für ein gutes Eis mache ich beinahe alles.«

»Haben Sie Stracciatella?«

»Ah, Sie lieben Ihr Eis cremig. Nehmen Sie doch schon mal auf dem Sofa Platz. Ich bin eher der Sorbet-Typ. Außer leicht gesalzenes Karamelleis. Ich liebe Karamelleis!« Marchand verschwand hinter der großen Tür seines Eisschrankes, der in der zum Wohnbereich hin offenen Küche stand.

Gabathuler wusste nicht, wo er hinschauen sollte. Auf der einen Seite ließ ihn dieser Mann nicht los, der so freundlich und gewöhnlich aussah, dass er in nichts an einen Spitzenforscher erinnerte. Er trug Jeans von True Religion, wie auf dem Label an seinem Hosenbund deutlich zu erkennen war. Sein Oberkörper steckte in einem weißen Hemd, und als wäre er einem Modeheft entsprungen, hatte er einen hellblauen Sweater über die Schultern geworfen. Sein gelocktes Haar war schwarz. Einzig vereinzelte graue Haare zeigten an, dass auch an ihm der Zahn der Zeit nagte.

Auf der anderen Seite war da diese große Fensterfront, die einen umwerfenden Blick auf den See und die dahinterliegenden Berge freigab. Selbstverständlich gab es im Garten auch einen Swimmingpool.

»Ich denke, wir bleiben besser hier drinnen«, meinte Marchand und stellte eine Schieferplatte mit Gabathulers Kaffee und einem Eisbecher auf den dunklen, aus massivem Holz bestehenden Salontisch. Marchand ging noch einmal zurück in die Küche und kam kurz darauf mit einer ebensolchen Schieferplatte zurück, auf der sein Kaffee und ein Becher Apfeleis stand.

»Sie sind gut über mich informiert«, begann Gabathuler das Gespräch. Es drängte ihn herauszufinden, mit wem er es zu tun hatte. »Woher wussten Sie, dass ich mich um Angela Friedrichs kümmere?«

»Ich habe Sie gesehen«, antwortete Marchand mit vollem Mund.

»Wann haben Sie mich gesehen?«

»Als Staudinger in die Kirchenmauer raste.«

»Sie haben den Unfall gesehen?«

»Das war kein Unfall«, sagte Marchand, als wäre es die selbstverständlichste Sache der Welt. »Ich wusste, dass das geschehen würde.«

Gabathuler merkte, dass ihn diese kurzen Antworten zu nerven anfingen. »Vielleicht könnten Sie mal in zwei, drei zusammenhängenden Sätzen erklären, wie Staudingers Tod und mein Besuch hier bei Ihnen zusammenhängen.«

»Natürlich.« Marchand stellte seinen Eisbecher hin, trank einen Schluck Kaffee, lehnte sich zurück und begann zu erzählen: »Wie Sie sicher wissen, arbeite ich am Braincode. Denn anders als all das, was im Moment in den Medien künstliche Intelligenz genannt wird, wären Maschinen, die mit einem Braincode versehen sind, wirklich intelligent.«

»Frau Friedrichs hat ihn mir vorgeführt.«

»Er funktioniert also?«

»Soweit ich das verstanden habe, ja.«

»Und?«

»Es war beeindruckend.«

Marchands Gesicht leuchtete. »Hoffentlich bekomme ich ihn auch bald zu sehen.«

»Wo liegt das Problem?«

»Sie werden sich gewundert haben, weshalb ich Sie die letzten Meter zu Fuß habe gehen lassen.«

»Nicht nur das fand ich seltsam.«

»Sie kamen ein kleines Waldstück hoch, und nachdem

Sie durch das Gartentor getreten sind, haben Sie unentwegt auf die kleinen Mosaikbilder geachtet.«

»So war es.«

»Das war alles zu Ihrem Schutz. So waren Sie zuerst durch die Bäume verdeckt, und weil Sie anschließend den Kopf stets nach unten neigten, konnte auch kein Satellit Ihr Gesicht sehen.«

»Sie scherzen.«

»Mitnichten! Die werden mittelfristig schon herausfinden, wer mich da besucht hat. Aber ich zögere das Ganze immer gerne etwas hinaus.«

»Wieso sollte jemand mich mit einem Satelliten beobachten?«

»Weil Sie mich besuchen. Sehen Sie«, Marchand rückte auf die Kante des Sofas, »KI ist ein unglaublich leistungsfähiges Instrument. Alle sind daran interessiert. Und wenn ich sage ›alle‹, dann meine ich alle.«

Gabathuler nickte.

»Das gilt noch viel mehr für den Braincode. Wer den hat, hat sehr viel Macht in seinen Händen. Deshalb sind auch zahlreiche Geheimdienste und zweifelhafte Firmen daran interessiert.«

»So sehr, dass Sie sogar mit Satelliten ausspioniert werden?«

»Diese Fenster hier«, Marchand zeigte auf die Front zum Garten und zum See hin, »sind kugelsicher. Wenn Sie nicht mindestens mit einem Panzer darauf schießen, gehen die nicht kaputt. Wenn ich neue Nachbarn bekomme, unterzieht der schweizerische Nachrichtendienst sie einem Backgroundcheck. Selbst meinen Laptop, den ich lediglich für den alltäglichen Mailverkehr nutze oder um die Öffnungszeiten eines Restaurants herauszufinden, hat der Nachrichtendienst besonders abgesichert.«

Gabathuler begann zu ahnen, wo er da hineingeraten war. »Und Staudinger? Was hat der damit zu tun?«

»Der wusste ja in etwa, woran Angela forscht, und muss herausgefunden haben, dass sie den Code geknackt hatte.«

»Und dieses Wissen genügte, dass er sterben musste?«

»Nicht zwingend. Aber er wollte den Code den Chinesen verkaufen. Und das wussten andere zu verhindern.«

»Ich dachte, ausschließlich Frau Friedrichs habe den Braincode.«

»Das ist wahrscheinlich auch so. Vor allem hoffe ich es!«

»Was wollte er denn verkaufen?«

»Es sieht so aus, als hätte er den Besitz glaubhaft vorgetäuscht, um eine erste Tranche Geld zu bekommen.«

»Was wären denn die nächsten Schritte gewesen?«

»Genau weiß ich das natürlich nicht. Aber mit der definitiven Übergabe des echten Codes hätte er auch untertauchen müssen. Wahrscheinlich in China.«

»Woher wissen Sie das alles? Das klingt, als wären Sie selber Mitglied eines Geheimdienstes.«

Ein leicht schelmisches Lächeln huschte über Marchands Gesicht. »Nun, wenn die eine Leitung zu uns legen, um uns abzuhören und Daten zu klauen, dann hören wir auf derselben Leitung mit, was die machen.«

»Wobei das bestimmt nicht so einfach ist, wie es sich anhört.«

»Wir haben eben auch hervorragende Computeringenieure.«

»Und Sie wussten, dass Staudinger an jenem Morgen sterben würde?«

Marchand nickte. »Wir hatten etwa zwei Tage vorher mitbekommen, wann es geschehen würde.«

»Und Sie haben ihn nicht gewarnt?«

»Dann hätten sie ihn einfach später vom Balkon gestürzt

oder so. Zudem war er ein Sicherheitsrisiko geworden. Er wollte uns und unsere Arbeit an die Chinesen verraten.«

Gabathuler brauchte einen Moment, um das Gehörte setzen zu lassen. Dann fragte er weiter: »Wo waren Sie denn, als es geschah?«

»Ich hatte direkt neben der Zwinglikirche geparkt, an der Zwinglistrasse. Und sie waren alle da.«

»Wer war da?«

»Na, die Briten und natürlich die Amerikaner, die den sogenannten Unfall inszeniert haben. Ich glaube, ich habe sogar einen Deutschen gesehen, der aus der Ferne die Sache beobachtete.«

»In dem Fall wissen Sie, wie das Attentat verlief.«

»Selbstverständlich. Vermutlich hatten die Amerikaner die Steuerhebel des Autocomputers schon in der Hand, als Staudinger einstieg. In dem Moment, wo er in seinen Tesla einstieg, war er schon verloren. Von der Pflanzschulstrasse an hatten sie den Autopiloten dann übernommen.«

In Gabathulers Kopf entstand nach und nach ein Film von Staudingers Tod.

»Vielleicht erinnern Sie sich«, fuhr Marchand fort, »gegenüber der Kirche gibt es einen Kindergarten oder dergleichen. Dort hatten sie einen schwarzen Kleintransporter geparkt. Dann ging alles sehr schnell. Im entscheidenden Moment fuhr der Kleintransporter auf die Straße und blockierte den Verkehr. Die Bahn war frei für Staudinger. Der beschleunigte ungehindert, raste über die Kreuzung und donnerte ungebremst in die Mauer der Kirche.«

»Und Sie saßen quasi in der ersten Reihe.«

»Staudinger tat mir leid. Aber er hat sich auf ein Spiel eingelassen, das er nicht beherrschte.«

»Und dann?«

»Der Kleintransporter fuhr davon. Anschließend sah ich

den Briten davonfahren, der gleich neben den Amis geparkt hatte. Und dann erschienen Sie auf der Bildfläche.«

»Wie lange haben Sie uns denn zugeschaut?«

»Eine ganze Weile. Und als ich sah, dass Sie sich um Angela kümmerten, wusste ich, dass ich noch länger an Ihnen dranbleiben würde.«

Gabathuler war in Sachen Polizeiarbeit kein unbeschriebenes Blatt. Aber in die Arbeit der Geheimdienste hatte er nie Einblick gehabt. Das war bereits zu seiner Zeit eine andere Welt gewesen. Und so war er nicht wenig beeindruckt von den Schilderungen Marchands.

»Und was machen Sie jetzt mit dem Braincode?«

»Noch habe ich ihn ja nicht.«

»Und Sie können ihn auch nicht einfach bei Frau Friedrichs abholen, nehme ich an.«

»Sie haben ja gesehen, was passiert, wenn man zu sorglos damit auf die Straße geht.«

»Ich dachte, Staudinger hatte den Braincode gar nicht?«

»Richtig. Aber das wissen die anderen ja nicht.«

»Wie haben Sie denn bis anhin die Forschungsergebnisse übergeben?«

»Wir haben uns immer an einem anderen Ort getroffen. Mal in einer Autobahnraststätte, mal am Bahnhof Meilen, ein andermal auf der Zugfahrt nach Bern. Einmal haben wir sogar auf einer Radtour in einem Waldstück hinter Winterthur die Dokumente ausgetauscht.«

Gabathuler musste lachen. »Sie machen den Eindruck, als wäre das alles ein Abenteuer für Sie.«

»Es ist ein gefährliches Spiel, wie gesagt«, meinte Marchand mit ernster Miene. »Aber es ein Spiel. Und gute Spiele machen immer auch Spaß.«

»Das hier ist offensichtlich ein gutes Spiel«, versuchte Gabathuler Marchands Metapher auf den Punkt zu bringen.

»Mir gefällt's. Und man lernt seine Mitspieler kennen und einschätzen. Sehen Sie«, Marchand löffelte schnell sein Eis aus, das in der Zwischenzeit ganz zerlaufen war, »die Amis handeln. Wenn etwas schiefzulaufen droht, greifen sie ein. Schnell, hart, konsequent. Wie bei Staudinger. Die Briten stehen eher am Rand, entwickeln Strategien und platzieren ihre Figuren strategisch geschickt. Und die Chinesen sind enorm engagiert, verstehen aber manchmal nicht wirklich, was abgeht. Insofern war die Ermordung Staudingers eine typische Aktion.«

»Und die Deutschen?«, fragte Gabathuler, der sich daran erinnerte, dass ein deutscher Agent in der Nähe gestanden haben könnte.

»Ach, die Deutschen sind okay. Sie sind immer gut informiert, haben aber gleichzeitig ein schlechtes Gewissen.«

Gabathuler zog die Brauen hoch. »Ein schlechtes Gewissen?«

»Ja, die brauchen einen Geheimdienst, wissen aber, dass das nicht geht, ohne eine rechtliche Grauzone zu betreten. Die deutschen Agenten sind die Einzigen, die eine Parkuhr füttern und nachzahlen, wenn die abgelaufen ist.«

Gabathuler lachte laut auf. »Im Ernst?«

»Und erst, wenn die Amis vorangegangen sind, ziehen auch die Deutschen selbstbewusst nach.«

»Bliebe noch der schweizerische Nachrichtendienst.«

»Bei denen ist es wie in der Fußballnationalmannschaft. Sie haben zum Teil hervorragende Leute, werden ab und an von den anderen unterschätzt und erzielen gelegentlich einen Überraschungscoup. Aber bei den Großen ernsthaft mitspielen können sie nicht.«

»Was wollen Sie von mir?« Gabathuler lenkte das Gespräch wieder auf den Grund seines Kommens.

»Bringen Sie mir den Braincode.«

Gabathuler sah ihn fragend an.

»Ich habe gelesen, dass Sie früher bei der Polizei waren.«

»Das war einmal. Nun bin ich Pfarrer.«

»Und als solcher genießen Sie Angelas Vertrauen. Ihnen würde sie den Braincode anvertrauen. Ich wäre froh, wenn sie den Mittelsmann zwischen ihr und mir machen könnten.« Marchands Stimme hatte nun eine ernste Färbung.

»Ich soll Ihnen also den Braincode vorbeibringen?«

»Und zwar bevor ihn sich irgendjemand sonst schnappt. Die Zeit drängt also.«

Das leuchtete Gabathuler ein. Friedrichs war in Gefahr, solange sie den Braincode hatte. Und wenn sie ihm diesen Code geben würde, könnte er ihn relativ unauffällig Marchand übergeben.

»Ich werde sehen, was ich machen kann«, gab Gabathuler zur Antwort.

»Das reicht nicht«, sagte Marchand energisch. Plötzlich waren Marchands Gesichtszüge angespannt. Für Gabathuler war der Druck, unter dem Marchand stand, nun nicht mehr zu übersehen.

»Ich muss den besser gestern als morgen haben.« Marchands Stimme klang gepresst.

»Es geht Ihnen nicht nur um die Früchte Ihrer Arbeit, habe ich recht?« Gabathuler versuchte auszusprechen, was Marchands Gesicht und Stimme ihm verrieten.

»Natürlich will ich auch das Rennen gewinnen. Aber es geht um mehr. Der Braincode muss transparent und allgemein zugänglich gemacht werden. Dann wird er ein Instrument im Dienst der Menschen, eine demokratisch zugängliche Technologie. Wenn der Braincode in die falschen Hände gerät, dann …«, Marchand schaute auf den weit unter ihm liegenden See, »dann sind wir auf das Wohlwollen von irgendwelchen Geheimdiensten oder Techkonzernen angewiesen. Und das können wir nicht wollen.«

Gabathuler verstand Marchands Ungeduld.

»Ich rufe Sie an, wenn Frau Friedrichs mir den Code übergeben hat.«

»Aber nicht doch«, Marchand strahlte nun wieder eine größere Leichtigkeit aus. »Wie heißt es so schön: *Don't call us, we call you.*«

»Die Koordinaten kenne ich jetzt ja.«

»Es werden andere sein.«

»Andere?«

»Ich werde nicht mehr lange hier sein.«

»Hier ist es doch wunderschön«, meinte Gabathuler mit Verweis auf den Zürichsee und die Berge.

»Das ist nicht das Problem. Aber jetzt, nachdem das Gerücht die Runde macht, dass der Braincode geknackt ist, wird man die Kreise um mich immer enger ziehen. Da gehe ich lieber nach Davos, wo ohnehin der Sitz meiner Forschungseinrichtungen ist.«

»Dort werden die Geheimdienste nicht hinkommen?«

»In Davos werde ich es vor allem mit den Chinesen zu tun haben. Und die sorgen dafür, dass mir die anderen nicht zu nahe kommen.«

»Sind Ihnen die Chinesen irgendwie besonders sympathisch?« Gabathuler war irritiert.

»Nicht im Geringsten. Aber es ist einfacher, einen einzelnen Geheimdienst im Blick zu haben als drei oder vier.« Marchand sagte das mit entwaffnender Lockerheit. Gabathuler musste lachen.

»Sie leben definitiv in einer anderen Welt, Herr Marchand!«

»Und doch ist es dieselbe wie die Ihre«, meinte dieser lächelnd. »Darum müssen wir zusammenspannen.«

Gabathuler stand auf. Er blickte noch einmal lange in die sich vor ihm entfaltende Landschaft, die seine Augen wie selbstverständlich zum See lenkte und schließlich das Panorama in die Bergwelt eröffnete. »Schön!«, seufzte Gabathuler und wandte sich zum Gehen. Doch als er zur Haustür kam und seinem Gastgeber zum Abschied die Hand reichen wollte, meinte dieser freundlich, aber bestimmt: »Hier sind Sie hereingekommen. Daher sollten Sie besser nicht hier hinausgehen.«

Gabathuler sah ihn fragend an.

»Das ist wieder mein Spiel mit den Jungs und ihren Satelliten.«

Gabathuler machte einmal mehr große Augen und sagte. »Wie Sie meinen.«

»Wenn ich vorgehen darf.« Mit diesen Worten öffnete Marchand eine Kellertür. Was sich erst anfühlte wie ein normaler Gang in die üblichen Räumlichkeiten unter einem Einfamilienhaus, verwandelte sich mehr und mehr in einen Marsch durch hell erleuchtete und weiß gestrichene, aber scheinbar endlose Katakomben. Sie gelangten in eine Garage, in der diverse Autos standen. Gabathuler musterte die gepflegten Wagen. Neben zwei schnittigen BMW X6 standen da ein kleiner roter Mini und ein Mercedes-Cabrio, das wohl bereits in den 1990er-Jahren gebaut worden war.

»Kein E-Auto?«, fragte Gabathuler, als sie zügigen Schrittes durch die Garage gingen.

»Nach dem tragischen Unfall von Staudinger verstehen Sie ja, wieso.«

»Ich dachte, es war kein Unfall«, meinte Gabathuler. Marchand antwortete nicht. »Sie wissen aber schon, dass man diese Wagen stattdessen in die Luft sprengen kann. Ist eine nicht unübliche Methode. Nicht nur in Geheimdienstkreisen.«

Marchand blieb bei einer roten Tür stehen. »Dafür muss man aber erst an die Autos herankommen.« Er drückte die Klinke und betrat einen weiteren Gang. Automatisch gingen die Lichter an. »Hier sage ich Ihnen nun auf Wiedersehen.« Er gab Gabathuler die Hand. »Sie gehen einfach den Flur entlang, bis Sie wieder an eine Tür kommen. Wenn Sie diese öffnen, stehen Sie im Kellergeschoss des Schulhauses, neben dem Sie geparkt haben. Dort gehen Sie einfach rechts und dann immer geradeaus. So finden Sie von selbst hinaus.« Gabathuler erwiderte den Händedruck. »Wichtig ist, dass Sie die Tür wieder hinter sich schließen.«

»Das sollte ich schaffen«, sagte Gabathuler und machte sich davon. Der Flur zog sich hin. Er hatte ein leichtes Gefälle und führte um zwei Ecken, bevor er zu besagter Tür kam. Als er sie hinter sich schloss, wurde ihm klar, weshalb niemand in der Schule dazu Fragen stellte. Die Tür war schlicht nicht zu sehen. Ihre Verkleidung war aus dunklem Holz und fügte sich so gut in den Rest der Wand ein, dass die Tür nicht als solche zu erkennen war. »Wie die Tapetentüren in den alten Schlössern«, murmelte Gabathuler bewundernd. Wenig später stand er in der Sonne vor dem Schulhaus und blickte auf seinen Saab.

Soll ich mich jetzt noch bei Bridschet melden?, fragte er sich. Sie war eine gute Freundin. Sie konnten viel zusammen lachen. Aber sie war stets auch mehr als eine Freundin gewesen. Daher entschied Gabathuler, sich nicht bei ihr zu melden. Es gab gute Gründe, sich selbst und andere nicht in Versuchung zu führen.

Stattdessen rief er Friedrichs an. Aber er erreichte sie nicht. Nicht unter ihrer Büronummer und nicht auf ihrem Handy. Gabathuler war sich nicht sicher, wie er das deuten sollte. Wollte sie einfach Ruhe haben? Oder war etwas nicht in Ordnung?

Am nächsten Morgen war Gabathuler wie gewöhnlich früh auf, drehte seine Joggingrunde und forderte anschließend seine Muskeln im Krafttraining. Dann gab es einen Kaffee. Nach dem Duschen drückte er an der Kaffeemaschine den Knopf für die zweite Tasse und holte sich die Zeitung. Dann folgten das Frühstück und schließlich erste Notizen für die Predigt vom Sonntag. Als der Samstagmorgen so weit fortgeschritten war, dass es nicht mehr unanständig war anzurufen, wählte er Friedrichs' Handynummer. Diesmal erfolgreich.

»Wie geht's?«, fragte Gabathuler.

»Ich muss verschwinden.«

»Wieso das denn?«

»Ich habe Angst.«

»Wovor?«

»Ich kann niemandem trauen, habe ich das Gefühl. Jedenfalls rächt sich jetzt, dass ich hier keine richtigen Beziehungen zu den Mitarbeitern aufgebaut habe.«

»Was ist denn passiert?«, fragte Gabathuler nun energisch.

»Du hast es ja mitbekommen. Schulz war wieder da, und Ha ist gestern Nachmittag gar nicht mehr gekommen. Das ist sehr ungewöhnlich. Zudem war jemand an der Schlüsselbox.«

»In der der Schlüssel zur Ludothek steckt?«

»Genau.«

»War jemand in der Ludothek?«

»Ich weiß es nicht. Ich habe mich nicht getraut nachzusehen.«

»Woher weißt du denn, dass jemand den Schlüssel entwendet hat?«

»Der Schlüssel ist da. Aber wenn ich die Box schließe, drehe ich die Zahlen immer alle auf null. Gestern war das nicht der Fall.«

»Wer kennt denn die Zahlenkombination für die Schlüsselbox?«

»Seit Staudinger tot ist, nur noch ich. Die Kombination ist nicht das Problem. Die ist leicht zu knacken.«

»Aber?«

»Man muss wissen, zu welchem Schloss der Schlüssel passt. Verstehst du?« Nun war es Friedrichs, die ärgerlich wurde. Als ob er schwer von Begriff wäre. »Wer immer sich an dieser Box zu schaffen gemacht hat, musste wissen, was sich in der Ludothek befindet.«

»Das wusste aber niemand, richtig?«

»Ha wird wohl geahnt haben, dass ich in der Ludothek nicht ›Eile mit Weile‹ gespielt habe. Und er ist gestern nicht mehr zur Arbeit gekommen. Vielleicht hat er etwas herausgefunden.«

»Mhm.« Gabathuler dachte nach. »Und Schulz?«

»Der ist mir sowieso suspekt. Aber das ist noch nicht alles. Als ich gestern nach Hause wollte, ist mir jemand gefolgt.«

»Bist du sicher?«

»Ich habe den Mann vorher noch nie gesehen. Er ist in denselben Bus gestiegen. Als ich ausstieg, um noch ein paar Lebensmittel zu kaufen, stieg er ebenfalls aus. Und als ich mit derselben Linie weiterfuhr, saß er auch wieder im Bus.«

»Meinst du nicht, dass das Zufall ist?«

»Seit klar ist, dass Staudingers Tod kein Unfall war, bin ich misstrauisch.«

»Ist er dir denn bis nach Hause gefolgt?«

»Oh, ich bin nicht zu Hause! Das wollte ich nicht riskieren. An der nächsten Station bin ich ausgestiegen, in einen weiteren Supermarkt gegangen und durch die Anlieferung raus.«

»Wo bist du denn jetzt?«

»Das werde ich dich bei Gelegenheit wissen lassen.«

»Du traust mir nicht?«

»Ich traue unserer Telefonverbindung nicht.«

Ob Friedrichs tatsächlich verfolgt worden war oder sich nur in etwas reinsteigerte, konnte Gabathuler nicht beurteilen. Er hielt beides für möglich. Doch der Ermittler in ihm war geweckt.

»Soll ich mal in deinem Labor nachschauen, ob ich irgendwelche Spuren finde?«, fragte er. »Ich meine, wenn ich auftauche und mich nach dir erkundige, dann fällt das nicht auf. Ich könnte mir dann den Schlüssel nehmen und mich in der Ludothek mal umsehen.«

»Das ist eine Idee. Ich gehe da jedenfalls nicht mehr hin, bis sich die Lage beruhigt hat.«

Gabathuler zweifelte, dass sich die Situation für Angela so schnell beruhigen würde. Aber er sagte nichts dergleichen. Stattdessen meinte er: »Dann müsste ich den Code zur Schlüsselbox haben.«

»Ich schick ihn dir, wenn du in mein Büro gehst.«

»Einverstanden. Ich ruf dich an.«

»Nein, ich bin nun auch für dich nicht mehr zu erreichen. Ich werde diese SIM-Karte gleich nach unserem Gespräch vernichten.«

»Du meinst es wirklich ernst.«

»Ich habe Angst.«

»Ist das zeitkritisch? Ich schaff's wohl nicht vor nächster Woche.«

»Das sollte kein Problem sein. Am Wochenende kommt sowieso niemand in unsere Räumlichkeiten«, sagte Friedrichs. »Aber wenn du dann in der Ludothek bist«, fuhr sie fort, »zieh bitte den Hauptstecker.«

»Ich soll die Stromzufuhr unterbrechen?«

»Genau. Dann fährt der Computer ganz runter und kann ohne mich nicht mehr gestartet werden.«

»Wenn du das so wünschst, werde ich es machen.«

»Und Roger …«

»Ja?«

»Vorher bist du ja in meinem Büro, um den Schlüssel zu holen. Kannst du dann auch gleich noch die dicke Familienbibel mitnehmen?«

»Mach ich.«

Sie legten auf. Die Frage nach der seltsamen Nachricht auf Band hatte er vergessen.

Den Dienstag hatte er auch deshalb vorgeschlagen, weil er den Montag als Pfarrersonntag hochhalten wollte. Das gelang ihm an diesem Montag nur bedingt. Esther Wälti kam zu Besuch. Unangemeldet.

»Hast du eine Tasse Kaffee für eine durstige Seele?«, fragte sie, als Gabathuler die Tür geöffnet und sie mit erstaunten Augen angesehen hatte.

»Daran soll es nicht fehlen«, meinte Gabathuler und ließ sie herein.

»Ich brauch jemanden zum Reden«, sagte Wälti, nachdem Gabathuler den Kaffee aufgetischt hatte.

»Sagt die Seelsorgerin zum Seelsorger«, konstatierte Gabathuler. Wälti sah müde aus. Aber es war nicht die Müdigkeit nach einem langen, harten Arbeitstag oder nach einer Nacht mit schlechtem Schlaf. Es war jene Müdigkeit, die sich aus einer tiefen Erschöpfung speist.

»Ich hatte schon ein paarmal das Gefühl«, begann Wälti, »dass du verstehst, worum es mir in der Arbeit als Pfarrerin geht. Und vor allem, woran ich leide in diesem Beruf.«

»Das kann gut sein«, meinte Gabathuler abwartend.

»Du hast an jenem Morgen, kurz bevor Staudinger starb,

gesagt, wir hätten nichts mehr zu sagen. Das hat mich getroffen. Vermutlich, weil es zutrifft.«

»Ich denke, wenn man sich das eingesteht, dann wird die Arbeit in der Gemeinde zunächst um einiges schwieriger. Zugleich aber auch leichter.«

»Mir ist sie in den vergangenen Jahren vor allem immer schwerer geworden. Die Freude, die mich nach dem Studium beflügelte, der Elan, der mich in die Gemeindearbeit trieb, sind mehr und mehr verschwunden und haben einem soliden alltäglichen Handwerk Platz gemacht.«

»Solides Handwerk ist nichts Schlechtes. Aber so wie du es sagst, klingt es mehr nach Resignation.«

»Ich bin frustriert. Und das meine ich im Sinne des Wortes: Es war alles vergeblich, was ich in den vergangenen Jahren und Jahrzehnten gearbeitet habe.«

»Das stimmt so bestimmt nicht.«

»Natürlich ist mir viel Dankbarkeit entgegengekommen. Nur, es hatte keinen Langzeiteffekt. Ich habe es kaum je erlebt, dass Menschen, mit denen ich tiefe seelsorgerliche Begegnungen hatte, sich später in der Kirche engagiert hätten oder gar wieder in die Kirche eingetreten wären.« Wälti seufzte. Ihre Augen blickten Gabathuler traurig an. »Stattdessen Niedergang, wo man hinschaut. Wir werden immer kleiner, ärmer, älter«, fasste sie zusammen.

»Du warst der Erste, der in aller Klarheit ausgesprochen hat, dass es an uns liegt, dass wir nichts mehr zu sagen haben.«

»Sich so etwas einzugestehen, ist keine angenehme Sache.«

»Mir hat es gutgetan, das in dieser Klarheit ausgesprochen zu hören.«

»Einsicht ist der erste Schritt zur Besserung«, meinte Gabathuler. »Die Frage ist, welche Schritte müssen folgen.«

»Ich könnte mir vorstellen, dass KI die Lösung ist.«

»Künstliche Intelligenz? Das bezweifle ich. Wie kommst du denn darauf?« Gabathuler war über diese Aussage erstaunt.

»Doch, ich denke, das ist die Zukunft. Und ich bin froh, dass ich nun kurz vor der Pensionierung noch die Gelegenheit bekomme, am Neubau unserer Kirche mitzuwirken.«

»Wieso soll eine neue Technologie Probleme lösen, die inhaltlicher Natur sind?«

»Ich war bei Daniele Rosso. Er hat mich in die Cyber Church eingeführt. Das war eindrücklich. Da entsteht eine ganz neue Community. Da treffen sich junge und weniger junge Menschen im Cyberspace, als phantasievolle Avatare. Es ist faszinierend!«

»Aber haben die mehr oder Besseres zu sagen als wir?«

»Sie beten zusammen, spielen Musik, und einer predigt dann auch.«

»Das denke ich mir. Aber die Frage ist doch, ob sie inhaltlich mehr zu bieten haben!« Gabathuler war verwundert, dass seine Kollegin so unkritisch auf die neue Technologie ansprach.

»Natürlich! Du solltest nur einmal diese virtuellen Räume sehen. Die sind ganz anders. Die sehen so gar nicht aus wie unsere Kirchen.«

Wälti erzählte weiter von ihrem Erlebnis in der Cyberkirche. Und Gabathuler hörte mit einer Mischung aus Interesse und Verwunderung zu. Er sah, wie seine Kollegin mehr und mehr auflebte. Allerdings wollte ihm ihre Begeisterung nicht so richtig gefallen. Sie hatte etwas Überhitztes. Sie kam nicht aus der Tiefe des Herzens, sondern schien ihm mehr Ausdruck eines überlasteten, durstigen Kopfes zu sein, der eine Fata Morgana für die rettende Oase hielt.

Als Wältis Erzählfluss langsam versiegte, fragte Gabathuler: »Hast du dir schon einmal überlegt, ein Time-out zu nehmen?«

»Time-out? Wie kommst du darauf?«

»Du hast in den vergangenen Jahren viel gearbeitet, hast harte Zeiten durchgemacht und mit wachen Augen und leidendem Herzen die großen Probleme unserer Kirche wahrgenommen. So etwas nagt an Leib und Seele.«

»Du meinst, ich habe ein Burnout?«

»Der Gedanke ist mir gekommen.«

»Ich bin versucht, das weit von mir zu weisen. Aber ich habe genug Patienten erlebt, die genau das zu ihrem eigenen Nachteil gemacht haben.«

»Vielleicht wäre es ja gar keine dumme Idee, sich für ein paar Wochen krankschreiben zu lassen. Oder das Pensum zu reduzieren. Oder beides miteinander zu kombinieren.«

»Ja, vielleicht. Andererseits werde ich in rund einem Jahr ohnehin pensioniert. So lange werde ich es schon noch aushalten.«

»Wer Hilfe braucht, braucht die in der Regel sofort und nicht erst in einem Jahr«, wandte Gabathuler ein.

»Nun sei mal nicht so dramatisch«, sagte Wälti mit überraschend charmantem Lächeln. »So schlimm wird es wohl nicht sein. Zudem möchte ich meinen Beitrag nun noch im Rahmen der Cyberkirche leisten. Die Zukunft soll nicht ohne mich anbrechen.«

Gabathuler drang nicht mehr zu ihr durch. Was ihn beunruhigte. Er hoffte, dass sie recht hatte und sie ihr letztes Berufsjahr noch einigermaßen unbeschadet überstehen würde.

Am nächsten Morgen ging er an die Technikumstrasse und meldete sich bei Frau Gummersbach. Er fragte nach Angela Friedrichs.

»Die ist nicht da«, war die erwartete Antwort von Gummersbach, die ihn durch ihre dicken Brillengläser ansah. »Sie ist gestern schon nicht gekommen. Hat sich krankgemeldet. Ha ist auch nicht da, Staudinger ist tot, und an mir bleibt mal wieder die ganze Arbeit hängen.«

Nur der Form halber fragte Gabathuler noch: »Haben Sie eine Ahnung, wann sie wieder kommt? Oder wo ich sie erreichen kann?«

»Nein, keine Ahnung. Herr Schulz wollte dasselbe wissen. Konnte ihm aber auch nicht helfen. Der Arme läuft nun schon eine ganze Weile vergeblich der Frau Friedrichs hinterher. Aber er will mir auch nicht seine Nummer geben, damit Frau Friedrichs ihn anrufen kann.«

»Schulz war heute Morgen hier?«

»Sie müssten ihn noch gesehen haben. Der ist erst vor wenigen Minuten wieder gegangen.«

»Danke«, sagte Gabathuler mit nachdenklicher Miene. Dann fügte er an: »Wenn ich darf, warte ich einen Moment in Frau Friedrichs Büro. Vielleicht kommt sie ja noch.«

»Wieso wollt ihr denn alle auf sie warten? Die kommt heute bestimmt nicht mehr. Sie ist wahrscheinlich krank im Bett. Aber tun Sie sich keinen Zwang an.«

Gummersbachs Aufmerksamkeit galt schon längst wieder ihrem Bildschirm. Der Mund schien losgelöst von dem, was ihr Hirn eigentlich beschäftigte. So betrat Gabathuler unbehelligt Friedrichs' Büro. Schulz war also eben auch noch hier gewesen. Der wollte bestimmt nicht einfach mit Friedrichs einen Kaffee trinken und über die guten alten Zeiten plaudern. Gabathuler schaute sich im Büro um. Es war perfekt aufgeräumt, das war ihm schon das letzte Mal aufgefallen. Die Bibel, um die sie gebeten hatte, lag da, wo sie immer lag. Gabathuler sah sich noch einmal im Raum um. Sein Blick fiel auf die Schlüsselbox. Sie stand offen! Klar doch, schoss es ihm durch den Kopf. Schulz will in die Ludothek. Er hatte es wohl auch schon am Freitag versucht und war vermutlich gestört worden. Gabathuler rannte mit der Bibel unterm Arm los. Er stürzte die Treppe hinunter und eilte durch die weitläufigen Kellerflure zur Ludothek. Die Tür war nur angelehnt. Wenn Schulz tatsächlich da drin war, dann musste er Gabathulers Schritte gehört haben. Langsam stieß Gabathuler die Tür auf. Es brannte Licht. Vorsichtig tat er einen Schritt hinein. Zu seiner Rechten öffnete sich der Raum, wie er ihn vom ersten Besuch her kannte. Die Lampen warfen ihr warmes Licht auf den Arbeitsplatz, an dem Friedrichs und er den sich entfaltenden Braincode bestaunt hatten. Sonst war niemand zu sehen. Daher wandte er seinen Blick nach links und sah gerade noch, wie ein Stock auf ihn niedersauste. Reflexartig riss Gabathuler die Arme hoch und konnte den Schlag mit der Bibel abfangen. Der Stock zerbrach, und Gabathuler konterte mit einem gezielten Fußtritt, der den Angreifer nach hinten taumeln ließ. Dankbar schaute Gabathuler die Bibel in seiner Hand kurz an, legte sie dann aber zur Seite, denn der andere war wieder auf den Beinen und ging erneut zum Angriff über. Was folgte, war ein Handgemenge, die Schlägerei zweier Männer, die in Sachen Nahkampf bestens ausgebildet waren. Die Ausbildung war bei beiden wohl etwa gleich lange her. Aber für Gabathuler zahlte sich nun aus, dass er auch nach seinem Ausscheiden aus dem Polizeidienst stets großen Wert auf seine Fitness gelegt hatte. Seine Schläge waren nicht unbedingt präziser als die von Schulz. Aber sie trafen härter. Als der andere ein erstes Mal das Gleichgewicht zu verlieren drohte, doppelte Gabathuler nach. Der andere fiel nach hinten und prallte mit dem Kopf gegen einen Betonpfeiler. Er blieb bewusstlos liegen. Mit flinken, erfahrenen Handgriffen durchsuchte Gabathuler den Mann. In seiner Brieftasche fand er einen Ausweis, der tatsächlich auf den Namen Schulz lautete. Wer's glaubt, wird selig, dachte Gabathuler. Die Brieftasche steckte er wieder zurück. Die Waffe dagegen nahm er an sich und entlud sie. Dann packte er Schulz und schleifte ihn zum Schrank. Zuunterst zwängte er den schlaffen Körper hinein und drückte die Türen zu. Gabathuler staunte selber, dass das funktioniert hatte. Er drehte den Schlüssel. Dabei sah er auch auf den Bildschirm. Er war schwarz. Schulz hatte den Braincode also nicht starten können. Gabathuler zog den Stecker. Alle Lichter rund um den Computer erloschen, und ein hoher, ersterbender Summton zeigte an, dass der Rechner alle Kraft verlor. Gabathuler schloss die Ludothek hinter sich zu und verließ das Gebäude wieder zur Technikumstrasse hin.

Draußen an der frischen Luft schaute er sich die Bibel an, die einen bleibenden Eindruck vom Stock bekommen hatte. Vor allem aber überlegte er, was nun zu tun sei. Da hörte er jemanden seinen Namen rufen. Es war Frank, der am anderen Ende des Platzes neben einem dunklen Wagen stand und ihn zu sich winkte.

»Hattest du eine harte Begegnung?«, fragte Frank zur Begrüßung und zeigte auf Gabathulers leicht blutende Lippe.

»Ja, da ist mir einer frech gekommen«, meinte Gabathuler lässig. Dann hielt er Frank die Bibel hin und sagte: »Und wieder einmal hat mich die Bibel gerettet. Aber was machst du hier?«

»Wir brauchen dich«, antwortete Frank.

»Wir?« Gabathuler verstand nicht.

»An Bord unseres Teams.«

»Wer ist wir?«, fragte Gabathuler.

Kommentarlos öffnete Frank die Tür zum Fond des Wagens. Gabathuler blickte hinein.

»Grüß Gott, Herr Gabathuler!«

Auf dem Rücksitz saß mit locker übereinandergelegten Beinen und einem Stapel Papier auf dem Schoß Staatsanwältin Hug.

Einen Moment schauten sich die beiden wortlos an. Dann sagte Hug: »Kommen Sie! Steigen Sie ein!«

4

Gabathuler stieg ein. Frank setzte sich neben den Fahrer. Der Wagen brauste los.

»Es tut mir leid, dass wir Sie so von der Straße weg engagieren müssen.«

Immer formvollendet und absolut ruhig, dachte Gabathuler bei sich, als er neben Staatsanwältin Hug saß. »Annelys Hug mit ›y‹, mein Vater war Holländer.« So hatte sie sich ihm damals vorgestellt. Souverän war das Wort, das er mit Hug verband. Hastige Bewegungen und laute Befehle waren nicht ihr Ding. Aber ihre Stimme war klar, und wenn sie etwas sagte, so hatte es Kraft. Und wenn Hug sagte: »Kommen Sie! Steigen Sie ein!«, dann klang das zwar sehr freundlich. Gleichzeitig war klar, dass man dieser Aufforderung Folge leistete.

»Immer schön, Sie zu sehen, Frau Hug.« Gabathuler versuchte den ausgesucht höflichen Ton der Staatsanwältin zu übernehmen. Wie üblich ging sie nicht darauf ein.

Hug zeigte auf den Wälzer, der zwischen ihnen lag. »Haben Sie die Bibel immer dabei?«

»Aber natürlich«, antwortete Gabathuler. »Wobei ich zugeben muss, dass ich noch nie eine Bibelstunde in einem fahrenden Wagen durchgeführt habe.«

»Sie kennen offensichtlich Angela Friedrichs.«

»Ich bin ihr Seelsorger.«

Hugs Stimme nahm einen mehr geschäftlichen Ton an. »Dann wissen Sie auch, dass Friedrichs in Schwierigkeiten steckt.« Das war eine Feststellung, und es wäre lächerlich gewesen, den Unwissenden zu mimen. Dennoch wollte Gabathuler auch nicht gleich alle Karten auf den Tisch legen, solange Hug keinen Einblick in ihre gab.

»Sie werden verstehen, dass ich dazu nichts sagen kann. Ich bin ans Amtsgeheimnis gebunden.«

Mittlerweile waren sie unter den Gleisen des Winterthurer Hauptbahnhofs hindurchgefahren. Sie bogen nach links ab und fuhren am Ende der Straße in die Tiefgarage. Das verwunderte Gabathuler einigermaßen. Im dritten Untergeschoss parkte der Fahrer den Wagen rückwärts ein. Dann stellte er den Motor ab. Frank wandte sich zu Gabathuler und sagte: »Die Sache ist wirklich ernst, Roger. Du solltest dir anhören, was Frau Hug zu sagen hat.«

»Ich höre«, sagte Gabathuler.

»Sie haben bestimmt aus den Nachrichten mitbekommen, dass der amerikanische Verteidigungsminister mit unserer Bundesrätin zu einem Arbeitsbesuch zusammengetroffen ist.«

»Das ist mir in der Tat aufgefallen.«

»So einen Besuch hat es vor dreißig Jahren zum letzten Mal gegeben.«

»Ja, so ist das Leben. Da hat man eine gute Zeit zusammen, sagt beim Abschied ›Das müssen wir unbedingt wiederholen‹, und ritschratschrutsch sind dreißig Jahre vorbei, und keiner hat den anderen angerufen.« Dies war Gabathulers Art zu sagen: Kommen Sie zum Punkt!

Frank schaltete sich wieder ein. »Die Amerikaner machen sich Sorgen, dass unsere Landesregierung die Dramatik bei der Entwicklung von KI nicht ernst genug nimmt.«

»Aber zu diesem Thema gab es doch erst vor ein paar Wochen eine parlamentarische Anfrage«, wandte Gabathuler ein.

»Und die Antwort des Bundesrates darauf war, dass man die Entwicklung intensiv beobachte, im Moment aber keinen Handlungsbedarf sehe.« Hug klang zu Gabathulers Überraschung sarkastisch. »Hören Sie«, fuhr die Staatsanwältin fort, »bei diesem Besuch ging es darum, dass die USA auf ministerialer Ebene und in ausgewogenen diplomatischen Formulierungen der Schweizer Regierung klarmachen wollten, dass sie verdammt noch mal aufwachen sollte.«

Gabathuler sah Hug überrascht an: »Haben die tatsächlich ›verdammt‹ gesagt?«

»Roger«, meinte nun wieder Frank, »Vertreter der amerikanischen Delegation haben ihrem Schweizer Gegenüber nicht nur vorhergesagt, dass Staudinger sterben würde. Sie haben auch ziemlich präzise beschrieben, wann und wie das vonstatten gehen würde.«

Das beeindruckte Gabathuler nun.

»Und während der Bundesrat weiterhin die Lage ›intensiv beobachtet‹, ist der schweizerische Nachrichtendienst aktiv geworden.«

»Aber der Nachrichtendienst untersteht doch dem Bundesrat.«

»Man kann ja einen Auftrag auch mal etwas großzügiger auslegen«, meinte Hug darauf vielsagend.

Gabathuler sah Hug an, dann blickte er zu Frank und schließlich wieder zurück zu Hug. »Das ist ja alles zweifellos interessant, nur wieso sind Sie als Staatsanwältin da involviert?«

Frank übernahm. »Die Ressourcen des Nachrichtendienstes sind beschränkt. Darum haben sie sich an Frau Hug gewandt. Sie hat durch ihre Arbeit von sich reden gemacht. Sie kennt den Platz Winterthur. Sie ist die Beste.«

»Und was habe ich damit zu tun?«

»Spätestens seit dem ›Unfall‹ stecken Sie mittendrin«, sagte Hug ruhig, aber leicht süffisant.

»Ah ja? Wie das?«

»Das Rennen um KI ist in vollem Gang«, erklärte nun wieder Frank. »Die Technologie macht gerade einen massiven Entwicklungssprung. Dabei geht es um viel Geld und darum, neue Marktfelder zu besetzen.«

»Davon sind dieser Tage die Zeitungen voll«, meinte Gabathuler. Allerdings verstand er noch nicht, worauf Frank hinauswollte.

Der fuhr fort: »Der Braincode hat dem Ganzen eine neue Dimension gegeben. Während die meisten privaten Unternehmen sich immer noch auf die KI stürzen, jagen die Geheimdienste nun den Braincode.«

Hug ergänzte: »Seit das Gerücht vom Braincode die Runde gemacht hat, ist Winterthur zu einer international bekannten Stadt geworden.«

»Winterthur war doch schon lange eine Weltstadt«, sagte Gabathuler darauf augenzwinkernd.

Hug blieb ernst. »Angela Friedrichs ist in Gefahr. Ihnen vertraut sie. Finden Sie sie. Und sagen Sie ihr, sie solle sich in unsere Obhut begeben.« Und mit Nachdruck ergänzte sie: »So schnell wie möglich!«

»Gehen Sie zu ihr nach Hause und sagen Sie es ihr selbst«, antwortete Gabathuler, der noch immer nicht verstand, weshalb man ihn da mit hineinzog.

»Wo immer sie ist, sie ist nicht zu Hause.«

Langsam begann Gabathuler die Dringlichkeit dieser Unterredung zu verstehen. »Das ist nicht gut«, brachte er schließlich hervor. »Ich habe keine Telefonnummer mehr von ihr. Sie hat gesagt, sie würde sich bei mir melden. Seither habe ich nichts mehr gehört. Darum war ich jetzt in ihrem Büro. Aber die wussten auch nicht mehr.«

»Sie hat sich krankgemeldet«, sagte Hug. »Das wissen wir. Und wahrscheinlich hat Friedrichs ihre SIM-Karte zerstört. Selbst der Nachrichtendienst kann sie nicht orten.«

Frank beendete das kurze Schweigen, das sich an Hugs Äußerung anschloss, indem er erklärte: »Weil Friedrichs niemanden hier in der Nähe kennt, gehen wir davon aus, dass sie sich bei dir melden wird. Du scheinst ein gewisses Vertrauen bei ihr zu genießen.«

»Wer hätte das gedacht, dass ein Seelsorger für den Nachrichtendienst mal eine Schlüsselrolle einnehmen würde«, sagte Gabathuler mit leicht triumphierendem Unterton.

»Sie müssen die Sache ernst nehmen, Herr Gabathuler. Ich kann nicht genug unterstreichen, in welch großer Gefahr sich Friedrichs befindet.«

»Schon klar«, lenkte Gabathuler ein. »Sobald ich etwas von ihr höre, werden Sie's als Erste erfahren.«

»Informieren Sie Herrn Herzog«, sagte Hug mit Verweis auf Frank. »Er wird dann alles mir rapportieren.« Damit war klar, dass Gabathuler keine direkte Nummer von Hug erhalten würde.

»Geht in Ordnung«, meinte Gabathuler. »Eine Frage habe ich noch.«

»Ja?« Hug sah ihn an.

»Worum geht es hier eigentlich: Geht es Ihnen um den Schutz von Friedrichs, oder sind Sie vor allem am Braincode interessiert?«

Hug schaute Gabathuler an. Sie brauchte einen Moment, um auf seine Frage zu antworten. Dann sagte sie: »Darauf gibt es keine einfache Antwort. Natürlich ist mir daran gelegen, dass Friedrichs überlebt. Aber noch viel mehr müssen wir alles daransetzen, dass der Braincode nicht in die falschen Hände gelangt.«

Gabathuler verstand. Daher fragte er: »Können Sie mich noch nach Hause fahren?«

»Hier ist Endstation«, sagte Hug. »Wenn wir gleich aus der Garage fahren, soll offenbleiben, ob Sie mit uns gekommen sind oder nicht.«

»Im Ernst? Sind die anderen Geheimdienste uns so dicht auf den Fersen?«

»Sie können die Angelegenheit nicht ernst genug nehmen«, sagte Hug. Dann stieg Frank aus und öffnete Gabathulers Tür. »Auf Wiedersehen, Herr Gabathuler«, sagte Hug und reichte ihm die Hand. »Ich bin froh über unsere Zusammenarbeit.« Gabathuler wusste nicht recht, was er dazu sagen sollte. Er nickte nur und stieg aus.

Neben dem Wagen instruierte ihn Frank: »Du gehst jetzt dort die Treppe hoch und verlässt die Garage durch den Ausgang für Fußgänger. Danach kannst du gehen, wohin immer du willst.«

Für Gabathuler war neu, dass Frank ihm Anweisungen erteilte. Früher, als sie noch zusammen Verbrecher jagten, hatte stets Gabathuler die Leitung. Und selbst bei den ›Angelegenheiten‹ in Ganterwald vor rund einem Jahr hatte Gabathuler jeweils einen Informationsvorsprung. Aber das war es ja, was er gesucht hatte. Keine Polizeiarbeit mehr, sondern Pfarramt.

»Sieh es von der positiven Seite«, meinte Frank. »Die ganze Sache birgt so richtig viel Adrenalin.«

Gabathuler war sich nicht sicher, ob er das so positiv finden sollte. Dann sagte er zu Frank: »Es ist nicht üblich, dass eine Staatsanwältin und ein Ermittler für den Nachrichtendienst arbeiten.«

»Genau genommen ist sie auch nicht mehr Staatsanwältin, und ich bin nicht mehr Ermittler.«

»Da gibt es aber kein Zurück mehr.«

»So sieht's aus«, bestätigte Frank.

Gabathuler lächelte und zuckte mit den Schultern. Dann hielt er den Schlüssel zur Ludothek in die Luft. »Übrigens, in den Katakomben der ZHAW hat es eine Kellertür, die mit Ludothek angeschrieben ist. Dort hat es einen Schrank, in dem ein Mann liegt. Ich habe ihn dabei ertappt, wie er versucht hat, den Braincode zu stehlen. Er hört auf den Namen Schulz.« Damit drückte er seinem Freund den Schlüssel in die Hand und ging in der angewiesenen Richtung davon.

Ungeschützt wie ein Antilopenkalb in der freien Wildbahn, so erschien ihm Friedrichs nach all dem, was er gerade im Wagen der Staatsanwältin gehört hatte. Unversehens war Friedrichs in eine Welt geworfen worden, in der mit harten Bandagen um Macht und Geld gekämpft wurde. Konnte sie noch bis vor wenigen Tagen ungestört forschen und entwickeln, befand sie sich nun plötzlich in einem rauen, feindlichen Umfeld, in dem ihre Überlebenschancen gering waren. Und wie ein Antilopenjunges versteckte sich Friedrichs erst mal gut. Aber ein Versteck war nie eine Lösung auf Dauer. Irgendwann musste sie das Versteck verlassen. Und dann brauchte sie jemanden, der sie beschützte. Diesen Auftrag hatte Gabathuler soeben von Hug bekommen. Wie hätte er ablehnen können? Nur solange er nicht wusste, wo sie sich versteckt hielt, konnte er ihr nicht helfen.

Und dann waren da noch die Geheimdienste. In seiner Zeit bei der Polizei hatte er kaum mit diesen Leuten zu tun gehabt. Der schweizerische Nachrichtendienst war eine Abteilung, nein, eine Welt für sich. Völlig abgekoppelt von jeder anderen Polizeiarbeit, tat er weitgehend unerkannt seine Arbeit. Das lag in der Natur der Sache.

Aber es verunsicherte Gabathuler, denn er war mit dieser Arbeitsweise nicht vertraut. Wurde er selber nun auch observiert? Wurde sein Telefon abgehört? Und wenn ja, von wem? Musste er sich nun vor den Amerikanern, den Briten, den Deutschen oder den Chinesen fürchten? Oder vor allen gleichzeitig? Und welche Rolle spielte der schweizerische Nachrichtendienst? Auf welcher Seite agierten seine Leute? Die Tatsache, dass Frank mit an Bord war, ließ Gabathuler vermuten, dass die Schweizer nicht gegen ihn arbeiteten.

Er ging in den oberen Stock und schaute aus dem Fenster seiner Bibliothek. Er machte kein Licht, damit er nicht gesehen werden konnte, und suchte die Straße ab. Aber da lungerte niemand scheinbar zufällig herum. Er sah nirgends einen Glimmstängel rot aufleuchten, der einen Agenten verraten hätte. Und niemand saß in einem Wagen, der aussah, als wäre er ein zweites Zuhause geworden.

Du machst dich noch verrückt, Roger, sagte er zu sich selbst. Da ist niemand. Einen kühlen Kopf gilt es zu bewahren. Und im Übrigen bist du Pfarrer und nicht Polizist von Beruf. Mit diesem Ruf zu seinen eigentlichen Aufgaben setzte er sich wieder in sein Büro und rief Pia Konrad an. Sie freute sich, von ihm zu hören. Gabathuler hatte sich mit dem Leiterteam des CVJM in Verbindung gesetzt.

»Linus könnte am Samstag nach Himmelfahrt eine Art Schnuppernachmittag machen. Die Leute vom CVJM organisieren über Himmelfahrt ein Lager für die Daheimgebliebenen, und am Samstag gibt es ein klassisches Programm im Wald mit Gruppenspielen und Feuermachen und so weiter. Das Programm dauert bis fünf Uhr.«

»Da wird sich Linus aber freuen. Hoffentlich versteht er sich mit den anderen Kindern.«

»Robin, so heißt der Leiter, mit dem ich gesprochen habe,

ist ein guter junger Mann und meinte, dass sie im Moment eine ausgezeichnete, sozial offene Gruppe hätten.«

»Das klingt großartig. Einen Augenblick bitte.« Konrad schien etwas nachzuschauen. »An Himmelfahrt passt. Ich kann ihn mitbringen.«

»Ich habe mir gedacht«, sagte Gabathuler vorsichtig, »wenn es für Sie okay ist, dann würde ich am kommenden Samstag mit Linus schon mal einen Nachmittag im Wald verbringen. Wir könnten Spieße schnitzen und ein Feuer machen. Dann wäre er nicht ein blutiger Anfänger, wenn er mit den anderen Kindern zusammentrifft.«

»Das würde Sie machen?«

»Natürlich nur, wenn es Ihnen recht ist.«

»Nein, das kann ich nicht annehmen.«

»Ich hätte Zeit. Und wenn es Ihnen dient und Linus freut – warum nicht?«

»Das wäre großartig. Am kommenden Samstag habe ich nämlich frei. Und Linus muss ich dazu gar nicht erst fragen.«

»Dann machen wir das so! Ich komme ihn nach dem Mittagessen abholen.«

Sie legten auf, und Gabathuler freute sich, dass sich Frau Konrad freute. Gabathuler selbst war gespannt auf Linus. Und er freute sich seinerseits darauf, wieder einmal einen Nachmittag im Wald verbringen zu können. Feuer machen und Würste braten hatte er selber als Knabe geliebt. Wie ging noch mal das Rezept für Schlangenbrot? Gabathuler fragte Google.

Dann piepste sein Handy.

Kommen Sie mich besuchen. Passt es Ihnen morgen? Wenn Sie rechtzeitig losfahren, sind Sie um neun Uhr hier.

Es folgten Koordinaten, die nach Davos führten.

Marchand wieder! Gabathuler schüttelte den Kopf. Ob

er nun Koordinaten oder eine konkrete Adresse schickte, machte doch keinen Unterschied. Wer die Nachricht abfangen konnte, wusste, wo er sich mit Marchand treffen sollte. Aber jeder Mensch hat so seine Eigenheiten. Die Anfrage war wiederum sehr kurzfristig. Auch das schien so eine Eigenart Marchands zu sein. Gabathuler musste nur wenig umorganisieren für den morgigen Tag und sagte zu. »Rechtzeitig losfahren« bedeutete in diesem Fall, dass er um halb sieben den Motor starten musste. Zum Glück war er ein Frühaufsteher.

Abends ging er mit Bettina essen. Er freute sich auf das Zusammensein mit seiner Halbschwester. Lange hatte er nicht von ihrer Existenz gewusst. Erst vor knapp zwei Jahren war er ihr begegnet. Seither hatten sie schon viel miteinander erlebt. Gabathuler atmete innerlich auf, dass er heute ohne Hintergedanken mit ihr essen konnte. Er hatte keinen versteckten Plan, sie zur Mitwirkung an einer seiner Unternehmungen zu überreden, damit er jemanden entführen oder im richtigen Moment einen Wagen mit drei Verbrechern in die Luft jagen konnte. Sie würden einfach Zeit haben zum Plaudern. Und das war es, was er nun brauchte. Seit Barbara mit Noah wieder im Südtirol war, fehlte ihm der Austausch. Jahrelang war er bestens ohne solche Gespräche ausgekommen. Durch Barbara aber hatte er die Momente des Austausches schätzen gelernt. Es waren Oasen auf der Wanderung durch den Alltag. Gabathuler konnte dann nicht nur loswerden, was ihn tagsüber beschäftigt hatte. Im Gespräch wurde alles auch geordnet, gewichtet und entsprechend abgelegt. Ähnlich erging es ihm mit Bettina. Auch sie war eine gute Gesprächspartnerin. Offen, zuweilen direkt, aber immer aufmerksam und ehrlich. Und ebenso wie Barbara vermochte sie mit ihren Themen eine ganz andere Farbe in sein Leben zu bringen. Das war auch an diesem Abend so. Bettina erzählte nur kurz von ihrer Arbeit in der Direktion des Sozialamtes der Stadt Zürich. Bald war sie bei ihren geliebten Pferden. Im Thurgau hatte ihre Familie ein Gestüt, das vor allem sie betreute. Ihre Mutter war früher ebenfalls viel geritten. Von ihr stammte auch Bettinas Liebe zu Pferden. Aber seit ein paar Jahren verdarben der Mutter Rückenprobleme die Freude am Reiten. Mehr und mehr hatte Bettina die Verantwortung für das Gestüt übernommen. Auch dank den langjährigen Angestellten funktionierte der Betrieb reibungslos. Bettina erzählte von der Freude der Pferde, wenn sie zu ihnen kam, von den unterschiedlichen Strategien, mit denen die Tiere um eine Rübe oder einen Zucker bettelten. »Und das Schönste ist natürlich, wenn sich dieser Gleichklang zwischen mir und dem Pferd einstellt. Wenn wir einander verstehen und der Austritt ein gemeinsames Erlebnis wird.«

Sie saßen im Lämmli am Oberen Graben und hatten die Hauptspeise vor sich. Auf Bettinas Teller lagen die hausgemachten Käsespätzle mit Gemüse, und Gabathuler hatte sich Rindsfilet Stroganoff bestellt, ebenfalls mit Spätzle, einer Spezialität des Hauses.

»Ich tauche gerade in die KI ein«, begann Gabathuler zu erzählen, als Bettina sich nach seinem Befinden erkundigt hatte.

»Lässt du nun deine Predigten von einem Chatbot schreiben?«

»Nein, noch nicht. Ich lasse mir allenfalls Predigtideen geben. Wobei die noch recht bescheiden ausfallen.«

»Du meinst, der Chatbot ist noch nicht so intelligent wie du?«

»Das sowieso nicht«, sagte Gabathuler und lächelte. »Der sucht einfach seine riesige Datenbank nach Predigten zum vorgegebenen Thema ab. Und wenn einer seine Predigt ins Netz stellt, ist das ja vor allem ein Ausdruck von Eitelkeit. Und Eitelkeit ist selten eine Garantin für Qualität.«

»Wir setzen KI unter anderem bei Bewerbungen ein. Da spart man unglaublich viel Zeit beim Sichten der Unterlagen.«

»Und was sind deine Erfahrungen?«

»Die Zeitersparnis ist beeindruckend. Nur muss man bei der engeren Auswahl dann auch den eigenen Verstand einschalten.«

»Ist euch die KI auch nicht intelligent genug?«

»Sie hat kein Bauchgefühl. Die KI sucht nach bestimmten Schlagworten und so weiter. Und da trennt sich schon mal die Spreu vom Weizen. Aber ab einem gewissen Punkt musst du die Bewerbung selber anschauen. Das Schriftbild wird zwar immer einheitlicher. Dennoch möchte ich das ganze Dokument sehen, die Unterschrift, das Foto, das CV. Das gibt mir einen Eindruck, den ich dann eben auch mal auf mich wirken lassen möchte.«

»Bauchgefühl hat KI bisher tatsächlich noch nicht.«

»Angst macht mir KI erst dann, wenn am Ende eines Prozesses kein Mensch mehr ist, der seinen Verstand einsetzt und bereit ist, Verantwortung zu übernehmen.«

»Woran denkst du?«

»Wenn Menschen aufgrund einer nicht bezahlten Rechnung bei einer Bank keinen Kredit bekommen, wenn überdurchschnittlich viele Menschen mit Migrationshintergrund bei der Steuerbehörde als mögliche Betrüger eingestuft werden oder wenn nur noch aufgrund von Algorithmen beurteilt wird, wie stark eine Frau gefährdet ist, dass ihr Mann sie weiterhin schlägt, dann bekomme ich Bauchschmerzen.«

»Damit unterstützt du meine Vermutung, dass mit KI der Mensch nicht weniger wichtig, sondern umso wichtiger wird.«

»Unbedingt«, meinte Bettina entschlossen. »Nur frage ich mich, ob es noch genug Menschen gibt, die bereit sind, diese Verantwortung zu übernehmen.«

»Du hast dich offensichtlich auch schon eingehender mit dem Thema beschäftigt.«

»Wir diskutieren das gerade in unserer Direktion intensiv.«

»Und die Beispiele, die du eben genannt hast, widerspiegeln gemachte Erfahrungen.«

»Genau. Wir versuchen aus den Erfahrungen von anderen Behörden und von Betroffenen zu lernen.«

»Ich kann mir vorstellen, dass statistisch gesehen tatsächlich Menschen mit Migrationshintergrund häufiger versuchen, das Steuersystem eines Landes auszutricksen.«

»Aber daraus darf doch kein Generalverdacht abgeleitet werden. Das meine ich damit, dass am Ende ein Mensch sitzen muss, der sich die ganze Sache nochmals anschaut und seinen gesunden Menschenverstand walten lässt.«

Sie sprachen noch eine ganze Weile über die Chancen und Gefahren der KI. Irgendwann fragte Bettina: »Weshalb beschäftigt dich die KI denn so sehr?«

»Ich war zugegen, als dieser Professor mit seinem Tesla in die Kirchenmauer raste.«

»Davon habe ich gelesen. Da scheint das Selbstfahrprogramm versagt zu haben.«

»So sieht es aus. Was aber ist, wenn der Selbstfahrmodus bewusst versagt hat?«

»Du meinst … Selbstmord?«

»Oder Mord.«

Bettina stutzte. »Du hörst das Gras wachsen, mein Lieber. Da ist der Polizist in dir wieder aktiv geworden. Nun pack mal den Polizisten schnell wieder in sein Kämmerlein. Der Abend war bis jetzt so schön verbrecherfrei. Verdirb ihn bitte nicht.«

Gabathuler musste lachen. »Das ist das Letzte, was ich will.« Er gab dem Kellner ein Zeichen. Dieser brachte die Dessertkarte, und für den Rest des Abends war KI kein Thema mehr.

Als Gabathuler nach Hause kam, konnte er es trotz der späten Stunden nicht lassen, die Mails abzurufen. Nebst viel Alltäglichem war da eine Meldung, die er sich genauer ansah. Zweimal las er sie durch. Dann musste er schmunzeln.

5

Am nächsten Morgen fuhr Gabathuler in Richtung Davos los. Es war ein frühlingshafter Tag. Sein Saab Cabrio brummte zufrieden über die Autobahn. Das Verdeck war offen, Jacke und Mütze hielten den Körper warm. Die Sonne war noch nicht lange über den Horizont gestiegen, und Gabathuler genoss es, sich der Fahrt und dem Tag hinzugeben.

Zu Beginn verlangte der Verkehr seine volle Aufmerksamkeit. Bis Uster mied er die Autobahn. Als er aber an Rapperswil vorbeigefahren und auf der A3 Richtung Landquart unterwegs war, konnte er sich auch innerlich zurücklehnen und seinen Gedanken freien Lauf lassen. Die Mail vom Vorabend kam ihm wieder in den Sinn. Und wieder huschte ein Lächeln über sein Gesicht. Die psychiatrische Klinik Winterthur hatte geschrieben. Eine Frederike Engels wünschte seinen Besuch. Sie musste explizit seinen Namen genannt haben, sonst hätte sich Esther Wälti als Psychiatrieseelsorgerin ihrer angenommen. Frederike Engels! Für Gabathuler war klar, dass dies ein Pseudonym war, hinter dem sich Angela Friedrichs verbarg. Gleichzeitig machte diese Meldung auch deutlich, wie sehr sie sich in Acht nahm. Wenigstens wusste Gabathuler nun, wo sie war. Gleich wenn er aus Davos zurück war, wollte er sie aufsuchen.

An der Autobahnraststätte Heidiland hielt er an, um einen Kaffee zu trinken und ein Stück Kuchen zu essen. Dann fuhr er weiter. Er kam gut voran und war zehn Minuten vor der vereinbarten Zeit an dem von Marchand angegebenen Punkt angelangt. Es war die Tiefgarage eines Supermarktes. Gabathuler wunderte sich nicht mehr. Er parkte seinen Saab und verließ das Gebäude. Sein Handy piepste. Marchand hatte neue Anweisungen. Nun war es eine Adresse. Gabathuler gab Straße und Hausnummer in die Karte seines Handys ein, das ihn daraufhin wissen ließ, dass er in sechs Gehminuten das Ziel erreicht haben würde. Als er zu dem Haus kam, hörte er jemanden seinen Namen rufen. Es war Marchand, der am unteren Absatz einer überdachten Treppe stand, die neben dem Haus hinunterführte. Marchand trug ein modisches blaues Hemd mit weißem Kragen und elegante dunkelblaue Bundfaltenhosen. Seine Füße steckten in weißen Loafers. Er winkte Gabathuler zu sich. Bevor er ihm aber die Hand reichen konnte, verschwand Marchand in einer Tür, die in der seitlichen Betonwand eingelassen war. Marchand hielt ihm die Tür auf.

»Hatten Sie eine gute Reise?«

»Ich bin pünktlich angekommen.«

Marchand ging voraus durch einen dunklen Flur und anschließend eine Treppe hoch. Während der Keller modernisiert worden war und wohl einen Anbau erhalten hatte, atmete bereits das Treppenhaus die mehr als hundertjährige Geschichte des Gebäudes. Es roch, wie es in alten Häusern eben zuweilen riecht. Das Holz der knarrenden Treppe, die Mauern und Fenster schienen den Duft ihrer Geschichte gespeichert zu haben. Marchand öffnete die erste Tür im Parterre und bat auch Gabathuler herein.

»Kaffee?«

»Einen Schwarzen könnte ich nun durchaus vertragen«, antwortete Gabathuler, der nach der doch recht kühlen Fahrt gerne etwas Heißes zu sich nahm. Marchand stellte zwei Tassen unter die Maschine. Und während diese den Kaffee hervorgurgelte, begann der Hausherr mit einer kleinen Führung durch die Zimmer.

Das Erste, was Gabathuler auffiel, war, dass alle Büros leer waren. Niemand schien hier zu arbeiten. Arbeitsplätze waren zwar eingerichtet. Auf jedem Schreibtisch standen zwei Bildschirme bereit, um mit irgendeiner Tastatur oder einem Laptop verbunden zu werden. Aber es war niemand da, der auch tatsächlich hier arbeitete. Die Räume hatten alle Namen. Ikarus hieß ein Raum. Der gemütliche Pausenraum, in dem schwere Polstersessel zum Verweilen einluden und dessen Wände mit Holztäfelung ausgekleidet waren, hieß Elysium, die Insel der Seligen. Der wohl größte Raum trug die Anschrift Gaia. Das Zimmer, in dem am meisten Menschen gleichzeitig hätten arbeiten können, war mit Prometheus angeschrieben.

»Lauter Namen aus der griechischen Mythologie«, bemerkte Gabathuler. »Wer investiert in eine Forschungseinrichtung wie die Ihre?«

»Das sind praktisch alles private Investoren. Das können Fonds sein oder aber auch Privatpersonen, die an unser Projekt glauben.«

»Das schafft zusätzlich Druck, nicht wahr?«

»Natürlich! Die wollen irgendwann ihren Return haben.«

Gabathuler ließ seinen Blick durch den Raum schweifen und entdeckte in einem Erker eine aus Kunststoff gefertigte Skulptur eines überdimensionalen Hirns. Es stand auf einer Box aus Plexiglas und schien aus dem Fenster zu schauen.

»Sie haben das Hirn, dessen Funktionsweise Ihrer Arbeit den Antrieb gab, immer vor sich gehabt. Als permanenter, sichtbarer Ansporn, quasi.«

»Könnte man so sagen«, bestätigte Marchand. »Es ist ein

Scan meines eigenen Hirns. Seit meiner Studienzeit fasziniert mich das Hirn. Es gibt unseres Wissens im ganzen Universum nichts, das ähnlich komplex und zuverlässig arbeitet.«

Sie schwiegen einen Moment. Marchand fast andächtig, Gabathuler eher bewundernd, weil er im Grunde von alldem nichts verstand.

Schließlich beendete Gabathuler die kurze Andacht und fragte: »Und weshalb tragen die anderen Räume Namen aus der griechischen Mythologie?«

»Weil es Mythen sind. Und wie alle Mythen sagen sie Grundsätzliches über uns Menschen aus. Gaia, die Erde, von der wir alle stammen und zu der wir alle wieder werden. Ikarus soll mich stets daran erinnern, dass ich bei meinen wissenschaftlichen Höhenflügen auf die richtige Flughöhe zu achten habe, damit ich nicht abstürze.« Sie gingen zurück in den Flur.

»Mein Liebling unter den mythologischen Figuren aber ist Prometheus. Er hat den Göttern das Feuer gestohlen.«

»Und wurde dafür an einen Felsen gefesselt.« Die Kaffeemaschine hatte längst aufgehört zu gurgeln. Gabathuler hätte einen Schluck des heißen Getränks sehr genossen. Aber irgendwie gelang es ihm nicht, Marchands begeisterte Ausführungen zu unterbrechen.

»Was wären die Menschen ohne das Feuer?«, rief Marchand nun aus. »Prometheus ist doch ein Held, der hat den Menschen den wohl größten Fortschritt überhaupt gebracht!«

Das Feuer brannte förmlich in Marchand. Und ließ Gabathuler den Kaffee wieder vergessen. Er fragte: »Wo sind denn alle Ihre Mitarbeiter?«

»Hier brauchen wir keine mehr. Der Code ist geknackt. Nun stellen sich uns neue Aufgaben.«

Bevor sich Gabathuler dafür interessieren konnte, erkundige er sich zuerst einmal nach dem Braincode selber. »Wer hat denn nun den Braincode geknackt? Sie hier oben oder Angela dort unten?«

»Na ja, bei wissenschaftlichen Durchbrüchen lässt sich das nicht immer so einfach sagen.« Marchand richtete seinen Stuhl auf und kroch unter seiner großen Computerbrille hervor. »Wir hier haben die neuen Codes entwickelt und geschrieben. Angela aber«, Marchand machte eine kurze Pause und hob dabei den Finger in die Höhe, »Angela hatte die entscheidende Idee.«

»Können Sie das so erklären, dass auch ich es verstehe?«

»Ich werd's versuchen«, sagte Marchand und ging voraus ins Napoleonzimmer. »Setzen Sie sich doch. So erzählt es sich bequemer«, meinte Marchand, während er Gabathuler einen Stuhl zuwies und sich selber auf einen anderen setzte. Der bequeme Stuhl am runden Tisch erinnerte Gabathuler wieder an den Kaffee in der Küche, der nun langsam kalt wurde. Aber Marchand war schon wieder mitten in seinem Element. »Dass das, was wir künstliche Intelligenz nennen, so intelligent nicht ist …«

»… das habe ich verstanden«, kürzte Gabathuler ab.

»Gut. Wir versuchten, die menschliche Intelligenz abzubilden. Ein berühmter Forscher hat einmal gesagt: Menschliche Intelligenz ist das, was man einsetzt, wenn man nicht weiß, was man tun soll. Mit anderen Worten: Wenn Sie ein Problem lösen müssen, dann gebrauchen Sie Ihre Intelligenz. Und Sie haben meistens Erfolg, auch wenn das Problem für Sie neu ist.«

»Das können doch all die Chatbots auch. Die können ganz neue Texte verfassen, wenn man sie darum bittet«, wandte Gabathuler ein.

»Aber nur, wenn man sie vorher darauf trainiert hat.

Dann finden sie tatsächlich erstaunlich schnell das jeweils nächste Wort in einem Satz. Wenn sie aber selbstständig Schlussfolgerungen ziehen müssen, dann versagen sie. Wir haben während Jahren Wettbewerbe gemacht, in denen die Besten der Besten eingeladen wurden, Algorithmen zu schreiben, die aus zwei oder drei vorgegebenen Mustern ein viertes erkennen mussten. Menschen konnten diese vierten Muster in durchschnittlich achtzig Prozent der Fälle finden. Die besten Algorithmen schafften neunundzwanzig Prozent der gestellten Aufgaben. Wir kamen nicht weiter.«

»Und dann?«, fragte Gabathuler.

»Ihnen ist bestimmt aufgefallen, dass auf unserer Website und anderen Publikationen immer der David von Michelangelo zu sehen ist.«

»Natürlich! Ich dachte, ihr versteht euch als der kleine David, der es den großen Goliaths wie Google und Microsoft zeigen will.«

»Kennen Sie den Film *I, Robot* mit Will Smith?«

»Ich habe ihn gerade nicht präsent«, antwortete Gabathuler. Dabei hatte er noch nie davon gehört.

»Schauen Sie ihn sich mal an. Es ist im Grunde ein Krimi. Er zeigt aber die Richtung, in die unsere Forschung geht. Vor allem aber sagt der verstorbene Professor, Dr. Alfred Lanning in einem Hologramm, dem Detektiv, Will Smith, wiederholt: ›Sie müssen die richtigen Fragen stellen.‹«

»Und, stellt Will Smith die richtigen Fragen?«

»Im Film schließlich schon. Mich hat dieser Satz aber angestachelt, um mich zu fragen, ob ich denn die richtigen Fragen stelle.«

»Und? Jetzt machen Sie es nicht so spannend.« Gabathuler verlor langsam die Geduld. Er nahm sich aber vor, sich den Film zu Hause mal anzusehen.

»Ich musste viel Hirnschmalz einsetzen, um die Frage neu zu stellen. Man kann auch sagen, um die Suche neu auszurichten. Die Lösung fand ich, als ich ein Kleinkind beobachtete. Meine Nichte war zu Besuch, und ihr Sohn war gerade mal ein paar Monate alt. Sie legte ihn auf seine Decke, und wir tranken Kaffee. Natürlich war auch bei unserem Geplauder der kleine Robin das Hauptthema. Also schauten wir ihm zu, wie er da so auf der Decke lag und seine Welt entdeckte. Alles, dessen er habhaft werden konnte, steckte er in den Mund. Und obwohl er noch nicht richtig kriechen konnte, rollte und drehte er sich immer weiter voran und verließ schließlich auch seine Decke. Zum Glück ließ ihn die junge Mutter gewähren. Und so konnten wir beobachten, wie er immer mehr seiner Umgebung kriechend, greifend, schmeckend entdeckte. Plötzlich ging mir ein Licht auf.«

»Beim Betrachten des Kleinkindes?«

»Es war eine Offenbarung. Wie Schuppen fiel es von meinen Augen. Robin war neugierig. Er hatte einen inneren Antrieb, die Welt zu entdecken. Weil es diese Welt war, in der er zu überleben hatte. Er wollte seine Welt kennenlernen, weil er sie kennen musste.«

»Und Computer und ihre Algorithmen sind nicht neugierig«, versuchte Gabathuler Marchands Entdeckung auf den Punkt zu bringen.

»Genau!«, bestätigte Marchand. »Wir haben unsere Challenges immer so angesetzt, dass herkömmliche Algorithmen einfach noch besser werden sollten. Wir hatten das Pferd am Schwanz aufgezäumt.« Er machte eine kurze Pause, um das eben Gesagte nachwirken zu lassen. »Wir begannen Algorithmen zu entwickeln, die nicht eine bestimmte Aufgabe lösen mussten. Sondern sie sollten Neugierde entwickeln. Wir sagten also nicht mehr: Löse diese oder jene Aufgabe so und dann noch besser, sondern: Entdecke deine Umgebung. Oder: Mach etwas und wiederhole es leicht variiert. Und so weiter. Daraus entstanden ganz neue Arten von Programmen. Aufgrund der Challenges hatten wir nun im eigenen Team hervorragende Köpfe, die immer neugierigere Algorithmen schrieben.«

»Und was war denn nun Angelas Aufgabe?« Die Sonne hatte Gabathulers Platz in der Zwischenzeit erreicht und begann ihn angenehm zu wärmen. Dennoch hätte er den wartenden Kaffee in der Küche gerne allmählich getrunken.

»Sie sollte diese Programme testen. Auf einem Computer, der keine Vorgaben kannte und nicht ans Internet angeschlossen war.«

»Und weshalb im fernen Winterthur?«

»Zum einen sollte sie die Programme möglichst objektiv testen, fern von der internen Konkurrenz der Ingenieure. Sie können sich vorstellen, dass sich in einem Biotop von achtzig hoch qualifizierten Forschern auch ein interner Wettbewerb einstellt.«

»Und zum anderen?« Gabathuler fürchtete, dass Marchand zu sehr abschweifte.

»Ich dachte mir, wenn Angela tatsächlich den Braincode finden sollte beziehungsweise aus den vorgelegten Vorschlägen entwickeln konnte, dann sollte das an einem Ort geschehen, der nicht unter Beobachtung stand.«

»Sie stehen hier in Davos unter Beobachtung?«

»Wenn Sie Ihr Unternehmen nach Davos verlegen, dann begeben Sie sich ins Schaufenster. Davos ist weltbekannt, nicht nur wegen des World Economic Forum. Hier befindet sich das eidgenössische Lawinenforschungsinstitut. Und wenn es um die Erforschung der Sonne geht: Hier befindet sich das weltweit führende Institut.«

»Davos scheint also eine Art Forschungshub zu sein.«

»Und die Geheimdienste haben sich auch prompt hier breitgemacht, als wir unser Lab aufbauten.«

»Ich dachte, die Welt der Geheimdienste schaue nach Winterthur.«

»Dem ist seit ein paar Wochen so. Davor haben sie sich auf diesen schönen Ort in den Bergen konzentriert. Insofern ist meine Rechnung aufgegangen.«

»Doch dann hat Staudinger mit den Chinesen geredet.«

»Und das Unheil nahm seinen Lauf.«

»Was war denn nun Angelas Beitrag?«, fragte Gabathuler, um auf die Ausgangsfrage zurückzukommen.

»Ich habe ihr immer wieder solche neugierigen Algorithmen übergeben. Und sie sollte sie testen und allenfalls optimieren. Das hat sie auch in gewohnter Qualität getan.«

»Und dann?«

»Dann aber hatte sie die, wie sich herausstellen sollte, entscheidende Idee. Sie nahm zwei besonders geeignete Algorithmen und kombinierte sie. Der erste tat nicht viel anderes, als einen Impuls zu senden. Der andere nahm diesen Impuls auf und gab ihn – und das war das Besondere – leicht verändert weiter.«

»Also der erste sagte: ›Mach dies‹, und der zweite antwortete mit: ›Ja, aber anders.‹«

»Genau. Dadurch entstand eine Art dritter Algorithmus, der die ersten beiden Impulse aufnahm und umsetzte. Die drei Algorithmen wurden kreativ und erschufen sich ihre eigene Welt.«

»Die Heilige Dreieinigkeit der Algorithmen«, bemerkte Gabathuler.

»Der Gedanke ist mir auch schon gekommen«, meinte Marchand ehrlich. Und Gabathuler staunte, wie nahe all das dem kam, was er von der Trinität verstanden hatte. Da war eine Art Schöpfer-Algorithmus, der den ersten Impuls setzte. Ein zweiter Algorithmus, der den Impuls verändert weitergab, und schließlich ein kreativer dritter, der alles entstehen ließ.

»Das war das, was ich in Angelas Ludothek zu sehen bekam«, bemerkte Gabathuler schließlich nur.

»Da haben Sie bereits mehr gesehen als ich. Ich weiß lediglich aus einem mündlichen Bericht von ihr, dass das der Durchbruch ist.«

Marchands Augen glänzten. Ein langes Forscherleben hatte da seine Erfüllung in greifbarer Nähe.

»Ich habe ihn nicht dabei«, sagte Gabathuler. »Angela hat ihn mir noch nicht gegeben. Und sie ist untergetaucht.«

Marchand nickte enttäuscht. Als habe er damit gerechnet. Er stand auf und sagte: »Kommen Sie, wir gehen.«

»Wohin?«, fragte Gabathuler.

»Ich zeige Ihnen unser Forschungszentrum«, antwortete Marchand. »Den Ort, wo alle Mitarbeiter sind.«

Nun kam Gabathuler der ungetrunkene Kaffee wieder in den Sinn. »Dann trinken wir den Kaffee, wenn wir zurückkommen«, sagte er mehr so nebenbei und erzielte damit den gewünschten Effekt.

»Ach herrje! Den habe ich ganz vergessen«, rief Marchand aus und eilte in die Küche. »Er ist noch handwarm«, hörte ihn Gabathuler, der ihm schnell gefolgt war, von dort sagen. »Der wird nicht mehr schmecken«, meinte Marchand.

Doch Gabathuler intervenierte und sagte: »Mir schmeckt Kaffee in allen Temperaturen«, was umso mehr stimmte, als ihm nun dank der Sonne nicht mehr kalt war.

»Sicher?«, fragte Marchand mit skeptischem Blick. Aber als er Gabathulers Nicken sah, fragte er: »Milch und Zucker?«

»Nur Milch. Kein Zucker«, antwortete Gabathuler.

»Bedienen Sie sich«, antwortete Marchand und stellte ihm ein Rahmkübelchen hin.

Gabathuler erhellte seinen Kaffee mit der kleinen Portion Rahm und gönnte sich einen Schokokeks dazu.

Danach verließen sie die Räumlichkeiten und stiegen in Marchands Wagen. Auch er fuhr ein Cabrio. Allerdings eines der neuesten Modelle von Mercedes, das in einer Preisklasse lag, die Gabathulers Budget weit überschritt. Umso mehr freute er sich auf die Gelegenheit, in so einem Wagen mitfahren zu dürfen.

»Wir arbeiten auch mit Kindern«, sagte Marchand mit nun etwas lauterer Stimme, um das Motorengeräusch zu übertönen. »Schon Zwölfjährige haben manchmal gute Ideen, wie ein Problem gelöst werden könnte. Weil sie spielerisch an die Sache herangehen und noch nicht wissen, was alles nicht geht.«

Sie fuhren durch die lang gezogenen Straßen. Erst in die eine Richtung. Dann lenkte Marchand seinen Mercedes ein paar Querstraßen talwärts und kam so auf eine parallele Straße, auf der er in die andere Richtung fahren konnte.

Schließlich bog er nach rechts über die Bahngleise und fuhr in Richtung Flüelapass. Der Blick weitete sich, und am Ende des Ortes erkannte Gabathuler das große eiförmige Gebäude, das vor etwa zehn Jahren als Hotel eröffnet worden war.

»Das ist unsere Forschungsstation!«, sagte Marchand nicht ohne Stolz in der Stimme.

»Das Hotel da vorne?«, fragte Gabathuler ungläubig.

»Sie nennen es hier ›Golden Ei‹. Eine Verballhornung des Bond-Filmtitels *Golden Eye*.«

»Und dort haben Sie Ihr Forschungszentrum?« Gabathuler konnte immer noch nicht glauben, was Marchand ihm mit einer wunderbaren Selbstverständlichkeit klarzumachen versuchte.

»Ich sehe darin ja eher ein Hirn. Daher nenne ich es ›Golden Brain‹.«

Gabathuler musste an das überdimensionale Hirn denken, das auf einem Plexiglassockel stand und in den unterschiedlichsten Farben geleuchtet hatte. Er konnte Marchands Sicht auf das Gebäude nachvollziehen. Vor ihnen lag nun also die goldene Variante eines noch viel größeren Hirns.

»Ich dachte immer, das sei ein Hotel«, bemerkte Gabathuler.

»Nach außen hin ist es das auch«, antwortete Marchand mit einem breiten Grinsen. »Aber versuchen Sie mal, ein Zimmer zu reservieren. Das wird Ihnen kaum gelingen. Ist meist ausgebucht.«

»Dort hat es gar keine Hotelgäste?«

»Doch, ein paar Zimmer in der ersten Etage werden vermietet. Damit kann man den Schein als Hotel wahren. Und die oberste Etage stünde auch frei. Aber die haben die Chinesen praktisch ganz und dauerhaft gemietet.«

»Die Chinesen?«

»Der chinesische Geheimdienst für Cyberfragen. Sie benehmen sich nach außen hin wie Touristen. Aber alle wissen, dass sie für den Geheimdienst arbeiten.«

»Alle?«

»Alle, die näher mit ihnen zu tun haben. Als die Chinesen herausgefunden hatten, dass wir im Golden Brain eine Forschungsstation betreiben, haben sie nach und nach die Zimmer über uns auf Dauer gemietet. Seither versuchen sie ziemlich unverhohlen, unsere Forschungsergebnisse zu stehlen.«

Gabathuler kam aus dem Staunen nicht mehr heraus. »Und das gelingt ihnen?«

Marchand musste sich auf den Verkehr konzentrieren und antwortete daher vorerst nicht. Sie bogen von der Hauptstraße ab und fuhren nun eine kleine Straße den Berg entlang zum Golden Brain hoch.

»Natürlich nicht. Die wichtigen Ergebnisse speichern wir in Räumen und auf Computern, die nicht ans Internet angeschlossen sind«, erklärte Marchand. »Aber damit die Chinesen beschäftigt bleiben, füttern wir sie immer mal wieder mit weniger wichtigen Ergebnissen.«

»Wie das?«

»Zwei Terminals sind am Netz, und die haben sie natürlich gehackt. Dort haben wir die Algorithmen gespeichert, die sich als weniger effizient oder gar als unbrauchbar erwiesen haben.«

»Und Sie lassen die Chinesen einfach so Ihren Computer durchsuchen?«

»Nun«, sagte Marchand leicht maliziös, »es ist ein Geben und Nehmen.«

»Das verstehe ich jetzt nicht«, sagte Gabathuler ehrlich.

»Die Chinesen haben hervorragende Hacker unter ihren Ingenieuren. Unsere Cybersecurity-Abteilung ist aber auch nicht von schlechten Eltern. Wenn die Chinesen also bei uns einbrechen und etwas stehlen, dann nehmen sie auch eine Art Trojaner mit, mit dessen Hilfe wir wiederum informiert sind, was sie so machen.«

Sie fuhren nun direkt auf das Golden Brain zu. Gabathuler fielen zwei lang gezogene Bauten auf, die sich unmittelbar vor dem Nicht-Hotel befanden und sich über die ganze Breite erstreckten.

»Sind das Ihre Forschungslabore?«

»Nein, wir arbeiten wirklich im Hirn selber, im Golden

Brain. Dies hier sind die Unterkünfte, in denen zum Teil die Forscher mit ihren Familien wohnen oder die Kinder und Jugendlichen, wenn sie hier mit uns forschen und arbeiten.«

Er lenkte den Mercedes um das Golden Brain herum und parkte ihn hinter dem Gebäude. Die neuerliche Erwähnung der Kinder und Jugendlichen gab Gabathuler Gelegenheit, die Frage zu stellen, die ihn zuvor schon beschäftigt hatte.

»Wenn Sie mit Kindern und Jugendlichen arbeiten, bekommen Sie dann keine arbeitsrechtlichen Probleme?«

Marchand drückte einen Knopf, und der Motor erstarb. Dann sah er Gabathuler mit ernster Miene an und sagte: »Herr Gabathuler, Sie haben doch mit eigenen Augen gesehen, was mit Staudinger passiert ist. Das Rennen um die menschenähnliche Intelligenz ist ein Wettkampf, in dem rücksichtslos gefightet wird. Da dürfen wir auf so ausgesuchte Befindlichkeiten wie das Schweizer Arbeitsrecht keine Rücksicht nehmen.«

»Nun, das Arbeitsrecht ist nicht einfach eine Befindlichkeit«, entgegnete Gabathuler. »Aber ich verstehe, was Sie meinen.«

»Nur fürs Protokoll, selbstverständlich halten wir uns an die Gesetze, die das Schweizer Recht vorgibt. Den Kindern hier fehlt es an nichts.«

Gabathuler nahm dies nickend zur Kenntnis.

»Gerade vorhin«, setzte Marchand wieder ein, während sich das Verdeck über ihnen schloss, »als wir losfuhren, habe ich gedacht, dass dies wohl eine der letzten Fahrten sein wird, die ich so sorglos durch Davos machen kann. Der schweizerische Nachrichtendienst ist dabei, einen Personenschutz für mich aufzuziehen.«

»Ich habe mich schon gefragt, weshalb wir uns hier so

frei bewegen können, nachdem ich in Meilen das Haus durch die ›Hintertür‹ verlassen musste.«

»Noch ist der Braincode nicht hier in Davos angekommen, daher halten sich die Chinesen auch noch zurück. Das wird sich schlagartig ändern, wenn man in der Szene weiß, dass wir ihn hier einsetzen.«

Sie verließen den Wagen und betraten das Gebäude.

»Sind eigentlich nur die Chinesen hier? In Winterthur hatte sich, wie es schien, die ganze Welt versammelt.«

Nach allem, was Marchand ihm erzählt hatte, fielen Gabathuler nun in der Lobby die asiatischen Gesichter auf, die dort Zeitung lasen oder mit jemandem telefonierten. Marchand ging voraus in die Bar Nuts & Co. »Darf ich Sie zu einem Aperitif einladen?«, fragte er, steuerte durch die geräumige Bar, in der einige gemütlich aussehende Polstergruppen zum Verweilen einluden, auf die Theke zu und setzte sich auf einen Barhocker. Gabathuler tat es ihm gleich. Hinter der Theke stand ein außerordentlich kräftig gebauter Mann etwa in Gabathulers Alter. Seine Oberarme schienen kaum Platz in dem eng anliegenden Hemd zu haben. Aber sein Gesicht strahlte die Freundlichkeit eines Kuschelbärs aus.

»Was darf Ihnen unser Fredy machen?«, fragte Marchand und stellte dem Barkeeper auch gleich seinen Gast vor. »Das ist Pfarrer Gabathuler aus Winterthur. Er war dabei, als Staudinger verunfallte.«

»Tatsächlich?«, sagte Fredy mit warmer Bassstimme. »Eine traurige Geschichte. Ich mochte Thomas Staudinger. Er liebte meinen No Regrets.«

Irgendwie ironisch, dachte Gabathuler. Wenn man ihn jetzt noch fragen könnte, gäbe es vielleicht doch ein paar Dinge, die er bedauert. Zu Fredy aber sagte er: »Dann probiere ich doch gleich diesen Drink.«

»Ich schließe mich an.«

»Zwei No Regrets«, wiederholte Fredy die Bestellung und machte sich an die Arbeit.

»Wissen Sie, ich sitze am liebsten hier an der Bar. Die Sessel sind zwar ebenfalls gemütlich. Aber dort kann man nicht so gut mit Fredy plaudern. Zudem haben wir hier einen kleinen Störsender, der das Abhören mit Wanzen schwierig macht. Wir können also ungestörter reden.«

»Und Fredy darf alles hören«, fragte Gabathuler nicht ganz im Ernst.

»Fredy ist einer meiner ältesten Mitarbeiter. Es gibt kaum etwas, das hier in diesem Haus geschieht, von dem er nichts wüsste.«

Fredy lächelte hinter seinem Shaker hervor und zwinkerte mit dem Auge.

»Zu Ihrer Frage wegen der anderen Geheimdienste: Vielleicht ist Ihnen aufgefallen, dass das Gebäude mit unseren Büros von vorhin am Hang steht.«

»Wie die meisten Häuser hier in Davos«, antwortete Gabathuler.

»Genau. Talwärts an unser Gebäude hat die Gemeinde vor vielen Jahren eine Erweiterung angebaut. Lange war dort das Innovation Center von Davos einquartiert. Nun ist der amerikanische NSA dort zu Hause.«

»Und die Briten?«

»Die britischen Government Communications Headquarters sind ebenfalls hier. Die wissen eben auch die Schönheiten des Ortes zu schätzen und haben sich im Oberst-von-Sprecher-Haus unmittelbar am See eingemietet.«

Fredy servierte die beiden Drinks und sagte: »*Enjoy!*«

Marchand und Gabathuler erhoben die Gläser, und Gabathuler sagte: »Auf Staudinger!«

»Auf Staudinger!«, wiederholte Marchand. Sie führten

ihre Gläser zum Mund und stellten sie beinahe synchron auch wieder hin.

»Blieben noch die Deutschen«, merkte Gabathuler an.

»Die Deutschen sind ebenfalls am See. Auf dem Campingplatz! Drei Wohnmobile stehen dort«, sagte Marchand, und mit einem maliziösen Lächeln fügte er an: »Jeder tarnt sich so gut er kann.«

»Und das beunruhigt Sie gar nicht? So viele mächtige Organisationen um Sie herum. Und alle wollen Sie beklauen oder Schlimmeres.«

»Man lernt, damit zu leben. In gewisser Weise halten die sich auch gegenseitig in Schach. Jeder sieht zu, dass der andere nicht mehr bekommt als er selber.«

Gabathuler nippte an seinem Glas. »Sie sind buchstäblich Gefangener Ihres eigenen Erfolgs.«

»Sie sagen es. Mein heutiges Leben ist die logische Folge meiner Entscheidung, den Braincode knacken zu wollen. Mein Erfolg hat seinen Preis. Aber wenn er dazu führt, dass diese neue Technologie transparent wird und allen Menschen gleichermaßen zur Verfügung steht, dann bin ich gerne bereit, ihn zu bezahlen.«

»Dann haben Sie Ihr Lebensziel erreicht«, stellte Gabathuler fest.

»Noch nicht! Denn noch habe ich die Formel von Angela Friedrichs nicht hier. Und dann müssen wir die Applikationen für die Computer der Menschen zu Hause entwickeln. Und wir müssen zusehen, dass uns die Sache nicht auf den letzten Metern noch aus der Hand gerissen wird.«

»Das klingt aber nicht mehr nach einem weiten Weg.«

»Die letzten hundert Meter sind immer die schwierigsten.«

»Können Sie denn niemandem trauen?«

»Die Chinesen sind die Einzigen, denen ich aktiv misstraue. Denn sollten sie in den Besitz des Braincodes kommen, dann wissen wir nicht, für welche Zwecke sie ihn einsetzen werden. Mit Sicherheit aber können wir davon ausgehen, dass sie unser Wertesystem nicht teilen. Insofern sind mir die anderen sympathischer. Nur, auch die haben ihre Eigeninteressen. Wirklich vertrauen tu ich nur dem schweizerischen Nachrichtendienst. Entgegen ihrem Ruf sind die Jungs, mit denen ich es da zu tun habe, richtig gute Leute. Sie unternehmen denn auch alles zu meinem Schutz und zum Schutz der Forschungseinrichtung.«

»Dabei machen sich doch alle darüber lustig, dass Bundesrat und Armee die Risiken der KI nicht wirklich ernst nehmen.«

»Diese Einschätzung teile ich«, meinte Marchand, während er sein Glas hin und her drehte. »Aber der Nachrichtendienst schätzt die Lage angemessen ein und hat im Zuge dieser Beurteilung eine eigene Dynamik entwickelt. In Winterthur haben sie zum Beispiel eine Staatsanwältin an Bord geholt. Muss eine hervorragende Frau sein. Die haben Sie bestimmt auch schon kennengelernt.«

»Das habe ich tatsächlich«, bestätigte Gabathuler.

Marchand wandte sich Fredy zu und hatte offensichtlich noch ein paar Interna mit ihm zu bereden. Gabathuler schaute sich indessen um. Das war in der Tat eine andere Welt, als was er in seinem bisherigen Leben kennengelernt hatte. Er saß neben einem Mann, der in Sachen künstliche Intelligenz neue Türen aufstieß und es geschafft hatte, andere Staaten und Konzerne dieser Welt, die ja auch in diese Richtung geforscht hatten, abzuhängen. Er war der Roger Federer der Computertechnologie. Aber statt dass er nun seinen wohlverdienten Pokal in die Höhe stemmen konnte, musste er sich vor den Mächtigen dieser Erde in Acht nehmen. Das war wirklich eine andere Welt als bei der Jagd nach skrupellosen Frauenhändlern. Und erst recht als die Welt am Sonntagmorgen im Gottesdienst.

»Kommen Sie. Ich muss Ihnen noch mehr zeigen«, sagte Marchand, der offenbar sein Vier-Augen-Gespräch mit Fredy beendet hatte. Sie tranken aus.

Gabathuler bedankte sich bei Fredy für den ausgezeichneten Drink und folgte Marchand, der mit zügigen Schritten zurück in die Empfangshalle schritt und nach links zu den Liften abbog. Sie warteten einen Moment. Mit einem hellen »Bing« meldete ein Lift seine Ankunft an, und kurz darauf öffnete sich seine Tür. In der Kabine fragte Gabathuler: »Welche Etage soll ich drücken?«

»Keine«, war die knappe Antwort Marchands. Er selber drückte die Drei. Die Tür schloss sich, und scheinbar lautlos bewegte sich die Kabine nach oben.

»Die Knöpfe hier akzeptieren nur Abdrücke ganz bestimmter Finger. Sie könnten so lange darauf herumdrücken, wie Sie wollen. Der Lift würde Sie nirgendwohin bringen.«

»Außer in die oberste Etage.«

»Genau, denn das ist offiziell eine Wohnetage. Dort wollen Sie aber nicht hin. Für Sie wäre nur noch die Etage darüber interessant, die mit ›Rooftop‹ angeschrieben ist. Dort haben wir ebenfalls ein kleines Restaurant und eine wunderbare Aussichtsterrasse.«

Der Lift hielt in Etage drei. Die beiden Männer traten aus der Kabine. Vor Gabathuler tat sich ein Großraumbüro auf, das beinahe die ganze Ebene umfasste. Gleich rechts von ihm sah er Kinder und Jugendliche, die alleine oder zu zweit an einem Computer saßen und irgendwelche Spiele spielten oder Aufgaben lösten. Oder spielerische Aufgaben zu lösen hatten. Gabathuler konnte das nicht beurteilen. Einige trugen große Kopfhörer, die ihren Kopf doppelt so groß erscheinen ließen. Manche standen in einer Art Wettkampf. Andere steckten die Köpfe zusammen, weil sie gemeinsam an einer Aufgabe herumknobelten. Wieder andere blickten alleine auf ihren Bildschirm und schienen in eine Aufgabe oder in ein Spiel vertieft.

»Sehen Sie sich diese jungen Menschen nur an! Die lieben, was sie da zu tun bekommen. Und wer eine Pause braucht, kann dort in der Ecke ausspannen, fernsehen, mit Kollegen diskutieren oder etwas knabbern.«

Gabathuler schaute sich das alles mit Interesse an. »Und die leisten einen echten Beitrag zu Ihren Forschungen?«

»Das Schöne bei Kindern und Jugendlichen ist, dass sie ohne Berührungsängste an diese Maschinen herangehen und zuweilen Lösungen für Probleme finden, auf die wir nicht gekommen wären. Aber natürlich ersetzen sie unsere Ingenieure nicht.«

Sie wechselten auf die andere Seite der Etage, wo der Altersdurchschnitt deutlich höher war, Gabathuler aber immer noch deren Vater hätte sein können.

»Hier entwickeln wir Applikationen für den Braincode.«

»Wie könnten die aussehen?«

»Nehmen wir zum Beispiel Ihr früheres Arbeitsgebiet: Bei Ermittlungen kann es ja geschehen, dass Sie von der Schuld einer Person überzeugt sind, das aber nicht belegen können, solange Sie zum Beispiel die Tatwaffe nicht haben. Eine entsprechend programmierte menschähnliche Intelligenz könnte Ihnen nun nicht nur aufgrund Tausender anderer Fälle sagen, wo in diesem Fall die Tatwaffe stecken könnte. Der Braincode würde auch noch eine eigene Idee einbringen. Erst würde er sagen, wo die Tatwaffe statistisch gesehen am ehesten zu finden sei, und dann unter

Umständen noch anfügen: Ich aber würde sie dort und dort verstecken.«

»Das würde bedeuten, dass der Braincode über Phantasie verfügt, nicht wahr?«

»Das ist in gewisser Weise die Definition des Braincodes. Er denkt selbstständig und löst selbstständig Probleme.« Marchand blickte noch einmal in die Runde und schien sich am Anblick der Menschen, die an seinem Projekt arbeiteten, zu freuen. Dann fragte er etwas abrupt: »Gehen wir essen? Ich habe Hunger«, und ohne die Antwort Gabathulers abzuwarten, bewegte er sich in Richtung Lift. Gabathuler hatte nichts dagegen. Hunger war durchaus ein Gefühl, das ihn im Moment auch beschäftigte. Sie nahmen wieder den Lift und fuhren in die Etage über der obersten Etage. »Das Rooftop-Restaurant wird Ihnen gefallen. Es ist öffentlich zugänglich. Aber ich nutze es gerne als meine Kantine. Man gönnt sich ja sonst nichts.« Marchand schmunzelte und steuerte auf einen Tisch zu, der sein Stammtisch zu sein schien. Er befand sich leicht zurückversetzt an der Wand und war doch so gelegen, dass man sich an der wunderbaren Aussicht in die Bergwelt erfreuen konnte.

Marchand bestellte den schwarzen Kabeljau mariniert in Miso und dazu einen Vermentino aus der Toskana. Gabathuler genehmigte sich das Kalbskotelett des Hauses und einen Pinot Noir aus dem Bündnerland. Als das Essen serviert wurde, nahm Gabathuler das Gespräch wieder auf und fragte: »Dann wird also tatsächlich eintreffen, was man im Zusammenhang mit KI immer befürchtet. Stellen werden gestrichen werden. Denn in Ihrem Beispiel macht der Braincode die Arbeit eines ganzen Teams.«

Marchand nickte. »Das wird ein Problem werden. Denn meines Erachtens lautet die Frage nicht, ob es zu Massenarbeitslosigkeit kommen wird, sondern wann.«

»Aber hatten wir dieses Problem nicht schon bei der industriellen Revolution?«, wandte Gabathuler ein. »Stellen wurden wegrationalisiert, dafür entstanden andere.«

»Ja, und dabei kam es zu großen sozialen Spannungen und Revolutionen.«

»Haben Sie nicht das Gefühl, wir haben gelernt, mit solchen Entwicklungsschüben umzugehen? Auch das Aufkommen der Computer hat die Arbeitswelt umgekrempelt, ohne dass die Menschen in Massen auf der Straße standen.«

Marchand blickte skeptisch. »Ich weiß nicht«, antwortete er. »Wir werden sehen.«

Der Kellner brachte die Teller, und die beiden Männer gaben sich ihren Menüs hin. Eine ganze Weile sagte keiner der beiden etwas. Das ausgezeichnete Essen und der Blick ins imposante Landwassertal gaben den Sinnen und Gedanken genug zu tun. Schließlich setzte Gabathuler wieder ein: »Dann werden also irgendwann in den Spitälern Operationsroboter aufkommen, die die Chirurgen überflüssig machen?«

»Das will ich nicht ausschließen«, meinte Marchand. »Nur – das ist der falsche Denkansatz.«

»Das verstehe ich jetzt nicht.«

»Der Punkt ist, Menschen wollen keine Chirurgen. Menschen wollen Gesundheit. Es wird also darum gehen, dass wir mit Technologien wie dem Braincode Therapien entwickeln, die Operationen unnötig machen.«

»Dann wird sich also auch die Welt der hoch qualifizierten Berufe radikal ändern.«

»Genau, weil wir ganz neu die Frage stellen werden, wie denn die Zukunft der Probleme aussehen wird, auf die heute Ärzte und Anwälte die Antwort sind.«

Gabathuler war beeindruckt. »Braucht es denn in Zukunft die Menschen noch?«

»Es wird sie weiterhin geben. Aber unsere Lebenswelt wird sich grundlegend ändern.«

Der Kellner kam und räumte ihre Teller ab. Sie bestellten einen Kaffee, und weil das Wetter trocken war, setzten sie sich nach draußen. Marchand rührte in seiner Tasse, nahm einen Schluck und meinte dann nachdenklich: »Aber wissen Sie, Herr Gabathuler, ich bezweifle, dass diese Szenarien so bald Wirklichkeit werden.«

Diese Wendung hätte Gabathuler nun nicht erwartet. Der innovative Forscher, der gerade dabei war, den Gipfel seines Erfolgs zu erklimmen, hatte Zweifel. »Wie das?«, fragte er daher.

»Das hat letztlich mit Ihrem aktuellen Fachgebiet zu tun.«

»Mit Theologie?«

Marchand nickte. »Aus der Hirnforschung wissen wir, dass das Hirn zwar im Grunde eine unglaublich leistungsfähige Maschine ist. Wirklich intelligent wird es aber erst durch die Aufgaben, die der Körper dem Hirn stellt.«

»Das Hirn muss also zuerst angeregt werden.«

»Genau. Unsere Hände spielen dabei wohl eine entscheidende Rolle. Die können viel und fordern so das Hirn heraus. Oder was zum Beispiel jeder Fußballer kann, nämlich den Ball mit dem Fuß zu jonglieren, ist für das menschliche Hirn derart komplex, weil es viele Parameter gleichzeitig steuern muss, dass es noch sehr lange dauern wird, bis wir vom Braincode auch nur annähernd Vergleichbares sehen werden.«

»Es braucht also einen Körper, der sich in dieser Welt bewegt und das Hirn herausfordert.«

»Das, was in der Bibel mit der Menschwerdung Gottes beschrieben wird, fehlt allen Formen der künstlichen Intelligenz. Auch dem Braincode.«

»Also«, Gabathuler versuchte Marchands Gedanken auf den Punkt zu bringen, »wenn man sich Gott als allwissendes Hirn vorstellt, dann ist dieses Hirn erst dadurch, dass es Mensch wurde, wirklich intelligent geworden.«

»Erst so konnte er sein ganzes Potenzial ausschöpfen. Im Grunde ist Gott erst dadurch, dass er sich ganz klein gemacht hat und in Bethlehem zur Welt gekommen ist, wirklich groß geworden.«

»Damit hätte ich nun wirklich nicht gerechnet, dass Sie mit Ihren Forschungen zu ganz ähnlichen Ergebnissen kommen wie die alten biblischen Geschichten«, sagte Gabathuler erstaunt.

»Die Menschwerdung ist ein tiefer Gedanke, dessen Wahrheit sich mir im Zusammenhang meiner Forschungen immer wieder dargelegt hat. Und an dem übrigens auch der Braincode, soweit Angela mir von ihm berichtet hat, seine Grenze erfahren hat.«

Gabathuler erinnerte sich nun daran, wie Friedrichs gesagt hatte, dass der Braincode an einem gewissen Punkt abbreche.

»Nun«, fuhr Marchand fort, »Angela hatte ja mit der Kombination der drei Algorithmen einen theologisch inspirierten Denkansatz gewählt. Nicht wahr, der erste gibt einen Impuls, der zweite nimmt ihn auf und gibt ihn leicht verändert weiter. Daraus entsteht ein dritter, der dann etwas Neues kreiert.«

»Als Angela mir das erklärt hat, dachte ich schon an die Dreieinigkeit, hielt es aber für zu weit gedacht.«

»Jedenfalls haben Sie gesehen, dass die Codes in ihrer Interaktion ungemein kreativ werden.«

»Das hat mich wirklich beeindruckt.«

»Ich beneide Sie für das, was Sie gesehen haben«, sagte Marchand aufrichtig. »Jedenfalls hat Angela aber auch die

Beobachtung gemacht, dass die Codes regelmäßig nach etwas mehr als zwanzig Stunden an gewisse Grenzen gestoßen und in eigenartige Wiederholungsschlaufen gefallen sind.«

»Sie sind also nicht mehr weitergekommen.«

»Ich vermute, dass ihnen der Körper, die Anregung von außen gefehlt hat.«

Gabathuler klaubte das Kleingebäck, das beim Kaffee lag, aus der Verpackung.

»Ich werde bald zurückfahren müssen«, sagte er schließlich. »Und ich muss schon sagen, der Besuch hier war sehr – anregend. Dennoch bleibt die Frage zurück, weshalb Sie mich hierherbestellt haben.«

»Finden Sie Angela. Bringen Sie mir den Braincode.« Marchands Stimme klang besorgt.

»Ich habe am vergangenen Samstag noch mit ihr telefoniert.«

»Das ist gut. Dann können wir davon ausgehen, dass sie lebt.«

»Ich denke, das können wir.«

»Aber Sie wissen nicht, wo sie ist?«

»Ich habe eine Vermutung.«

»Es darf ihr nichts geschehen. Das wäre eine Katastrophe!«

»Aber deswegen bin ich ja nun nicht hierhergefahren, um Ihnen etwas über das Verbleiben von Angela zu berichten. Weshalb also wollten Sie, dass ich Sie besuche?«

»Ich wollte, dass Sie einen Eindruck von meiner, von unserer Arbeit hier oben bekommen. Ich glaube daran, dass Sehen und Erleben Eindrücke besser vermitteln als alle Beschreibungen. Ich hoffe, dass Sie meine Dringlichkeit nun besser verstehen. Ich brauche diesen Braincode. Wir müssen als Erste an dieses Ziel gelangen, damit die Technologie allen Menschen zugänglich wird.«

Gabathuler verstand. »Voraussichtlich werde ich Angela heute noch sprechen können. Gut möglich, dass ich dann mehr über den Verbleib des Braincodes weiß.«

Marchand fuhr Gabathuler zurück ins Zentrum, wo er seinen Saab geparkt hatte. Dort verabschiedeten sie sich, und Gabathuler verließ Davos.

In Winterthur angekommen, fuhr er direkt zur psychiatrischen Klinik und meldete sich am Empfang. Mit Verweis auf das Schreiben der Klinik fragte er nach Frederike Engels. Der Herr hinter der Glasscheibe wählte eine Nummer und meldete Herrn Pfarrer Gabathuler an. »Sie kommt gleich«, gab er schließlich Auskunft und wandte sich wieder seinem Bildschirm zu.

Kurz darauf stand Angela vor ihm, als wäre sie soeben aus ihrem Büro getreten. Gabathuler war für einen kurzen Moment irritiert, weil er das Wort Klinik mit weißen Kitteln und den typischen Patientenhemden verbunden hatte. Aber die Menschen hier benötigten psychische Hilfe und waren also ganz normal gekleidet. Sie setzten sich in eine Ecke.

»Was hältst du von diesem Versteck?«

»Nicht schlecht«, meinte Gabathuler. »Aber auch hier wird man dich finden.«

»Wenn du's nicht verrätst, erfährt es niemand. Hier kennt man mich nur unter dem Namen Engels.«

»Wie hast Du's überhaupt geschafft, dass sie dich so kurzfristig aufgenommen haben?«

»Ich habe getan, was ich noch nie getan habe: Ich habe mir selber eine gefakte Überweisung ausgestellt. Dringend, weil suizidgefährdet und so. Das hat funktioniert.«

»Nicht schlecht. Nur, du bist nicht die Erste, die sich in einer psychiatrischen Klinik versteckt. Früher oder später wird man auch hier suchen.«

»Ich brauche einfach Zeit, um nachzudenken.«

»Worüber?«

»Was mit dem Braincode wird!«

»Willst du ihn nicht einfach Marchand übergeben?«

»Und was dann? Der Braincode wird eine unglaublich machtvolle Technologie werden. Kann ich das verantworten? Wird sie dem Guten in dieser Welt dienen? Oder habe ich die Büchse der Pandora geöffnet?«

»Weder noch. Entscheidend ist doch, in wessen Hände die Technologie gelangt«, versuchte Gabathuler Friedrichs zu beruhigen.

»Was, wenn die Chinesen René gefangen nehmen und ihn zwingen, ihnen den Code zu übergeben? Dann verlieren wir die Kontrolle und stürzen in eine Welt von Überwachung und Unterdrückung.«

»Das wird nicht passieren.«

»Das sagst du so einfach. Was, wenn doch?«

Gabathuler war klar, dass er das nicht völlig ausschließen konnte.

»Angela, der schweizerische Nachrichtendienst hat Kontakt zu mir aufgenommen. Die wollen, dass ich ihnen sage, wo du bist, damit sie dich beschützen können.«

»Das darfst du nicht machen!«

»Und was, wenn dich die Chinesen hier finden? Meinst du, die werden dich anders behandeln als Marchand?«

»Gib mir noch ein paar Tage Zeit zum Nachdenken.«

»Die hast du nicht!«

»Du darfst niemandem sagen, wo ich bin. Auf keinen Fall!« Damit stand Friedrichs auf und verschwand in den langen Gängen der Anstalt.

Nun hatte Gabathuler ein Problem. Als Seelsorger fühlte er sich verpflichtet, Friedrichs' Wunsch zu respektieren. Als ehemaliger Polizist konnte er aber einschätzen, in welch großer Gefahr sie sich befand. Gabathuler rief Frank an.

Am Samstag ging Gabathuler mit dem neunjährigen Linus in den Wald. Der Knabe war schon ganz aufgeregt, als Gabathuler ihn zu Hause abholte.

»Er konnte gestern Abend lange nicht einschlafen«, erzählte ihm Pia Konrad. »Und heute Morgen war er superanstrengend, weil die Zeit nicht vorwärtsmachen wollte.«

»Dann wird's wohl höchste Zeit, dass wir gehen, nicht wahr?« Gabathuler lächelte den Jungen an, der nun beinahe regungslos einen Schritt hinter seiner Mutter stand und aufmerksam den Herrn Pfarrer anblickte. Er trug lange Jeans und feste Schuhe, ein T-Shirt und einen gut bepackten Rucksack, auf dem zuoberst quer eine Jacke lag. »Du bist gut vorbereitet«, meinte Gabathuler mit Blick auf den Rucksack.

»Die Jacke musste ich ihm befehlen«, erklärte Konrad. »Alles andere hat er selber zusammengetragen. Er hat sogar eine Taschenlampe eingepackt.«

»Man kann nie wissen«, sagte Gabathuler verständnisvoll.

»Können wir jetzt gehen?« Das waren die ersten Worte, die Linus selber sprach und damit die Erwachsenen daran erinnerte, dass ein Abenteuer für ihn bevorstand.

Sie mussten erst ein Stück mit dem Auto fahren. Dann stiegen sie aus, und das Abenteuer begann.

Sie nahmen erst die breiten Spazierwege durch den Wald. Doch bald verließen sie diese und stapften kreuz und quer durchs Gehölz. Sie nahmen alles in Augenschein, was ihnen begegnete. Linus stieg eifrig über Stock und Stein, stellte Fragen zu Pflanzen und Tieren, die Gabathuler nur allzu häufig nicht beantworten konnte, was Linus aber nicht zu stören schien. Schließlich machten sie sich daran, ein Feuer zu entfachen. Sie bereiteten zuerst eine Stelle vor, die weit genug von anderen Bäumen entfernt war. Dann schleppten sie Steine herbei, um eine abgegrenzte Feuerstelle zu markieren. Dann sammelten sie Holz. Viel Holz! Linus stellte seine Kraft unter Beweis, indem er möglichst große Äste herbeischleppte, worauf Gabathuler ihn daran erinnern musste, dass sie unbedingt auch feines und trockenes Holz benötigten. Also gingen sie gemeinsam auf die Suche nach verdorrtem Tannenreisig und ähnlichem abgestorbenem Kleinholz. Endlich konnten sie das Holz zum Anfeuern bereit machen. Die großen Äste galt es klein zu machen. Dann erst konnten sie mit dem Aufschichten des Feuerholzes beginnen. Nun war Linus bereits ein erstes Mal müde. Er verstand nicht, weshalb man nun nicht wahllos Holz zusammenwerfen und mit einem Streichholz anzünden konnte. Gabathuler gab ihm einen Apfel und forderte ihn auf, sich hinzusetzen und ihm zuzuschauen. Gerne biss der Kleine in die Frucht, setzte sich und schaute Gabathuler zu, wie er das Holz langsam zeltförmig zusammenstellte. Innen kam das kleine, dünne und vor allem trockene Holz. Gegen außen wurden die Scheite immer dicker.

»Hast du schon einmal ein Streichholz entzündet?«, fragte Gabathuler Linus.

Der antwortete erwartungsgemäß: »Natürlich! Schon viele.«

Also reichte ihm Gabathuler die Schachtel mit den Streichhölzern. »Du musst ganz nahe an das Feuerholz heran und dann das Streichholz hier an das dünne, trockene Holz halten.«

Linus nahm die Schachtel, kniete bei der Feuerstelle nieder und versuchte sich am ersten Streichholz. Das zerbrach. Auch das zweite brach entzwei. Darauf zeigte ihm Gabathuler, wie das Hölzchen weniger schnell brechen würde, und Linus versuchte es nachzumachen. Es entflammte. Danach aber war der Weg der Flamme bis zum Feuerholz zu weit. Die Flamme erlosch. »Nur Geduld!«, meinte Gabathuler und ließ Linus weiterprobieren. Mit dem siebten oder achten Streichholz gelang es dem Knaben, das trockene Reisig zu entzünden. Gabathuler sah zu, dass das Feuer genug Nahrung bekam, und kurz darauf brannte das Holz kräftig. Linus strahlte.

»Können wir jetzt die Würste drin braten?«, fragte er.

»Nicht so schnell«, bremste ihn Gabathuler. »Erst müssen wir zusehen, dass das Feuer nicht gleich wieder ausgeht.« Gabathuler begann ein paar weitere Holzscheite rund ums Holzzelt zu platzieren. »Hast du schon einen Spieß, mit dem du die Wurst über die Glut halten kannst?«

»Noch nicht«, antwortete Linus schnell und war auch schon fort. Gabathuler beobachtete derweil das Feuer, und als er damit zufrieden war, suchte er zwei Astgabeln, spitzte sie mit seinem Taschenmesser unten etwas zu und steckte sie nahe beim Feuer in die Erde, und zwar so, dass sie sich schön gegenüberstanden und das Feuer zwischen sich hatten. Dann suchte er sich einen etwas längeren Ast, den er schnell unter dem vielen Holz, das Linus angesammelt hatte, fand. Wieder nahm er sein Taschenmesser zu Hilfe und befreite den Ast von der Rinde. Linus kam zurück mit zwei geeigneten Stecken. »Dieser ist für dich«, sagte er und überreichte den einen Gabathuler.

»Hast du auch ein Taschenmesser?«

»Sicher«, gab der Kleine zur Antwort und grub in seinem Rucksack nach dem Messer. »Ein echtes Offiziersmesser«, sagte er nicht ohne Stolz und hielt seine Version des Taschenmessers hoch.

Gabathuler schaute Linus mit einer gewissen Anspannung zu, wie dieser die Hauptklinge aus der Versenkung klaubte. Aber er schaffte es, ohne sich wehzutun, und begann damit, seinen Stab zuzuspitzen. Gabathuler gab ihm ein paar Tipps, doch Linus machte seine Sache sehr gut. In der Zwischenzeit war das Feuer heruntergebrannt und hatte eine schöne heiße Glut gebildet. »Weißt du was«, meinte Gabathuler, »bevor wir unsere Würste übers Feuer halten, backen wir noch etwas Brot.«

»Brot?«

»Meinst du nicht, die Wurst schmeckt mit etwas Brot noch besser?«

»Mutter hat mir zwei Brötchen eingepackt.«

»Ja, aber unser Brot wird noch warm sein und wunderbar nach Feuer schmecken.«

»Und wie soll das gehen?«

»Wir machen Schlangenbrot.«

»Schlangenbrot?«

»Ich habe Teig mitgebracht, und den wickeln wir nun wie eine Schlange um diesen Ast und legen den dann auf die beiden Astgabeln.«

»Wow«, staunte Linus. Und Gabathuler freute sich, dass seine Überraschung gelungen war. Linus hatte sich aufs Würstebraten über dem selbst gemachten Feuer gefreut und erlebte nun zusätzlich noch, wie man Brot machte. Gabathuler entnahm seinem Rucksack eine Plastikbox, in der er den vorbereiteten Teig schon gerollt mitgebracht hatte. Zusammen mit Linus wickelte er ihn vorsichtig um den präparierten Stab. Dann legten sie den

Stab auf die beiden Astgabeln. Bald schon verbreitete sich der leckere Duft von frischem Brot.

»Nun können wir auch unsere Cervelats über die Glut halten.« Gabathuler zeigte Linus, wie man einem Cervelat mit dem Messer seine typische beidseitige Krone verpasste. Dann steckten sie ihre Cervelats auf ihre Stecken und hielten sie über die Glut. Nun war Geduld gefragt, und Gabathuler fürchtete, dass er Linus' Aufmerksamkeit bei seiner Grillwurst halten musste. Doch Linus war ganz bei der Sache. Vorsichtig hielt er seine Wurst in gutem Abstand über die heiße Stelle des Feuers. Ab und zu blickte er auch auf das Schlangenbrot. »Jetzt wird es schwarz«, meinte er einmal. Und tatsächlich, die untere Seite hatte nun genug Hitze bekommen. Gabathuler bat Linus, den Stab ein wenig zu drehen, und hielt währenddessen seinen Spieß weiter über die Glut. Auch die Würste mussten gelegentlich gedreht werden, damit sie auf allen Seiten schön dunkel, aber nicht schwarz wurden. Schließlich konnten sie alles vom Feuer nehmen und sich langsam über die Köstlichkeiten hermachen. Linus hätte gerne viel schneller in Wurst und Brot gebissen, als es die Temperaturen zuließen. So musste er sich mit spitzen Fingern, viel Pusten und kleinen Bissen an den Vollgenuss von Brot und Wurst herantasten. Und auch Gabathuler erfreute sich an dem gelungenen Waldmenü, das er selber schon Jahrzehnte nicht mehr genossen hatte.

Als alles verspeist war, packten sie ihre Sachen wieder in die Rucksäcke, löschten das Feuer mit dem Rest Wasser aus ihren Flaschen und warfen noch etwas Erde darauf.

»Du bist ja ganz schmutzig«, stellte Pia Konrad fest, als sie Linus in die Wohnung ließ.

»Ja, ist cool, gell?«, meinte dieser nur, zog die Schuhe aus und trat ein.

»Ihr hattet offensichtlich eine gute Zeit«, meinte sie nun mit Blick zu Gabathuler.

»Ich denke, ihm hat's gefallen. Und mir natürlich auch!«

»Ganz herzlichen Dank«, meinte Konrad.

»Wirklich gern geschehen«, antwortete Gabathuler.

Dann fragte Konrad: »Kann ich dich noch für ein Glas Wein begeistern?«

»Du hast doch jetzt genug zu tun mit deinem Sohn.«

»Ach, den stecke ich in die Wanne. Danach geht er wohl direkt ins Bett und schläft selig ein.«

Gabathuler zögerte. Dann sagte er: »Also gut. Ein Glas.«

6

Und? Wie geht es jetzt mit uns weiter?«

»Gute Frage.« Gabathuler lag auf dem Rücken und studierte die weiße Decke, als könnte er dort eine Antwort auf ihre Frage finden.

»Ich meine, wie kann so eine Beziehung funktionieren? Du als Pfarrer in der Gemeinde. Ich hier mit dem Kind und auch nicht wenig Arbeit.«

»Wie gesagt, ich bin auch gerade etwas ratlos. Das Einzige, was ich weiß, ist«, Gabathuler setzte sich auf, »dass Noah unser gemeinsames Kind ist. Das zwingt uns einfach in eine wie auch immer geartete Beziehung.«

Diese Analyse war für Barbara wohl etwas zu nüchtern. Schnell sagte sie: »Ich will die Beziehung zu dir nicht aufkünden. Ich liebe nicht nur unseren Sohn. Ich liebe auch dich.«

»Das nennt man dann wohl eine Aporie«, meinte Gabathuler. »Wir suchen einen Weg, den es nicht zu geben scheint.«

»Ist es wirklich derart ausweglos?«

»Ich weiß es doch auch nicht.« Gabathuler seufzte. »Aber wir müssen das Gespräch ein andermal weiterführen. Ich muss nun in den Gottesdienst.«

Sie legten auf.

Gabathuler hatte sich gestern noch auf ein Glas zu Pia an den Tisch gesetzt. Aber nach dem einen Glas hatte er sich dann auch verabschiedet. Zum einen hatte Linus nach dem Bad überhaupt nicht vor, ins Bett zu gehen. Vielmehr wollte er unbedingt noch erzählen, was er alles erlebt hatte. Vor allem aber wollte Gabathuler nach Hause, um den Gottesdienst noch einmal durchzugehen und seine Predigt zu memorieren. Am Morgen dann war er wieder früh auf, um sein Morgentraining zu absolvieren. Als er frisch geduscht in seinem Predigtanzug in der Küche stand, rief Barbara an. Er hatte noch Zeit, also legte er sich auf das Sofa und sprach mit der Mutter seines Sohnes im Südtirol.

Im Gottesdienst entdeckte Gabathuler Angela Friedrichs unter den Gemeindegliedern. Aufmerksam folgte sie dem Geschehen und sang auch selbstverständlich mit. Ihre Stimme stach aus dem im Übrigen deutlich älteren Chor der Gemeinde heraus. Gabathuler freute sich an ihrer wunderbaren Vertrautheit mit solchen traditionellen Gottesdiensten. Gleichzeitig wusste er, dass Friedrichs zu einer aussterbenden Spezies gehörte. Menschen ihrer Generation verstanden in der Regel die Sprache der Gottesdienste nicht mehr.

Nach dem Kirchenkaffee brachen Gabathuler und Friedrichs zu einem Spaziergang auf. Sie querten die Ganterwaldstrasse und bogen in die Eulachstrasse. Der geringe Sonntagsverkehr und die verkehrsberuhigte Straße ermöglichten es, dass sie gelegentlich das Wasser der Eulach plätschern hörten. Zu sehen bekamen sie sie nicht. Zu weit weg war der Gehsteig von dem kleinen Fluss und zu dicht bewachsen die Böschung. Friedrichs sprach Gabathuler auf seine Predigt an. Er hatte über einen Text aus dem Brief an Timotheus gepredigt. Bibelfest, wie Friedrichs war, zitierte sie aus dem Kopf. »Gott will, dass allen Menschen geholfen werde und sie zur Erkenntnis der Wahrheit kommen«, lautete der Vers, der sie nach Gabathulers Predigt beschäftigte. »Was aber ist die Wahrheit in meinem

Fall? Mir ist noch nicht geholfen, und ich habe wahrlich dafür gebetet.«

»Was genau ist denn deine Frage?«

»Ich bin mir immer noch unsicher, ob ich den Braincode Marchand übergeben oder ihn doch besser vernichten soll.«

»Traust du Marchand nicht?«

»Roger, die Entdeckung des Braincodes ist der Entdeckung der Kernspaltung nicht unähnlich. Und viele Forscher haben damals unter der Verantwortung gelitten, dass sie zur Atombombe beigetragen haben.«

»Meinst du nicht, dass früher oder später einfach jemand anderes den Braincode knacken wird?«

»Davon gehe ich aus. Die Frage aber ist: Will ich die Verantwortung tragen? Kann ich die tragen?«

»Darum frage ich noch einmal: Traust du Marchand nicht?«

Friedrichs schwieg einen Moment. »Marchand ist gut. Marchand hat immer gesagt, er wolle den Braincode als ein allen zugängliches Instrument auf den Markt bringen. Ich will den Braincode demokratisieren, hat er immer gesagt.«

»Warum zögerst du dann noch?«

»Man weiß nie, wie so viel Macht einen Menschen verändert.«

Sie querten die große Wiesenfeldstrasse und spazierten weiter. Nun führte der geteerte Fußweg unmittelbar am Ufer des Flüsschens entlang. Die Bäume spendeten angenehmen Schatten.

»Du bist in Gefahr, Angela«, sagte Gabathuler nun sehr direkt.

»Wem sagst du das«, antwortete sie darauf sehr nüchtern.

»Was willst du damit sagen?« Gabathuler war verblüfft.

»Gestern hat mich ein netter Herr angesprochen, als ich spazieren war. Da vorne an der Töss.«

Sie kamen zu der Stelle, an der die Eulach in die Töss mündete. Eine überdachte Brücke führte von hier ans jenseitige Ufer. Doch die beiden Spaziergänger blieben am diesseitigen Ufer und lenkten ihre Schritte auf Friedrichs' Wunsch hin nach links, tössaufwärts.

»Er war sehr zuvorkommend. Er hat sich auch gleich vorgestellt und gesagt, er sei vom Government Communications Headquarters, kurz GCHQ.«

»Der hält nicht gerade hinterm Zaun.«

»Im Gegenteil. Er hat mir offen gesagt, dass der GCHQ sehr am Braincode interessiert sei. Er sei der verlässlichste und erfolgreichste Geheimdienst in Sachen Internetkriminalität. Er hat mir sogar den Schutz der britischen Krone in Aussicht gestellt, wenn ich ihm den Braincode aushändige.«

»Hast du angenommen?«

»Dann wäre ich schon längst auf der Insel.«

»Britische Staatsbürgerin, neuer Name, neue Identität.« Gabathuler sprach aus, was dies bedeuten würde. »Das wäre nicht das Schlechteste.«

»Wenn er denn die Wahrheit sagt.«

»Ich verstehe dein Problem«, meinte Gabathuler nun. »Das Erkennen der Wahrheit ist wirklich keine einfache Angelegenheit. Wohl deshalb heißt es im Brief an Timotheus, man solle zuerst und vor allem beten.«

»Am Beten hat's nicht gefehlt!«

»Willst du etwa meine Predigt widerlegen?« Gabathuler lächelte zu Friedrichs hinüber.

»Schlimmer! Ich fordere den biblischen Text heraus.«

»Jetzt wird's interessant!«, meinte Gabathuler auf Friedrichs' schlagfertige Reaktion. »Allerdings muss ich sagen, im Text steht nicht, dass man um Erkenntnis beten solle, sondern für alle Menschen, insbesondere für die Obrigkeit, damit wir in Ruhe leben können.«

»Ich traue der Obrigkeit nur bedingt«, meinte Friedrichs mit unüberhörbarer Skepsis in ihrer Stimme.

»Das kann ich gerade im Blick auf deine Situation verstehen«, antwortete Gabathuler. »Aber genau deshalb bitte ich dich, vertrau dich dem schweizerischen Nachrichtendienst an. Da ist im Moment mein bester Freund aus Polizeitagen involviert. Dem kannst du blind vertrauen.«

»Das hat der freundliche Brite vom GCHQ auch gesagt.«

»Dann gib den Code den Briten. Aber du musst dich jemandem anvertrauen. Ansonsten gehst du zugrunde. Die Kräfte um dich herum sind zu groß. Die werden dich zerquetschen.«

»Du machst mir nicht gerade Mut.«

»Ich verstehe eben ein bisschen etwas von der Sache. Nicht viel, aber immerhin.«

Sie näherten sich einem großen Gebäudekomplex.

»Die Psychiatrie, mein aktuelles Zuhause.«

»Was wirst du jetzt tun?«, fragte Gabathuler mit ernstem Gesicht.

»Weißt du, was seltsam ist?« Friedrichs ging nicht auf Gabathulers Frage ein. »Gestern habe ich John Ha hier auf dem Gelände gesehen.«

»Das ist in der Tat eigenartig.«

»Nicht wahr? Was er hier gesucht haben mag?«

»Na, was wohl!«

Friedrichs sah ihn ungläubig an. »Meinst du, der hat mich gesucht?«

»Seit Staudingers Tod ist auch Ha verschwunden.«

»Aber woher sollte der wissen, dass ich hier bin?«

»Vielleicht weiß er es ja gar nicht. Aber wie gesagt, du

bist nicht die Erste, die sich in einer psychiatrischen Klinik versteckt. Daher musst du dringend weg von hier. Du brauchst Schutz!«

Friedrichs dachte kurz nach und sagte dann mit ruhiger Stimme: »An Himmelfahrt komme ich in den Gottesdienst. Dann werde ich dir sagen, wie ich mich entschieden habe.«

Damit verabschiedete sich Friedrichs und betrat die Klinik. Gabathuler schaute ihr nach und schüttelte innerlich den Kopf. Sie hat keine Ahnung, wie sehr sie in Gefahr ist, ging es ihm durch den Kopf.

Gabathuler rief Frank an und berichtete ihm von seiner Begegnung mit Friedrichs.

»Ihr müsst sie unbedingt besser schützen!« Gabathuler machte aus seiner Unruhe keinen Hehl.

»Keine Angst, wir haben unsere Leute vor Ort.«

»Angela hat gestern John Ha gesehen!«

»Das wissen wir. Und wir wissen auch, dass ihr heute einen gemeinsamen Spaziergang gemacht habt.«

Das erstaunte Gabathuler nun, denn er hatte niemanden gesehen, der sie beobachtet haben könnte. Und wirklich beruhigt war er trotz dieser Auskunft nicht.

»Warum nehmt ihr sie nicht einfach in Schutzhaft?«

»Das ist rechtlich nicht so einfach, Roger. Das wird dir nicht unbekannt sein.«

Am Montag wollte er ausschlafen. Doch seine innere Uhr weckte ihn wieder früh. Also stieg er in seine Trainingskleider, joggte eine Runde und absolvierte sein Krafttraining. Dann machte er Kaffee und holte die Zeitung. Im Milchkasten lag auch noch die Sonntagsausgabe vom Vortag. Das war gerade die richtige Menge an Zeitung für einen gemütlichen Montagmorgen. Und so gab er sich dem Wechsel von Kaffeetrinken und Zeitunglesen hin.

Fünf Tassen, zwei Zeitungen und eine ausgiebige Dusche später griff er sich ein Buch und setzte sich in seinen Lesesessel. Zur Mittagszeit ging er in die Küche, machte sich einen Teller Pasta und wärmte eine Tomatensauce mit viel Gemüse auf, die Barbara noch gekocht und eingefroren hatte. Am Schluss brutzelte er noch ein zartes Schnitzel in der Bratpfanne. Alles zusammen kam auf den Teller. Dann rieb er eine schöne Menge Parmesankäse darüber und setzte sich mit einem Glas Zweigelt in sein Esszimmer. Essen und Wein schmeckten hervorragend und waren wie immer viel zu schnell im Magen verschwunden. Er räumte alles weg, machte sich noch einen Kaffee und legte ein Plätzchen dazu. Wieder setzte er sich an seinen Leseplatz und nahm das angefangene Buch zur Hand. Doch bald schon wurden seine Augen schwer, und er schlummerte in einen süßen Mittagsschlaf.

Das Klingeln der Türglocke holte ihn aus seiner Mittagsruhe. Er brauchte einen Moment, bis er genügend wach war, um die Treppe unfallfrei hinunterzusteigen. Er öffnete die Haustür, und draußen stand Esther Wälti.

»Ich weiß gar nicht mehr, um wie viel Uhr wir abgemacht hatten«, sagte sie und trat unaufgefordert an Gabathuler vorbei ins Haus. »Aber ich bin froh, dass du da bist.«

Gabathuler konnte sich nicht erinnern, mit ihr überhaupt einen Termin vereinbart zu haben. Aber er sagte nichts. Wälti ging zielgerichtet ins Wohnzimmer und setzte sich aufs Sofa.

Was gibt es denn so Dringendes, wollte Gabathuler eigentlich fragen. Aber weiter als bis zu »Was …?« kam er nicht.

»Gerne ein Wasser«, sagte Wälti schnell, die seinen Satzanfang als Frage nach einem Getränk interpretierte. »Ohne Kohlensäure, ganz einfach vom Hahn.«

Gabathuler schmunzelte innerlich, füllte in der Küche einen Krug mit Wasser, nahm zwei Gläser aus dem Schrank und ging zu Wälti zurück.

»Das ist einfach unglaublich, diese künstliche Intelligenz«, sprudelte es aus ihr heraus. Sie öffnete ihre Tasche und entnahm ihr drei Mäppchen voller Zeitungsartikel. »Ich habe alle gelesen. Die KI wird die Macht übernehmen. Wir werden nur noch Hilfsdienste für Roboter leisten.«

»Das klingt ja sehr dramatisch«, meinte Gabathuler, der versuchte, Wältis Redefluss in etwas ruhigere Gefilde zu lenken.

»Hast du zum Beispiel gewusst, dass es eine Plattform gibt, die Tote wieder aufstehen lässt?«

»Tatsächlich?«

»Replica heißt sie. Eine Frau hat dieses Tool entwickelt, als ein lieber Freund bei einem Autounfall gestorben ist.«

»Und der lebt jetzt wieder?«

»Sie spricht jedenfalls jeden Tag mit ihm, also mit einem Chatbot, den sie mit Texten aus SMS und Mails ihres Freundes gefüttert hat. Sie hat ihm sogar seine Stimme gegeben.«

»Das ist aber nicht, was wir in der Kirche unter Auferstehung verstehen.«

»Aber begreifst du denn nicht? Das ist nur der Anfang! Ich war mit Daniele in der virtuellen Kirche. Da sind lauter solche Avatare, die mitfeiern. Wir könnten neue Kirchen im virtuellen Raum schaffen. Wir könnten lebensechte Menschen kreieren. Ja, wir könnten Verstorbene auferstehen lassen und mit ihnen Gottesdienst feiern!«

»Das wäre ein Ding, wenn wir einen Kirchenkaffee mit Karl Barth und Martin Luther inszenieren könnten. Und wenn sich dann noch Thomas von Aquin und der Apostel Paulus dazugesellten – das gäbe ein spannendes Aufeinandertreffen!«

»Genau!« Wälti war unempfänglich für Gabathulers Ironie. Im Gegenteil, sie steigerte sich nur noch weiter in diese Möglichkeiten hinein. »Und schließlich würde sich sogar Jesus noch dazusetzen!«

»Dann hätten wir das Phänomen, dass er zweimal auferstanden ist. Einmal in der Bibel und einmal im virtuellen Raum.«

»Aber er wäre da! Wir könnten mit ihm reden!«

Gabathuler wusste nun nicht recht, wie er reagieren sollte. Offensichtlich meinte sie das alles ernst, und das machte ihn ratlos. Daher stellte er einfach mal fest: »Du bist ja Feuer und Flamme für die virtuelle Welt.«

»Das ist unsere Chance, Roger. Das ist die Zukunft der Kirche! Wir erschaffen die Kirche neu, indem wir sie in den virtuellen Raum transferieren.«

Gabathuler stutzte. »Was soll denn daran neu sein?«

»Alle Menschen werden sich künftig in dieser virtuellen Welt bewegen.«

»Also ich lese meine Zeitung noch immer auf Papier gedruckt.«

»Aber wir müssen doch in dieser neuen Welt präsent sein.«

»Da bin ich mit dir einverstanden. Aber ich habe das Gefühl, du überschätzt die Möglichkeiten.«

»Was gibt es Größeres, als dass wir die Menschen die Auferstehung erleben lassen können?«

»Das ist doch nicht Auferstehung! Das ist ausgeklügelte Reproduktion von schon Bestehendem. Da ist keine Kreativität drin.«

»Die ist drin, wenn wir sie hineintun.«

»Wie soll das gehen? Was meinst du damit?«

»Wir werden die Kirche auferstehen lassen. In der virtuellen Welt. Und wir werden die Botschaft der Bibel in die ganze Welt verbreiten, und die Menschen werden begeistert sein, weil sie erleben werden, dass Christus auferstanden ist.«

»Aber diese Botschaft verbreiten wir nun seit zweitausend Jahren. Und zumindest meine Kirche stürmen sie nicht. Wieso sollen die nun plötzlich im Netz auf ihre virtuellen Knie gehen?« Gabathuler war irritiert. Wieso nur fuhr seine Kollegin plötzlich so sehr auf die KI ab?

»Roger«, fuhr Wälti ungerührt fort, »KI ist die Zukunft! Da müssen wir dabei sein!«

»Das mag ja sein«, lenkte Gabathuler ein. »Aber wir dürfen dabei doch uns selbst nicht verraten!«

»Das machen wir auch nicht. Wir verbreiten unseren Glauben über die ganze Welt.« Wälti verstand nicht.

»Selbst René Marchand sagt, dass die KI, wenn sie einen Schritt Richtung Braincode machen will, letztlich von der christlichen Theologie lernen muss.«

»Wie das?«

»Die ganze KI findet im virtuellen Bereich statt. Man könnte sagen, in einem digitalen Himmel.«

»Gutes Bild!«

»Gott zeichnet sich aber dadurch aus, dass er Mensch geworden ist. Und zwar ganz konkret. Er wurde Fleisch, heißt es sogar. Erst so konnte er, wenn man so will, seine volle Intelligenz entwickeln.«

Wälti sah ihn mit offenen Augen und offenem Mund an, was den wirren Eindruck, den sie auf Gabathuler machte, eher noch unterstrich. »Roger Gabathuler, du verblüffst mich immer wieder. Das ist genial! Das Wort muss Fleisch werden. Die digitale Welt muss in den Menschen eingehen.«

»Die KI wird jedenfalls erst dann wirklich intelligent werden, wenn sie einen Körper hat, der dem menschlichen entspricht.«

»Da sieht man es wieder! Wir haben in der Kirche eine Art Wissensvorsprung! Die künstliche Intelligenz, die virtuelle Welt wird die Zukunft der Kirche sein, ein Ort, an dem die Kirche endlich wieder ihre alte Macht und Strahlkraft erlangen wird.« Wälti redete sich in ein Feuer, das Gabathuler befremdete.

»Ich weiß nicht, ob die alte Macht und Strahlkraft erstrebenswert ist. Mir wäre eine neue Strahlkraft lieber.«

»Und die wird neu sein. Ganz neu sogar! Nun, ich muss gehen. Ich habe zu tun.«

Wälti stand auf und verließ den Raum. Gabathuler konnte nur noch die Tür hinter ihr schließen.

»Das war jetzt ein seltsamer Spuk«, sagte Gabathuler zu sich. »Wälti ist überfordert. Sie sollte unbedingt ein Timeout nehmen.«

Er rief Frank an.

»Habt ihr etwas unternommen, um Angela zu schützen?«

»Wir haben unsere Leute vor Ort.«

»Ach ja? Ich habe niemanden gesehen.«

»Daran siehst du, wie gut wir sind.«

»Die Briten haben aber schon mit Angela Kontakt aufgenommen.«

»Wir haben die Sache im Griff.«

»Bist du sicher?«

»Weshalb hast du angerufen, Roger?«

»Ich will, dass ihr offiziell mit Angela sprecht. Sie ist unentschlossen, weiß nicht, wem sie vertrauen kann.«

»Und du meinst, das ändert sich, wenn wir mit ihr sprechen?«

»Ich komme jedenfalls nicht weiter bei ihr. Ich kann noch so oft sagen, dass ich dir und Hug vertraue. Sie wird wohl erst Vertrauen fassen, wenn sie euch sieht.«

»Was schlägst du vor?«

»Am nächsten Donnerstag ist Himmelfahrtsgottesdienst. Sie hat versprochen zu kommen.«

»Du willst, dass ich deinen Gottesdienst besuche?«

»Zusammen mit Hug. Es ist wichtig, dass sie als Frau auch dabei ist.«

»Okay, ich werde es Hug mal vorschlagen.«

»Gleich anschließend arrangiere ich ein Gespräch. Wenn sie euch sieht und hört, wird sie einlenken. Da bin ich sicher.«

Sie legten auf.

Wenn doch nur schon Donnerstag wäre, dachte Gabathuler und machte sich daran, den Gottesdienst vorzubereiten.

7

Rund dreißig Gemeindeglieder waren am Himmelfahrtsdonnerstag in der Kirche. Gabathuler predigte über das Entschwinden von Jesus und das Zurückbleiben der Jünger. Er ließ passende Lieder singen, und Adrian Müller machte mit seinem Orgelspiel vergessen, wie wenige dasaßen und mitsangen. Gabathuler lieferte zuverlässig seinen Job ab. Mehr aber auch nicht. Eigentlich wollte er den Gottesdienst ein wenig humorvoll gestalten. Denn er hatte barocke und auch mittelalterliche Darstellungen der Himmelfahrt gesehen, in denen, einem Comic nicht unähnlich, nur noch die Füße des im Himmel verschwindenden Jesus zu sehen waren. Das Letzte also, das die Jünger von Jesus gesehen hatten, waren seine Fußsohlen. Was muss das für ein letzter Eindruck gewesen sein?

Und in einem Fall erinnerte ihn der Heiligenschein, der schließlich noch die Füße umspielte, an den Feuerstrahl einer Mondrakete. Wohin ist Jesus aufgefahren? Im Englischen unterscheidet man zwischen Heaven und Sky. Beides kann man mit Himmel übersetzen. Trotzdem ist klar, dass zwei verschiedene Himmel damit gemeint sind. Jesus ist nicht in den Sky erhoben worden, den Himmel, an dem die Wolken vorbeiziehen, sondern in den Heaven. Den Ort, den wir mit himmlisch, mit Jenseits, mit »nicht von dieser Welt« gleichsetzen.

Gabathuler hatte ein paar interessante Ideen. Aber schon in der Vorbereitung wollte nichts Brauchbares entstehen. Und im Gottesdienst war er nicht wirklich bei der Sache.

Routiniert lieferte er sein Pflichtprogramm ab. Eine Kür lag nicht drin. Gabathuler war nicht in Form. Es entstand kein Funke, der auf die Gemeinde hätte überspringen können.

Angela war nicht da.

Frank und Hug saßen im Hintergrund. Aber auch sie waren bestenfalls mit halbem Herzen gegenwärtig. Offensichtlich lief etwas nicht nach Plan. Das zog Gabathulers Energie ab. Er machte sich Sorgen, doch er konnte den Gottesdienst nicht einfach abbrechen. Die Feier musste Schritt für Schritt zelebriert werden. Als er endlich den Schlusssegen sprechen konnte, atmete Gabathuler auf. Nun konnte er sich um die Entdeckerin des Braincodes kümmern. Doch spielte Adrian zum Ausgang eine Fuge von Bach! Der hätte sich Gabathuler ein andermal gerne hingegeben. Aber heute wollte das Ausgangsspiel kein Ende nehmen. Wie auf Nadeln saß Gabathuler an seinem Platz. Endlich erklang der langersehnte Schlussakkord, und Gabathuler rauschte nach draußen. Etwas hastig und unkonzentriert verabschiedete er die Gemeindeglieder. Dann stellte er sich zu Frank und Hug, die mit angespannter Miene etwas abseits gewartet hatten. Hug trug ihre dunkle Sonnenbrille. Frank wirkte ruhig. Doch Gabathuler kannte seinen Freund. Er sah dessen leicht gespitzte Lippen.

Einen Moment lang sahen sich die drei wortlos an. Dann meinte Hug: »Nun, wenn der Berg nicht zum Propheten kommt, dann muss eben der Prophet zum Berg gehen«, und bewegte sich in Richtung Limousine. Gabathuler entledigte sich noch schnell seines Talars, verabschiedete sich knapp vom Küster und dem Organisten und stieg zu Frank und Hug ins Auto. »Zur psychiatrischen Klinik«, sagte Hug. Der Fahrer drückte das Pedal.

Am Eingang fragten sie nach Angela Friedrichs beziehungsweise nach Frederike Engels.

»Die ist wahrscheinlich auf ihrem Zimmer«, meinte der freundliche Herr hinter dem Bildschirm am Empfang, nachdem er den Namen nachgesehen hatte. Das war Martin. Gabathuler kannte ihn durch seine gelegentlichen Besuche in der Klinik. Er studierte Medizin und jobbte nebenbei in der psychiatrischen Klinik. Meistens war er als Wochenendvertretung am Empfang zu finden. Das passte ihm. Denn an den Wochenenden lief nicht viel, und so konnte er die Zeit nutzen, um fürs Studium zu lernen.

»Roger, was machst denn du da?« Esther Wälti war in der Empfangshalle aufgetaucht und hatte ihren Kollegen erkannt. Sie hatte eine Bibel und einen kleinen Ordner mit ihren Unterlagen dabei. Offensichtlich hatte sie für die Patienten ebenfalls eine Andacht zu Himmelfahrt gehalten. Gabathuler fiel auf, dass Wälti irgendwie ungepflegt aussah. Ihre Haare waren zwar wie gewohnt zu einem Dutt zusammengenommen. Aber ein paar Strähnen hatten sich diesem Frisierbefehl verweigert und standen auf eine Weise ab, die man eher bei Einstein vermutet hätte. Auch ihre Kleidung war leicht unordentlich. Ihre Bluse saß irgendwie nicht richtig, und auf dem Jackett meinte Gabathuler sogar einen Fleck zu sehen.

»Wir besuchen eine Patientin«, antwortete Gabathuler ausweichend.

»Darf ich fragen, wen?«

Gabathuler zögerte. Er sah zu Frank und Hug, konnte ihren ausdruckslosen Gesichtern aber keinen Hinweis entnehmen. Und weil er auch bei einem kurzen Blick in sein Inneres keinen Grund fand, den Namen zu verschweigen, sagte er: »Frederike Engels.«

»Die kenne ich noch nicht. Der Name wäre mir bestimmt aufgefallen. In welchem Zimmer wohnt sie?«

Der Mann am Empfang wiederholte die Zimmernummer, worauf Wälti mit freundlicher Stimme meinte: »Ich zeig euch gerne den Weg.«

Die Wege in der großen Klinik waren verschlungen, und es konnte nur helfen, wenn eine kundige Person sie möglichst direkt zum Ziel führte.

»Gerne«, sagte Gabathuler daher. »Wir haben es eilig.«

Unterwegs redete Wälti ununterbrochen auf Gabathuler ein. Er hatte Mühe zu folgen, da er ganz auf Friedrichs konzentriert war. Er wollte so schnell wie möglich zu ihr gelangen und mit ihr reden. Doch Wälti hatte kein Gespür für seine Ungeduld und erzählte von ihren Überlegungen zur KI, zu virtuellen Gottesdiensten und wie man die Auferstehung erlebbar machen könne, sodass die Menschen doch einfach glauben müssten und schließlich wieder in die Kirchen eintreten würden. In die virtuellen, ja. Aber eben, sie wären wieder dabei. Für Gabathuler machte das alles keinen Sinn. Aber er wollte nicht mit Wälti diskutieren. Er wollte zu Angela. Und er hoffte, dass Frank und Hug, die zügigen Schrittes, aber mit ausdruckslosen Gesichtern den beiden Pfarrpersonen folgten, nicht zu viel von Wältis wirren Ausführungen mitbekämen.

»Da wird es sein«, meinte schließlich Wälti, als sie im dritten Stock ankamen. Sie zeigte den Flur hinunter und meinte: »Das Zimmer dort, das offen steht, das müsste das Zimmer von Frau Engels sein.«

In diesem Moment trat eine Person aus dem Zimmer, die Gabathuler sogleich erkannte. Es war Ha. Als dieser Gabathuler und seine Begleiter erblickte, stürzte er los und eilte am anderen Ende des Gangs die Treppen hinunter.

Gabathuler rief ihm noch nach: »Herr Ha! Halt! Warten Sie!« Aber der Mann war weg.

Gabathuler steuerte nun eiligst das Zimmer mit der offen stehenden Tür an. Und dort sah er sie. Angela Friedrichs hing an einem Strick um den Hals mitten im Raum in der Luft. Sie trug ein langes Nachthemd. Nur ihre Füße waren zu sehen. Ihre nackten Füße, die frei über dem Boden schwebten. Wie die Füße von Jesus bei seiner Himmelfahrt. Gabathuler erstarrte.

»Mein Gott!«, entfuhr es Hug, die kurz danach zusammen mit Frank im Türrahmen erschien. Alle starrten auf Friedrichs.

Dann erklang hinter ihnen ein Lachen. Es war ein hysterisches Lachen, das immer lauter wurde. Sie schauten sich um und sahen Wälti, die seltsam gebeugt und gleichzeitig gestreckt auf Friedrichs zeigte und zwischen den Lachschüben rief: »Das ist ja die Friedrichs! Das ist Angela Friedrichs! Hahaha!«

Die anderen drei sahen ungläubig die verrückte Pfarrerin an. Hug war die Erste, die die Situation erfasste. Sie ging auf Wälti zu und sagte in ihrer adeligen Art: »Wenn ich bitten darf«, schob Wälti hinaus und schloss die Tür.

Dann sah sie wieder zu Friedrichs. Entsetzt, aber auch verärgert fragte sie: »Wie konnte das geschehen?«

Frank und Gabathuler machten sich daran, Friedrichs runterzunehmen.

»Da werden die vom Überwachungsteam mir ein paar dringende Fragen beantworten müssen«, sagte Hug, während sie den beiden Männern zusah.

Frank stieg auf den Stuhl, der umgekippt unter Friedrichs lag, und machte sich am oberen Seilende zu schaffen. Gabathuler umarmte derweil die Beine der Toten und hob sie leicht an, damit Frank das Seil besser lösen konnte.

Endlich konnten sie den Körper auf das ungemachte Bett legen und so der Verstorbenen ein Minimum an Würde zurückgeben.

Hug alarmierte die Polizei.

»Wenigstens wissen wir, wer es war«, sagte Gabathuler, ohne seinen Blick von der Toten zu nehmen.

»Wieso?«, fragte Frank. »Wer soll es denn gewesen sein?«

»Ha natürlich. Der gerade eben davongerannt ist!«

»Da wäre ich etwas vorsichtiger«, entgegnete Hug. »Wir haben diesen – wie haben Sie ihn genannt?«

»John Ha. Er hat sich als Assistent von Staudinger ausgegeben.«

»Wir haben ihn nur aus dem Zimmer kommen sehen.«

»Und als er uns sah, suchte er das Weite!« Gabathuler verstand nicht, weshalb Hug und Frank so zurückhaltend in der Lagebeurteilung waren. Andererseits war es ihr tägliches Brot, den Anschein der vorliegenden Fakten mit Vorsicht zu genießen.

Gabathuler besah sich Angelas Handgelenke. Sie wiesen keine Spuren von Fesseln auf. Dann ließ er seinen Blick durch das Zimmer gleiten. Nichts deutete auf einen Kampf hin. Alles war so weit schön geordnet. Diese Indizien legten eher Selbstmord nahe. Aber daran konnte er nicht glauben. Nicht Angela. Das passte nicht zu ihr. Andererseits, wie oft hatte er genau diesen Satz schon von Angehörigen gehört, die einfach nicht fassen konnten, dass ein geliebter Mensch freiwillig aus dem Leben geschieden war. Gabathulers Blick fiel auf die Familienbibel, die er vor ein paar Tagen hatte mitbringen müssen. Die leichte Delle, die Schulz' Stockschlag verursacht hatte, war nicht zu übersehen. Als wäre es seine eigene Bibel, nahm er sie an sich. Dann kamen ihm die Sticks in den Sinn. Angela hatte doch bestimmt hier irgendwo die Sticks mit dem Braincode versteckt. Aber wo? Hatten die Mörder – denn von einem Mord ging Gabathuler aus – den Braincode gefunden? Ihre Sticks, die Kirche und die Bibel aus Kunststoff, waren nicht mehr da. Einen Laptop sah er auch nicht. War nun der Braincode in die falschen Hände geraten?

»Sie sind da«, sagte Hug. Frank verstand und verließ den Raum. Wenige Minuten später kam er mit einer Schar von Polizisten zurück. Die einen sperrten den Tatort ab, die anderen begannen in ihren weißen Plastikgewändern mit der Spurensicherung. Irgendwann erschien auch der Amtsarzt. Er wies sich aus und wurde zur Leiche vorgelassen.

Die Polizeiarbeit nahm ihren Lauf, wie Gabathuler sie nur zu gut kannte. Hug, Frank und er verließen das Zimmer und ließen die Männer und Frauen ihre Arbeit machen. Ratlos standen sie vor dem Zimmer herum.

»Ich dachte, ihr hättet die Lage im Griff! Wie konnte das passieren?«, stieß Gabathuler schließlich hervor.

»Wir hatten eine Rund-um-die-Uhr-Überwachung aufgezogen. Niemand kam auch nur in die Nähe der Psychiatrie, ohne dass wir es wussten«, erklärte Frank. Ihm war anzusehen, dass ihn das Ganze sehr irritierte.

»Ach ja? Und was war mit dem Vertreter des britischen GCHQ?«

»Darüber wussten wir Bescheid. Wir haben das ganze Gespräch mitgehört.«

»Und wie konnte das da passieren?«

»Wir wissen doch noch gar nicht, was genau passiert ist!«

Die beiden Freunde drohten sich ernsthaft in die Haare zu kriegen. Hug schaltete sich ein.

»Uns ist ganz offensichtlich ein schlimmer Fehler unterlaufen. Wir müssen über die Bücher.« Und ohne auf weitere Reaktionen zu warten, sagte sie zu Frank: »Kommen Sie, wir haben zu tun.«

Doch in dem Moment erschien, begleitet von Wälti, eine groß gewachsene Frau mit langen graublonden Haaren und einer markanten, schwarz umrandeten Brille.

»Was geht hier vor?«, fragte sie im Befehlston. »Frau Wälti hat mir gesagt, eine Patientin sei tot?« Und an Hug gerichtet: »Ich erwarte eine Erklärung.«

Es war Frank, der antwortete: »Es sieht nach Selbstmord aus.«

»Es handelt sich um Frederike Engels, die mit richtigem Namen Angela Friedrichs hieß«, ergänzte Gabathuler.

»Und Sie sind?« Die Frau baute sich vor ihm auf. Mit ihren hohen Schuhen war sie sogar etwas größer als Gabathuler. Ihr Hosenanzug, der noch aus den Achtzigern zu stammen schien und dicke Schulterpolster eingenäht hatte, machte ihren breiten Rücken noch breiter.

»Mein Name ist Gabathuler. Roger Gabathuler.« Er reichte der Frau die Hand. Doch sie reagierte nicht darauf. »Ich bin Pfarrer in Winterthur-Ganterwald.«

Nun stellte Hug die Frage, die die beiden Männer eigentlich ebenfalls hätten stellen sollen: »Und Sie sind?«

Misstrauisch schaute die Frau zu Hug, deren Augen ungerührt auf der großen Unbekannten ruhten.

»Steffensky. Ich bin die Chefärztin dieser Klinik.«

»Freut mich. Ich bin Staatsanwältin Hug, Annelys Hug mit Ypsilon.« Und mit einem professionellen Lächeln fügte sie an: »Mein Vater war Holländer.«

Steffensky runzelte die Stirn und schaute Hug fragend an. Dabei wurde Gabathuler einmal mehr klar, dass die ganze »Annelys mit Ypsilon, mein Vater war Holländer«-Sache eine wohlgepflegte Masche war, um das Gegenüber erst einmal aus dem Takt zu bringen. Das gab Hug Gelegenheit, den Lead im Gespräch zu gewinnen. Sie übernahm.

»Frau Friedrichs, die Sie als Frederike Engels kennen,

hat sich oder wurde mit einem Strick erhängt. Ist nie einer Pflegefachfrau so ein Seil aufgefallen?«

»Wie bitte? Wir durchsuchen doch nicht die privaten Sachen unserer Patientinnen!«

»Sahen Sie keinen Anlass, Frau Friedrichs allenfalls vor sich selber zu schützen?«

»Zweifeln Sie etwa an der Qualität unserer Arbeit?«

»Kennen Sie die Dossiers aller Patienten so gut?«

»Ich weiß gern Bescheid über die Menschen, für die ich verantwortlich bin«, zischte Steffensky. Ungerührt reichte ihr Hug eine Visitenkarte. »Wenn Ihnen noch etwas Sachdienliches in den Sinn kommt, können Sie mich unter dieser Nummer erreichen.« Es folgte ein »Frank!«, und Hug ging gefolgt von Gabathulers Freund den Flur hinunter zum Lift.

»Wow«, schaltete sich Wälti ein. »Das war vielleicht ein Auftritt!«

»Und diese Zicke ist Staatsanwältin?«, fragte Steffensky Gabathuler.

»Nun, das hat sie lange Jahre erfolgreich gemacht«, erklärte Gabathuler. »Mittlerweile arbeitet sie für den schweizerischen Nachrichtendienst.«

»Nachrichtendienst? Was macht der Nachrichtendienst hier?«

»Wie gesagt, ich bin Pfarrer hier in Ganterwald und war im seelsorgerlichen Kontakt mit Frau Friedrichs. Ich werde, wenn es Ihnen recht ist, mit den Eltern reden.« Gabathuler wollte nicht weiter auf die geheimdienstlichen Verwicklungen dieses Falles eingehen.

»Das war kein Selbstmord«, sagte Steffensky bestimmt.

»Ich glaube es auch nicht«, stimmte Gabathuler ihr zu.

»Aber Mord? Wer sollte so etwas tun?«

»Wenn es tatsächlich Mord war, dann müssen es absolute Profis gewesen sein. Sonst wären die nicht bis hierher gekommen.«

Nun blickte ihn Steffensky stirnrunzelnd an. »Haben Sie das schon öfter erlebt?«

»In einem früheren Leben«, meinte Gabathuler ausweichend. Aber Steffensky war schon wieder bei der Szenerie, die sich ihnen in Friedrichs' Zimmer darbot. »Wie lange wird das da noch dauern?«

»Die werden wohl noch eine Weile dableiben. Je sorgfältiger sie arbeiten, desto besser stehen die Chancen, allfällige Täter zu fassen.«

»So ein Ereignis trägt nicht gerade zur guten Stimmung hier bei. Vor allem wenn dann noch die Herren mit dem grauen Sarg kommen.«

Nun schaltete sich Wälti wieder ein. »Ich werde dafür sorgen, dass dies mit der gebotenen Diskretion geschieht.«

Zum ersten Mal, seit Steffensky und Gabathuler aufeinandergetroffen waren, veränderte sich der Gesichtsausdruck der Chefärztin. Sie nickte dankbar. »Gut. Das ist sehr gut.« Dann schaltete sie wieder in den Chefmodus und sagte: »Und melden Sie mir bitte auch, wenn die Damen und Herren von der Spurensicherung gegangen sind.« Sie kramte einen Schlüsselbund aus ihrer Jackentasche, der ihr aber lediglich als Unterstützung ihrer Gedankenarbeit gut zu sein schien. »Ich habe ein paar Anrufe zu tätigen.« Und an Gabathuler gewandt: »Sie rufen die Eltern an?«

Gabathuler nickte.

»Gut. Ich gehe davon aus, dass sie hierherkommen werden. Arrangieren Sie bitte ein Treffen, damit ich sie meinerseits noch sprechen kann.« Steffensky schaute noch einmal in die Runde und zog dann ohne sich zu verabschieden von dannen.

»Offensichtlich gehöre ich nun auch zum erweiterten

Mitarbeiterstab der Klinikchefin«, meinte Gabathuler und blickte der groß gewachsenen Frau nach.

»Sie hat etwas Herrisches«, bestätigte Wälti. »Aber sie ist okay.«

»Kann ich dir das mit dem Sarg und der Diskretion überlassen?«, fragte Gabathuler mehr der Form halber.

»Kein Problem«, erwiderte Wälti.

Gabathuler nickte dankend und fragte einen weiß gekleideten Beamten, der gerade aus dem Zimmer trat: »Ich sollte die Eltern der Verstorbenen kontaktieren. Ich war der Seelsorger der Verstorbenen. Ich habe aber gar keinen Kontakt oder auch nur einen Namen. Könnten Sie vielleicht ihr Handy durchsuchen? Sie hat die Nummer bestimmt abgespeichert.«

»Keine Chance. Das müssen wir mitnehmen.«

»Könnt ihr nicht schnell das Handy öffnen und die Kontakte durchsehen?«

Der angesprochene Beamte schaute in den Raum und fragte einen Kollegen: »Andi, hast du das Handy schon untersucht?«

»Ist voller Fingerabdrücke. Sind aber wohl alle von der Toten.«

»Kannst du vielleicht die Kontakte mal öffnen und nach ihren Eltern suchen? Der Herr Pfarrer hier muss die Angehörigen kontaktieren.«

Ohne weitere Fragen nahm Andi das Mobiltelefon, hielt es der Toten übers Gesicht und begann mit seinem behandschuhten Finger in einer App zu scrollen. »Hier ist ein Eintrag ›Vater‹. Hat eine Vorwahl für Deutschland.«

»Könnte ich die Nummer haben?«

Der Beamte diktierte die Zahlen, und Gabathuler tippte sie in sein Handy. Dann drückte er auf Speichern. Er bedankte sich und verließ die Psychiatrie.

Zu Hause überfiel ihn die ganze Schwere des Tages. Müde war er, unendlich müde. Aber an Schlaf war nicht zu denken. Er hatte Hunger, wusste aber nicht, was er essen sollte. Ratlos stand er in der Küche und spürte, wie Wut und Trauer in ihm hochstiegen. Mit bloßer Faust schlug er auf die metallene Abtropfstelle neben dem Spülbecken ein. Alles schepperte. Unaufhaltsam stiegen die Tränen empor. Noch einmal schlug er auf dieselbe Stelle. Aber sosehr er sich auch dagegen wehrte, die Tränen bahnten sich ihren Weg. Es war wahrlich nicht die erste Tote, mit der er es in seinem Leben zu tun bekommen hatte. Aber dieser Tod war anders. Gabathuler wurde das Bild von den nackten, über dem Boden schwebenden Füßen nicht los. Immer wieder sah er sie, wie sie in der Luft hingen. Entrückt von dieser Welt, bereit, in den Himmel zu fahren. Das Bild von den nackten Füßen vermischte sich mit den alten Darstellungen von Christi Himmelfahrt. Es war alles so ähnlich. Das hier aber war einfach nur traurig. Traurig und bitter.

Gabathuler setzte sich auf den Küchenstuhl und ließ die Tränen fließen, bis die erste Welle von Hilflosigkeit, Wut und Trauer langsam abebbte. Aber auch dann blieb er lange sitzen und rührte sich nicht von der Stelle.

Irgendwann holte er sein Handy hervor und rief Angelas Vater an. Die Nachricht vom Tod seiner Tochter war ihm gerade eben von der lokalen Polizei überbracht worden. Seine Antworten waren einsilbig. Lähmung hatte sich beim Vater breitgemacht. Und so sprach ein erschöpfter Pfarrer mit einem erstarrten Vater.

»Es tut mir sehr leid, Herr Friedrichs.«

»Ja. Danke. Das ist schrecklich. Können wir sie sehen?«

»Sie ist im Moment in der Gerichtsmedizin.«

»Ist das ein Problem?«

»Ich werde etwas arrangieren.«

»Heute werden wir es nicht mehr schaffen. Wir kommen morgen. Wir fliegen oder nehmen den Zug. Wir finden schon etwas.«

»Lassen Sie mich wissen, wann Sie hier ankommen.«

»Was haben wir denn heute für einen Tag?«

»Himmelfahrt.«

»Hm«, klang es nur durch den Hörer. »Ja, das ist ... ich ... wir müssen ... Sie hören wieder von mir.« Dann legte er auf.

Gabathuler wollte sich nicht vorstellen, was jetzt in Neukirchen-Vluyn bei Friedrichs abging.

Wenig später fand er sich im Wohnzimmer wieder. Er schaute aus der Terrassentür in den verregneten Nachmittag. Er war unendlich müde. Eine ganze Weile blieb er so stehen. Dann rief er Bettina an.

Sie trafen sich im Koala. Das gutbürgerliche Restaurant im Zentrum von Winterthur bot den beiden Gelegenheit, in Ruhe zu reden und dabei etwas Gutes zu essen. Und vor allem war es nicht virtuell. Als er zu Hause am Fenster gestanden und in den Garten geblickt hatte, verspürte er unwillkürlich das Bedürfnis, mit jemandem zu reden. Als Erstes dachte er an Barbara. Aber er zweifelte, dass sie hilfreich reagieren würde, wenn er ihr vom Mord an Angela erzählen würde. Zudem konnte er mit ihr nur via Videochat sprechen. Und dazu hatte er keine Lust. Er wollte mit jemandem von Angesicht zu Angesicht reden. Es verlangte ihn nach Gegenwart und Ausstrahlung, nach dem, was man menschliche Wärme nennt. Daher hatte er sich an Bettina gewandt. Sie war da. Und ihr vertraute er.

Während der Vorspeise erzählte er ihr von Friedrichs. Er erzählte davon, dass sie eine hochbegabte Forscherin im

Bereich KI war und erst seit gut einem Jahr in Winterthur gearbeitet hatte. Er erzählte ihr, dass sie Assistentin bei Staudinger gewesen war, faktisch aber für Marchand gearbeitet hatte. Und davon, dass sie sehr alleine war.

»Du sagst immer ›war‹«, wandte Bettina ein. »Ist etwas geschehen?«

Erst jetzt realisierte Gabathuler, dass er Bettina den eigentlichen Grund für das Gespräch noch gar nicht erzählt hatte.

»Sie ist tot.«

Bettina sah auf. »Was ist geschehen?«

»Es sieht nach Selbstmord aus. Aber das war es nicht.«

»Das hast du schon bei diesem Professor gesagt, der in seinem Tesla gestorben ist.«

»Bei dem bin ich mir mittlerweile sogar sicher.«

»Roger! Lass den Polizisten zu Hause.«

»Ich kann nicht! Die Sache stinkt zu sehr.«

»Wonach stinkt sie denn?«

»Ich hatte Kontakt zu Angela. Ich war ihr Seelsorger. Die bringt sich nicht um. So etwas spür ich einfach.«

»Sag mir bitte, dass du mehr hast als dein Gespür.«

»Sie war an etwas ganz Großem dran. Sie hat den Braincode geknackt.«

»Und was ist an dem so gefährlich?«

»Sagen wir es so: Ich weiß aus zuverlässiger Quelle, dass sämtliche Geheimdienste hinter dem Code her sind und nicht zögern, dafür über Leichen zu gehen.«

»Übertreibst du jetzt nicht ein bisschen?«

»Der Fall Staudinger hat es ja gezeigt.«

»Staudinger?«

»Der Professor und sein Tesla.«

»Ah, der.«

»Angela hatte da etwas entwickelt, das eine ähnliche

Sprengkraft wie die Entdeckung der Atomspaltung haben wird.«

»Den Braincode?«

»Sie war plötzlich unsicher, ob sie ihn Marchand übergeben oder ihn doch vernichten soll.«

»Und was hat sie gemacht?«

»Sie hat sich in die psychiatrische Klinik einliefern lassen.«

»Ist sie verrückt geworden?«

»Nicht Angela. Sie war unter Druck, ja. Aber Selbstmord? Nein. Sie suchte das Gespräch mit mir. Wir hatten für heute abgemacht.«

»Aber passt das nicht zu jemandem, der Selbstmord begeht?«

»Wieso?«

»Durch den Termin mit dir stellt sie sicher, dass jemand nach ihr sucht.«

»Sie war in der Psychiatrischen! Da hätte sie sowieso bald jemand gefunden.«

»Wer aber sollte ein Interesse daran haben, sie umzubringen? Wusste denn niemand außer dir, dass sie in der Klinik ist? Und wenn doch, hättest du nicht so etwas wie einen Personenschutz beantragen müssen?«

»Der schweizerische Nachrichtendienst hat das alles gewusst und gemäß seinen Aussagen auch eine Überwachung aufgezogen.«

»Und trotzdem konnte jemand sie umbringen?«

Der Hauptgang wurde serviert. Bettina bekam Pasta »Koala«. Das waren Spiralnudeln mit Rinderfiletstreifen an einer aromatischen, mit etwas Chili geschärften Tomatensauce. Gabathuler hatte den ganzen Tag noch nicht richtig gegessen und daher großen Hunger. Das Rib-Eye-Steak, das ihm der Kellner hinstellte, war daher im Moment genau das Richtige. Dazu kamen Pommes und Kräuterbutter. Bevor der Kellner den Tisch verließ, schenkte er noch Wein nach. Gabathuler stieß mit Bettina an.

»Wo bist du da nur wieder hineingeraten, Roger!«

»Ich habe es nicht gesucht!«

»Es scheint, dass die Fälle dich suchen«, sagte Bettina kopfnickend.

Sie schwiegen und gaben sich ihren Tellern hin. Irgendwann sagte Bettina: »Ich könnte kommende Woche Urlaub machen.«

»Schön«, meinte Gabathuler. »Und wovon hängt das ab?«

»Im Grunde nur von mir. Ich muss Überstunden abbauen, und im Moment ist nicht viel los. Mein Chef würde mir sofort freigeben, wenn ich ihn darum bitte.«

»Und wohin zieht es dich?«

»Nun«, antwortete Bettina langsam, »ich könnte für ein paar Tage nach London fliegen. Oder nach New York.«

»Beides lohnende Ziele!«

»Ich könnte aber auch«, sagte sie nun gedehnt, »mich in die Psychiatrie einliefern lassen.«

Gabathuler starrte sie mit offenem Mund an. »Was willst du denn in der Psychiatrie?«

»Ich vermute, du willst mich wieder in irgendein Abenteuer einbinden. Und das wäre mein Vorschlag, wie das geschehen könnte.«

»Daran habe ich keinen Moment gedacht.«

»Das überrascht mich«, sagte Bettina und blickte Gabathuler dabei direkt in die Augen. »Dann bin ich dir diesmal zuvorgekommen.«

»Was hast du eigentlich für ein Bild von mir?«

»Nun, die letzten Male, wo du mich zum Essen eingeladen hattest, wolltest du meist, dass ich dir bei einem Fall behilflich bin.«

»Wann wird sich unsere Beziehung endlich normalisieren?«, seufzte Gabathuler.

»Vielleicht ist das ja unsere Art von Beziehung. Wir sind Geschwister, mögen einander und helfen uns gegenseitig.«

»Das mit dem gegenseitig helfen hat in der Vergangenheit nicht sonderlich geklappt. Ich kann mich jedenfalls nicht erinnern, dass ich dir geholfen hätte.«

»Das ist ja keine Rechnung, die ausgeglichen sein muss.«

Gabathuler musste schmunzeln. »Recht hast du. Trotzdem, wie willst du mir helfen?«

»Wie gesagt, ich könnte mich einliefern lassen und mich vor Ort etwas umhören.«

»Wie soll das gehen?«

»Als Patientin werde ich nicht auffallen und kann vielleicht wertvolle Beobachtungen machen.«

»Wie stellst du dir das vor? Wir wissen ja überhaupt nicht, wer Angela umgebracht hat. Es ist noch nicht einmal erwiesen, dass es Mord war.«

»Aber du bist sicher, dass es Mord war.«

»Ja, ziemlich.«

»Und die Klinik, sagtest du, stand unentwegt unter Beobachtung?«

»So hat's mir der Geheimdienst erzählt.«

»Da hast du's! Dann muss es ein Insider gemacht haben. Jemand, der in der Klinik arbeitet.«

»Umso größer ist die Gefahr für dich! Niemand weiß, vor wem man dich schützen muss.«

»Mich muss niemand schützen. Ich passe schon auf mich selber auf.«

»Das kann ich nicht gutheißen.«

»Es kann doch überhaupt nichts passieren. Ich bin eine

normale Patientin. Eine von vielen. Da werde ich nicht auffallen.«

»Du wirst doch auch therapeutische Gespräche haben. Was ist, wenn die Ärztin beim Eintrittsgespräch schon merkt, dass du eine Simulantin bist? Und was, wenn das ausgerechnet die Ärztin ist, die Angela umgebracht hat?«

Bettina dachte nach. Dabei rutschte ihr eine Locke des leicht gewellten Haars ins Gesicht. Ihre blauen Augen waren auf den Boden gerichtet, als gäbe es dort etwas Interessantes zu sehen. Ihr roter Mund war leicht geschürzt. In dem Moment fragte sich Gabathuler, weshalb diese attraktive Frau immer noch Single war.

»Ich kann mich ja als Simulantin einliefern. Ich kann in die Klinik eintreten als eine überarbeitete Frau, die einfach ein Time-out braucht.«

»Dann werden sie dich gar nicht erst aufnehmen. Es ist ja nicht so, dass die dort auf Arbeit warten.«

»Sie werden mich aufnehmen, wenn ich ein entsprechendes Arztzeugnis vorweisen kann.«

»Wer soll dir ein solches ausstellen?«

»Das ist dann deine Aufgabe.«

Nun sah Gabathuler Bettina leicht entgeistert an. »Was geschieht da gerade?«

»Was meinst du?«

»Du machst nicht nur von dir aus Vorschläge, wie du mir bei diesem Fall helfen könntest, sondern du gibst mir sogar noch Aufträge.«

»Da staunst du, was?«

»Du hast soeben unsere Rollen vertauscht!«

»Ich würde eher sagen, dass wir nun auf Augenhöhe miteinander sprechen.«

»Haben wir das nicht immer schon gemacht?«

»Nicht, wenn es um Mordermittlungen ging.«

Gabathuler schätzte Bettinas offene und direkte Art. Sie hielt nicht hinterm Berg mit ihrer Sicht der Dinge. Und sie war nie verletzend. Wenn ihn ihre letzte Bemerkung nun doch gestochen hatte, dann nur, weil ihn damit der Stachel der Wahrheit getroffen hatte.

»Ja, ich weiß«, bekannte er seiner Halbschwester gegenüber, »ich habe die Tendenz, meine Mitmenschen wie Schachfiguren nach Belieben hin und her zu schieben.«

Bettina widersprach ihm nicht.

»Trotzdem«, fuhr Gabathuler fort, »ich habe kein gutes Gefühl dabei.«

»Besorg du mir den Überweisungsbescheid. Ich mach das dann schon. Vertrau mir.«

Das war wirklich neu für Gabathuler, in dieser Art jemand anderem zu vertrauen. Bettina war sich sehr sicher mit ihrem Vorhaben.

»Das wird eine neue Erfahrung für mich werden. Hoffentlich werde ich sie nicht bereuen.«

»Ich pass schon auf mich auf.«

Gabathuler fragte sich, während sie auf den Kaffee warteten, welcher Arzt ihm das erforderliche Gutachten ausstellen würde. Ihm kam nur eine Person in den Sinn.

8

Gabathulers Nacht war kurz. Das Abendessen mit Bettina hatte ihm gutgetan. Danach hatte er den relativ milden Frühlingsabend genutzt und war zu Fuß nach Hause gegangen. Der Spaziergang durch die dunklen und ruhigen Straßen half ihm, Körper und Seele durchzulüften. Dennoch konnte er lange nicht einschlafen, und als er wieder aufwachte, waren gerade mal drei Stunden vergangen. Er sah auf sein Smartphone, das er am Vorabend keines Blickes mehr gewürdigt hatte, und fand eine Sprachmitteilung darauf. Angelas Vater hatte ihn angerufen und gesagt, dass er, Angelas Mutter und ihr Bruder für heute einen Flug hatten buchen können, der kurz nach neun Uhr in Zürich-Kloten landen würde. Gabathuler bestätigte per SMS den Erhalt der Nachricht und dass er sie am Flughafen abholen werde. Dann stand er auf und absolvierte sein Morgentraining. Nach einer ausführlichen Dusche und einer Tasse heißen Kaffees verließ er das Haus und fuhr nach Andelfingen. In seinem Elternhaus sah er nach dem Rechten, räumte ein paar Sachen weg und bezog die Betten neu. »Hier sollten sie sich wohlfühlen können«, sagte er vor sich hin. Danach war der Morgen so weit fortgeschritten, dass er bei seinem alten Schulfreund Christoph vorbeischauen und ihn um ein Auto bitten konnte. Christoph war tatsächlich schon im Büro in der Autovermietung.

»Hast du vielleicht einen geräumigen Wagen für mich?«, fragte er, nachdem sie sich wechselseitig nach dem jeweiligen Ergehen erkundigt hatten. Christoph hatte begeistert von seiner neuen Flamme berichtet, und Gabathuler hatte versucht, nicht allzu viel von KI und Angela zu erzählen. Auf Christophs Frage, wie es ihm denn gehe, sagte er: »Na ja, du hast ja bestimmt von diesem Professor gehört, der in die Zwinglikirche gedonnert ist.«

»Ich habe die Bilder gesehen. Aus diesem Wrack kommt keiner lebend raus.«

»Und das ist nun so mein Thema. Kostet mich viel Kraft.«

»Ja, so ein Selbstmord beschäftigt einen dann eben schon.«

»Jedenfalls bekomme ich heute Mittag Besuch und würde diesem gerne für die Dauer des Aufenthalts einen Wagen zur Verfügung stellen.«

»Brauchst du einen Van?«

»Ein einfacher Viertürer reicht völlig. Wichtig ist nur, dass ein gutes Navigationssystem drin ist.«

Christoph sah ihn leicht schräg an. »Ein Navi ist heute Standard.«

Das hätte Gabathuler eigentlich wissen müssen. Aber weil er selber einen Saab Baujahr 1993 fuhr, war ein Navi für ihn nichts Selbstverständliches.

Christoph schaute in seinen Computer und zeigte schließlich auf einen silbergrauen Renault Mégane. »Ich kann dir den Ersten da links geben.«

»Sieht gut aus.«

»Für wie lange brauchst du ihn?«

»Ich denke, eine Woche sollte reichen.«

»Kaffee?« Ohne auf eine Antwort zu warten, entlockte Christoph der laut brummenden Maschine zwei Espressi. Sie stellten sich an einen Hochtisch und sprachen über Belanglosigkeiten. Dann musste Gabathuler weiter.

»Ich will nicht zu spät am Flughafen eintreffen«, sagte er. »Ich nehme gleich den Mietwagen. Kann ich meinen Saab hier stehen lassen?«

»Aber klar doch«, nickte Christoph, der sich bereits wieder seinem Bildschirm zugewandt hatte.

Bevor Gabathuler losfuhr, rief er Maria Wanner von der Gerichtsmedizin an. Maria kannte er noch von seiner Zeit bei der Polizei, und sie hatte ihm vor rund einem Jahr sehr geholfen, als eine ehemalige Escortdame ihren erschossenen Vater noch einmal sehen wollte.

»Gestern müsste eine junge Frau bei euch eingeliefert worden sein.«

»Ich habe keinen Eintrag von einem Neueingang gesehen«, sagte Maria leicht irritiert. Fügte dann aber an: »Allerdings hatte ich gestern frei. Und nun bin ich erst seit einer Viertelstunde hier. Wie heißt die Frau denn?«

»Angela Friedrichs, vielleicht auch Frederike Engels. Ihre Eltern leben in Deutschland und kommen heute hierher, um ihre Tochter zu sehen.«

»Ich schaue nach und ruf dich wieder an.«

In Kloten angekommen, begab er sich zum Terminal A. Es dauerte eine knappe halbe Stunde, bis ein Ehepaar und ein junger Mann in die Empfangshalle traten. Gabathuler wusste nicht, wie Angelas Eltern aussahen. Aber die Körpersprache der kleinen Gruppe war eindeutig. Das mussten sie sein. Als er auf sie zuging, reagierten auch sie sogleich. Sie schienen ihn wiederzuerkennen. »Unser Sohn hat Ihr Bild auf der Website Ihrer Kirchgemeinde gefunden. Deshalb wussten wir, wie Sie aussehen«, erklärte ihm später der Vater auf der Fahrt nach Andelfingen.

Alle drei waren gezeichnet von der schlimmen Nachricht, die Gabathuler ihnen am Vortag hatte übermitteln müssen. Der stämmige Vater wirkte abgekämpft. Er hatte müde Gesichtszüge, war aber trotzdem ganz darauf fokussiert, die Familie durch den Flughafen zu dirigieren. Angelas Mutter dagegen konnte sich nicht gegen ihre Tränen wehren. Sie bemühte sich immer wieder, die Tränen abzuwischen und den »Herrn Pfarrer« freundlich zu begrüßen. Aber es wollte ihr nicht so richtig gelingen. Angelas Bruder schätzte Gabathuler deutlich jünger als die Schwester. Auch er war sehr ernst, begrüßte aber »Pfarrer Gabathuler« verlegen lächelnd.

Gabathuler nahm die drei etwas beiseite.

»Zunächst ist es mir wichtig, Ihnen nun auch persönlich mein aufrichtiges Beileid auszusprechen.« Der Vater nickte ein Danke, und dem Bruder traten nun auch Tränen in die Augen.

»Wie konnte das überhaupt geschehen?«, entwischte es der Mutter.

Darauf meinte Gabathuler: »Ich denke, es ist am besten, wenn ich Sie erst einmal von hier wegbringe. Dann kann ich Ihnen in Ruhe erzählen, was ich weiß.«

»Wir hatten keine Zeit mehr, ein Hotel zu buchen«, entschuldigte sich der Vater. »Wir dachten, dass sich in Zürich schon ein Zimmer finden lassen wird.«

»Mein Vorschlag wäre, dass Sie in meinem Elternhaus wohnen. Das steht zurzeit leer, hat genug Platz für Sie alle, und günstiger als ein Hotel ist es erst noch.«

»Und da machen wir Ihnen nicht zu viele Umstände?«, hakte der Vater nach.

»Im Gegenteil. Ich bin froh, wenn die Räume genutzt und belebt werden.«

»Das ist sehr freundlich, Herr Gabathuler.« Nun sah Gabathuler über das Gesicht des Vaters ein kleines Lächeln huschen.

Die Fahrt nach Andelfingen versuchte Gabathuler mit etwas Small Talk zu überbrücken. Ob sie gut gereist seien und ob es denn schwierig gewesen sei, so kurzfristig noch Tickets für den Flieger zu bekommen, und so weiter. Der Vater erzählte, wie sie dank der Computerkenntnisse des internetaffinen Sohnes problemlos einen Flug nach Zürich reservieren konnten. »Wir haben erst mal nur den Hinflug gebucht. Wir wissen ja nicht, wie lange wir hierbleiben müssen«, erklärte der Vater.

Nach rund zwei Dritteln der Fahrt klingelte Gabathulers Handy. Es war Maria. »Hallo, Maria!«, begrüßte er die Gerichtsmedizinerin. »Können wir heute Nachmittag vorbeikommen?«

Was er nun zu hören bekam, gefiel ihm gar nicht. Und er war froh, dass Angelas Familie den Wortlaut des Gesprächs nicht mithören konnte.

»Das wäre wenig sinnvoll«, sagte Maria.

»Wieso das denn?«

»Weil wir hier niemanden haben, der gestern gestorben ist. Schon gar nicht eine junge Frau, wie du sie beschrieben hast.«

»Was?«, entfuhr es Gabathuler, und verlegen lächelnd versuchte er den Vater, der ihn fragend anblickte, zu beruhigen.

»Tut mir leid, Roger, bei uns liegt keine Person mit dem Namen Angela Friedrichs oder Frederike Engels.«

»Wie ist das möglich?«

»Keine Ahnung. Ich weiß ja nicht einmal, worum es sich handelt.«

Gabathuler merkte, dass er nun abbrechen musste. Er wollte nicht in Gegenwart der Angehörigen über die vermisste Leiche ihrer Tochter diskutieren. Daher sagte er nur: »Kann ich dich später noch einmal anrufen?«

»Ich bin den ganzen Tag über hier.«

Gabathuler legte sein Smartphone wieder weg.

»Gibt es Probleme?«, fragte der Vater und sah Gabathuler mit ernstem Blick an. Er hatte nicht hören können, was Maria gesagt hatte. Aber Gabathulers Reaktion hatte ihm klargemacht, dass etwas nicht so war, wie es sein sollte.

»Nein, alles in Ordnung«, log Gabathuler und schwieg für die restliche Dauer der Fahrt.

In seinem Elternhaus angekommen, zeigte er den Gästen die Räumlichkeiten, in denen sie in den nächsten Tagen wohnen konnten. Dann setzten sie sich an den Esstisch, und Gabathuler erzählte ihnen von seinen Begegnungen mit Angela. Er erzählte, wie mit Staudingers Unfall alles begonnen hatte und wie er sich in der Folge um sie gekümmert hatte. Gabathuler erzählte auch, was er von Angelas Familie und von Neukirchen-Vluyn erfahren hatte. Und dann erzählte er auch vom Himmelfahrtsgottesdienst, zu dem sie nicht erschienen war, und dass er sie schließlich in der psychiatrischen Klinik gefunden habe.

»Wieso war sie überhaupt in dieser Klinik? Angi war doch ein zufriedener, gesunder Mensch!«, fragte Angelas Mutter verzweifelt.

»Wie oft haben Sie miteinander gesprochen?« Gabathuler wollte zuerst abtasten, was die Eltern von Angelas Tätigkeit wussten und ob sie sich in den vergangenen Tagen und Wochen ihnen gegenüber anders verhalten hatte als gewohnt.

»Wir haben immer am Sonntag miteinander telefoniert, meistens am Nachmittag oder abends. So auch letzten Sonntag. Und da war alles ganz normal.«

»Nur gestern, da hat sie nicht mehr angerufen. Da haben Sie uns dann angerufen.« Wieder konnte die Mutter die Tränen nicht zurückhalten.

»Mir ist schon aufgefallen, dass sie weniger kommuniziert hat«, wandte nun der Bruder ein. »Wir haben uns regelmäßig Nachrichten geschickt. Und die sind immer weniger geworden. In den letzten zwei Wochen kam dann gar nichts mehr von ihr.«

»Und das hat dich nicht misstrauisch gemacht«, fragte die Mutter fast vorwurfsvoll.

Der Sohn aber blieb ruhig und meinte: »Ich habe mir halt gedacht, dass sie gerade viel bei der Arbeit zu tun hat. Das hat es früher auch schon gegeben, dass sie eine Zeit lang kaum mehr geschrieben hat. Ist mir manchmal auch selbst so gegangen.«

»Was wissen Sie über ihre Arbeit?«, fragte Gabathuler weiter.

»Sie war Computeringenieurin, hat zu künstlicher Intelligenz geforscht«, meldete sich der Vater wieder zu Wort. »Ich weiß zwar nicht, was das genau ist. Sie muss aber sehr gut darin gewesen sein. Hat auch mal einen Preis gewonnen.«

»Sie forschte am Braincode«, sagte der Bruder. »Es ging letztlich darum, dem Computer selbstständiges Denken beizubringen. So jedenfalls hat sie es mir erklärt.«

»Sie war offensichtlich eine der Besten, und so wie es aussieht, hat sie den Braincode geknackt«, bestätigte Gabathuler.

»Aber das ist doch eine gute Sache. Deswegen stirbt man doch nicht!« Die Mutter konnte nicht glauben, dass ihre Tochter Selbstmord begangen hatte.

»Wie ich Ihnen bereits am Telefon gesagt habe, gibt es Zweifel, dass es Suizid gewesen ist.«

»Ja, das haben Sie gesagt«, meinte der Vater langsam. »Doch das würde ja bedeuten, dass sie ermordet worden wäre. Und das wäre nicht weniger schrecklich.«

»Wer soll denn die Angi umbringen wollen?!« Die Verzweiflung der Mutter brach sich Bahn. Sie schluchzte und verbarg das Gesicht in ihren Händen.

»Der Braincode könnte ein sehr mächtiges digitales Instrument werden. Daher waren einige staatliche Geheimdienste an diesem Code interessiert. Angela hat das realisiert und wollte ihrerseits sicherstellen, dass dieses Instrument, das sie entwickelt hatte, in die richtigen Hände kommt.«

»Und welches wären denn die richtigen Hände?« Der Bruder schien zu verstehen, wie schwierig die Situation war.

»Um das herauszufinden, wollte sich Angela Zeit nehmen. Sie wollte in Ruhe darüber nachdenken, was dieser Code an Schlimmem, aber eben auch an Gutem ausrichten kann. Darum ...«

»Darum ist sie in der Psychiatrischen untergetaucht«, beendete der Bruder den Gedankengang.

»Genau.«

»Wann können wir denn endlich zu ihr?«, fragte die Mutter.

Diese Frage konnte Gabathuler nicht beantworten. Daher wechselte er das Thema. »Ich könnte mir vorstellen, dass Sie Hunger haben. Was halten Sie davon, wenn wir etwas essen gehen oder uns Pizza bestellen?«

»Also ich kriege nichts runter im Moment«, schluchzte die Mutter.

»Ja, doch, essen wäre vielleicht keine schlechte Sache«, sagte darauf der Vater, der sich den Blick für das jeweils Notwendige bewahrt hatte. Zudem schien er zu spüren, dass es noch eine Weile dauern könnte, bis sie zu ihrer Tochter konnten.

»Pizza wäre gut«, meinte auch der Sohn.

»Oder vielleicht willst du etwas kochen?«, fragte der Vater. »Sie haben doch sicher Reis hier und ein paar Eier oder so.«

»Was spricht denn gegen Pizza?«, fragte der Sohn.

»Ist ja gut. Ich koch euch was. Haben Sie Salat?«, meldete sich die Mutter nun erstaunlich resolut zu Wort.

»Das nicht. Aber zwei Minuten von hier ist ein kleiner Supermarkt. Ich könnte schnell einkaufen gehen.«

»Das ist eine gute Idee. In der Zwischenzeit werden der Herr Sohn und ich den Tisch decken«, schaltete sich der Vater ein.

»Soll ich noch …?«

»Ich denke, wir finden uns schon zurecht«, beantwortete der Vater die nicht zu Ende gestellte Frage. Gabathuler verstand. Die Frau sollte nun in Bewegung kommen. Sich in der Küche zurechtzufinden, war keine Hexerei. Und die Aufgabe, ein kleines Essen herzuzaubern, würde eine willkommene Ablenkung sein.

Der Einkauf im benachbarten Lebensmittelgeschäft verschaffte Gabathuler Gelegenheit nachzudenken, wo denn Angelas Leiche sein könnte. Und überhaupt, was sollte er den Angehörigen sagen? Er konnte ihnen ja schlecht mitteilen, die sterblichen Überreste ihrer Tochter seien verloren gegangen.

Gabathuler kaufte einen Kopfsalat und etwas Huhn. Auf dem Weg zur Kasse entdeckte er noch einen kleinen Cake, den er ebenfalls einpackte.

»Essen und Trinken hält Leib und Seele zusammen«, meinte der Vater, als das Essen zubereitet war und er den Topf mit Reis auf den Tisch stellen konnte. Der Sohn folgte ihm mit dem Huhn, das die Mutter klein geschnitten hatte und das nun in einer würzig schmeckenden Sauce schwamm. Gabathuler war es ein Rätsel, wie die Mutter das zustande gebracht hatte. Sie stieß als Letzte zur Runde und brachte die Schüssel mit dem Salat mit.

Als auch sie sich gesetzt hatte, blickten alle drei erwartungsvoll zu Gabathuler. Der verstand zuerst nicht. Doch als der Vater langsam die Hände faltete, fiel auch bei Gabathuler der Groschen. Mit größtmöglicher Selbstverständlichkeit in der Stimme sagte er: »Wir wollen zu Beginn noch beten.«

Gabathuler sprach ein Tischgebet, dann schöpfte die Mutter auf die dargereichten Teller. Danach erstarb das Gespräch. Die Runde kaute still vor sich. Doch kaum einer war in seine Gedanken versunken. Gabathuler sah in Augen, die mal konzentriert auf den oben quer vor dem Teller liegenden kleinen Löffel starrten und mal hoch in die Runde blickten. Es gab ein verlegenes Lächeln, wenn sich ein Augenpaar traf. Auch Gabathuler wusste nicht, wie er die Stille aufbrechen konnte. In der vergangenen Stunde war der stets gegenwärtige Tod von Angela auf wohltuende Weise etwas in den Hintergrund gedrängt worden. Daher wollte er die Tragödie nicht ohne Not wieder in den Vordergrund holen. Gleichzeitig fand er es unangebracht, von sich aus mit Small Talk einzusetzen und den Sohn etwa nach seinem Lieblings-Fußballverein zu fragen. Schließlich sah Gabathuler mit einer gewissen Erleichterung, dass der Vater sich anschickte, etwas zu sagen.

»Wenn ich das richtig sehe«, meinte er langsam, »wird es noch ein paar Tage dauern, bis wir Angela sehen und mit nach Hause nehmen können.«

»Wieso so lange? Ich dachte, wir können heute Nachmittag zu ihr?« Angelas Mutter war verwirrt. »Wir können doch heute Nachmittag zu ihr, nicht wahr, Herr Pfarrer?« Sie sah Gabathuler flehend an.

Der Vater setzte wieder ein. »Ich könnte mir vorstellen, dass es da noch Hürden gibt«, sagte er vorsichtig und fuhr mit Blick zu Gabathuler fort: »Oder sehe ich das falsch?«

Gabathuler war dankbar, dass er in Angelas Vater einen Verbündeten zu haben schien. Denn er hatte sich noch nicht zurechtgelegt, wie er insbesondere der Mutter die Situation erklären sollte. Nun war der Anfang gemacht, und er entschied sich kurzerhand, der Bürokratie die Schuld zu geben.

»Nun, es ist so«, begann er, »bevor eine tote Person von Angehörigen besucht werden kann, muss sie von übergeordneter Stelle freigegeben werden.« Er holte Luft und sah dabei kurz in die Runde. »Und ich habe mir, als ich Sie gestern anrief, nicht klargemacht, dass nun ja Himmelfahrt ist und daher die zuständigen Stellen bis Montag nicht besetzt sein werden.«

»Wollen Sie mir sagen, dass über die Feiertage niemand in der Gerichtsmedizin Dienst hat?« Der Bruder drohte Gabathuler zu durchschauen.

»Natürlich nicht. Aber es ist niemand da, der die Freigabe einer Lei… Verstorbenen erteilen könnte.« Der Bruder blieb skeptisch. Die Mutter war nur entsetzt. Gabathuler fuhr fort: »Sie müssen verstehen, eine Situation, wie wir sie nun mit Angela haben, kommt äußerst selten vor. Und es ist nicht ungewöhnlich, wenn das Gros des Personals über die Himmelfahrtstage die Brücke macht.« Das schien dem Bruder einzuleuchten. Unzufrieden verzog er sein Gesicht.

»Aber was heißt das nun?«, fragte die Mutter.

»Dass wir wohl erst am Montag zu Angela können«, brachte der Sohn Gabathulers Erklärungen auf den Punkt.

»Ich muss gestehen, das überrascht mich nicht«, meinte

nun wieder der Vater. »Ich habe mir das schon gedacht, als wir im Auto kurz darüber sprachen.« Wiederum war Gabathuler dankbar, dass der Vater ihn in seinen Schummeleien unterstützte. »Jedenfalls wollte ich eigentlich darauf hinaus, dass wir nun ja ein paar Tage miteinander zu tun haben werden. Und da dachte ich, weil ich ja auch der Ältere bin, ob wir uns nicht duzen wollen.«

»Von mir aus gerne«, sagte Gabathuler schnell.

»Ich denke, das ist einfacher so. Ich bin der Jürgen«, sagte darauf der Vater. »Und meine Frau ist die Marion.«

»Jakob«, meinte der Sohn mit demonstrativer Lockerheit.

»Freut mich«, entgegnete Gabathuler. »Mein Name ist Roger.«

Die Mutter holte Luft. »Das ist ungewohnt für mich, den Herrn Pfarrer zu duzen«, meinte sie.

»Ach was«, wandte Jürgen ein. »Zu unserem Pfarrer Obermeier sagst du doch auch ›Du‹.«

»Den kenne ich aber schon seit über dreißig Jahren!«

»Ach, du wirst dich schnell daran gewöhnen. Hier in der Schweiz ist das auch bereits viel üblicher als in Deutschland«, bemühte sich Gabathuler, das Eis zu brechen.

Darauf lenkte Marion ein: »Wenn du meinst?«

Der Übergang zum Duzen hatte eine gewisse Nähe geschaffen. Zugleich drängte sie Angelas Tod für einen Moment in den Hintergrund. Beides tat der Atmosphäre am Esstisch gut. Und sie verschaffte Gabathuler Luft, um sich Gedanken zum weiteren Vorgehen zu machen. Nach dem Essen räumte Marion zusammen mit Jakob die Küche auf, während Jürgen die Koffer auspackte.

Gabathuler ging nach draußen und telefonierte nochmals mit Maria. Er konnte einfach nicht glauben, dass Angelas Leiche nicht in der Gerichtsmedizin lag. Doch Maria konnte ihm auch jetzt nichts anderes berichten.

»Es ist keine Leiche bei uns eingegangen.«

Gabathuler dachte nach. Könnte Hug die Leiche woanders hingebracht haben? Gab es noch eine andere Gerichtsmedizin, die er nicht auf dem Schirm hatte?

»Bist du sicher, dass die Person tot ist? Vielleicht liegt sie in einem Spital«, holte Maria Gabathuler aus seinen Überlegungen zurück.

Diese Frage ertrug Gabathuler nicht. Gereizt antwortete er: »Natürlich ist die Frau tot! Ich habe sie selber vom Strick genommen!«

»Wieso so aggressiv? Ich will ja nur helfen«, verteidigte sich Maria am anderen Ende.

Gabathuler riss sich wieder zusammen und sagte: »Verzeih bitte. Ich bin gerade ziemlich unter Druck.«

»Also ich kann dir da nicht helfen. Wenn bei uns jemand eingeliefert wird, auf den die Beschreibung zutrifft, melde ich mich bei dir.«

Sie legten auf. Gabathuler wählte die Nummer von Esther Wälti. Sie ging nicht ans Telefon. Er wartete fünf Minuten und versuchte es noch einmal. Mit demselben Ergebnis. Ratlos dachte Gabathuler nach. Seine Augen suchten die Gegend ab, als ob die Straße oder die Nachbarhäuser ihm hätten weiterhelfen können. Da sah er Jürgen, der aus dem Fenster schaute. Gabathuler winkte ihm und bat ihn zu sich nach draußen.

»Weißt du mehr von Angela?«, fragte Jürgen.

»Leider nicht. Trotz meiner Beziehungen zur Polizei konnte ich nichts erreichen.«

»Die Bürokratie kennt kein Pardon?«

»Es tut mir wirklich leid.«

Jürgen nickte und sah zu Boden.

»Mich beeindruckt, wie du Ruhe bewahrst und euch drei durch die ganze Sache hier lenkst«, sagte Gabathuler.

»Einer muss ja kühlen Kopf bewahren«, meinte Jürgen.

»Das ist für Marion, aber auch Jakob sehr hilfreich. Da bin ich sicher. Aber es kostet dich bestimmt viel Kraft.«

»Das ist nun mein Job. Meine Zeit zu trauern wird noch kommen.«

Gabathuler griff in seine Hosentasche und holte den Autoschlüssel für den Renault Mégane hervor. »Ihr werdet nun ja ein paar Tage hier wohnen. Denn wenn ihr heute nicht mehr zu Angela könnt, und es sieht sehr danach aus, dann wird es übers Wochenende erst recht nicht gehen.«

Jürgen nickte. Das hatte er sich auch schon so zurechtgelegt.

»Mit dem Auto könnt ihr wenigstens ein paar Ausflüge machen. Das lenkt ab.«

Wieder nickte Jürgen. »Was kannst du uns empfehlen?«

»Schaffhausen ist nicht weit. Oder Stein am Rhein, das hat eine wunderschöne Altstadt. Und solange das Wetter gut ist, kann ich euch natürlich den Rheinfall empfehlen.«

Wieder nickte Jürgen nur und blickte gedankenverloren auf den Autoschlüssel, den er von Gabathuler entgegengenommen hatte. Dann fragte er: »Was weißt du über Angela?«

Gabathuler sah Jürgen an, der nur leicht den Kopf gehoben hatte und ihn aus dem Augenwinkel anblickte.

»Ich verstehe nicht genau, was du meinst. Ich habe euch doch vorhin erzählt, wie ich sie kennengelernt habe.«

»Na, die Sache mit dem Braincode. Du meintest, dass das eine große Sache sei.«

»Das ist es wirklich.«

»Wie groß?«

»Es gibt Menschen, die vergleichen das Knacken des Braincodes mit der Atomspaltung. Es kann eine sehr segensreiche Sache sein. Aber eben auch eine unglaublich gefährliche.«

»Dann werden sich auch andere dafür interessiert haben.«

»Davon ist auszugehen.«

»Also kann es auch sein, dass sich die Bürokratie deshalb so unbeweglich gibt.«

Gabathuler sah Jürgen einen Moment an. »So ist es«, sagte er schließlich. »Aber du musst mir glauben, ich mache alles, damit ihr so schnell wie möglich zu eurer Tochter könnt.«

Nun schwieg Jürgen. Dann sagte er: »Das glaube ich dir.«

Als auch beim dritten Versuch, Esther Wälti zu erreichen, nur die Combox sich meldete, fuhr Gabathuler direkt zur psychiatrischen Klinik und erkundigte sich nach ihr. Die nette Dame am Empfang teilte ihm mit, dass Esther Wälti krank sei und vorerst nicht arbeite.

»Sie ist heute nicht zur Arbeit erschienen?«

»Nicht erst heute. Sie scheint schon länger krank zu sein.«

»Schon länger?« Gabathuler traute seinen Ohren nicht. »Aber ich habe sie doch gestern noch hier gesehen!«

»Vielleicht ist sie ja nicht zu hundert Prozent krankgeschrieben. Das weiß ich wirklich nicht. Tatsächlich kommt sie gelegentlich auch hier vorbei. Aber offiziell kann sie niemand erreichen.«

Hast du das Arztzeugnis?
Noch nicht.

Wann kannst du es mir geben?
Sagen wir siebzehn Uhr?
Ich komme zu dir.

Gabathuler rief Dr. Rinderknecht an.

»Ja?«

»Mein Name ist Gabathuler, ich bin Pfarrer in Ganterwald.«

»Grüß Gott, Herr Gabathuler.«

»Sind Sie zu Hause?«

»Ja, das bin ich.«

»Ich brauche dringend ein ärztliches Zeugnis. Jetzt.«

»Aber meine Praxis ist heute geschlossen.«

»Ich bin in einer halben Stunde bei Ihnen.«

»Aber …«

Gabathuler hatte nur wissen wollen, ob der Herr Doktor zu Hause war. Alles andere galt es von Angesicht zu Angesicht zu besprechen. Dr. Rinderknecht hatte Gabathuler im Zusammenhang mit einem Todesfall kennengelernt. Der Arzt hatte den Tod festzustellen, und Gabathuler sollte mit den Hinterbliebenen die Beerdigung vorbereiten. Gabathuler war dazugestoßen, als Rinderknecht die Verstorbene untersuchte und anschließend den Totenschein ausstellte. Gabathuler wäre diese Begegnung auch gar nicht weiter in Erinnerung geblieben, wenn nicht in der Folge ein Angestellter des Krematoriums ein Projektil in der Asche der Toten gefunden hätte. Rinderknecht hatte seine Arbeit nicht sorgfältig genug gemacht, weil er zu seinen Kollegen an den Stammtisch wollte. Als er mit Bettina zusammen überlegte, wie sie an ein Arztzeugnis kommen könnten, stellte sich die Erinnerung an Dr. Rinderknecht ein, und Gabathuler rechnete sich gute

Chancen aus, von ihm ein entsprechendes Schreiben zu bekommen.

»Herzlichen Dank, dass Sie mich so kurzfristig empfangen«, sagte Gabathuler, als ihm Rinderknecht stirnrunzelnd die Tür geöffnet hatte.

»Hatte ich denn eine Wahl?«, fragte Rinderknecht sarkastisch. Worauf Gabathuler schlicht »Nein« antwortete.

Rinderknecht wohnte in einem stattlichen Haus aus den dreißiger Jahren. Im oberen Stock befanden sich die Privaträume, im Parterre hatte er die Praxis eingerichtet. Er führte Gabathuler in sein Besprechungszimmer und bat ihn, Platz zu nehmen.

»Was ist denn geschehen, dass Sie mich so kurzfristig, und dann noch an einem freien Tag, sehen müssen? Ich hoffe, Sie haben einen guten Grund, sonst habe ich doppelt Mühe, meiner Frau zu erklären, weshalb wir über die Himmelfahrtstage zu Hause geblieben und nicht in die Berge gefahren sind.«

»Ich störe Sie auch gar nicht lange. Ich brauche einfach ein ärztliches Zeugnis von Ihnen, mit dem Sie meine Schwester, Bettina Zumbühl, in die psychiatrische Klinik überweisen.«

Rinderknecht schaute kurz in den Raum und sagte dann: »Und wo ist Ihre Schwester?«

»Die treffe ich gleich, um ihr das Zeugnis zu übergeben.«

»Aber Herr Pfarrer, wie stellen Sie sich das vor? Ich muss doch die Patientin untersuchen, bevor ich eine Überweisung anordne.«

»Nicht in diesem Fall, Herr Rinderknecht. Denn meine Schwester ist nicht wirklich krank.«

»Dann kann ich auch kein Zeugnis ausstellen.«

»Doch, können Sie. Denn Sie konnten auch vor gut

einem Jahr bei Frau Golubew eine natürliche Todesart bescheinigen, obwohl sie erschossen worden war.«

»Was habe ich?«

»Erinnern Sie sich an jenen Abend, als wir bei einem russisch sprechenden Mann zusammentrafen und Sie so schnell wie möglich zu Ihren Jassfreunden abdüsen wollten?«

Rinderknecht dachte angestrengt nach, und Gabathuler sah ihm an, dass es ihm dämmerte. »Ich glaube, ich weiß, wovon Sie sprechen«, sagte er langsam. »Das war die Frau Golubew, und sie ist an Herzversagen gestorben. Sie war schon länger wegen ihrer Herzschwäche bei mir in Behandlung.«

»Diese Diagnose mag nahegelegen haben, war aber falsch.«

»Sind Sie jetzt etwa auch noch Arzt?«

»Nein, aber ich habe das Projektil zu Hause, das der Krematoriumsmitarbeiter aus der Asche gefischt hat.«

Das machte Rinderknecht Eindruck. Doch noch gab er nicht auf. »Das können Sie nicht beweisen«, behauptete er aufs Geratewohl.

»Doch. Könnte ich. Aber das würde zu weit führen. Ich will Sie auch nicht in die Bredouille bringen. Wir alle machen Fehler. Ich brauche einfach dieses Schreiben, mit dem Sie meine Schwester in die Klinik einweisen. Sie muss möglichst offiziell dort eintreten, damit niemand Verdacht schöpft.«

»Wie stellen Sie sich das vor? Ich kann doch nicht eine Frau unbesehen einweisen? Wenn das herauskommt, können Sie sich vorstellen, was für einen Eindruck das macht?« Gabathuler sah Rinderknecht an, dass er die letzte Verteidigungslinie aktiviert hatte, und holte zum finalen Schlag aus. »Sie müssen die Frage andersherum stellen. Nämlich, was das für einen Eindruck macht, wenn noch heute Abend die Polizei auftaucht und Sie festnimmt, weil Sie eine unsachgemäße Diagnose gestellt haben und eine falsche Todesursache angegeben haben.« Hier pausierte Gabathuler einen Moment. Aber bevor Rinderknecht Luft holen konnte, fuhr er fort: »Frau Golubew wurde von der russischen Mafia erschossen. Und Sie haben als Todesursache Herzversagen angegeben. Da kommen Sie nicht mit einer Verwarnung davon.«

»Und welche Krankheit hat denn Ihre Schwester?«

»Wir hatten da an eine depressive Verstimmung wegen eines Burn-outs gedacht. Etwas Alltägliches, aber schlimm genug, dass sie sofort aufgenommen wird. Sie kennen dafür sicher die nötigen Fachbegriffe.«

»Und wenn ich Ihnen dieses Gefälligkeitsgutachten erstelle, dann lassen Sie mich nachher in Ruhe?«

»Sie werden nie mehr etwas von mir hören«, bestätigte Gabathuler. »Außer natürlich, wenn wir zufälligerweise wieder zur selben Zeit an ein Totenbett gerufen werden.«

Rinderknecht setzte sich vor seinen Bildschirm, haute schnell etwas in die Tasten, druckte es aus, unterschrieb und reichte Gabathuler den Wisch. Dieser sah sich das Papier an. »Könnten Sie das vielleicht noch in einen offiziellen Umschlag Ihrer Praxis legen?«, fragte er mit ausgesuchter Höflichkeit. Rinderknecht faltete das Dokument, schob es in ein Couvert und hielt es wieder Gabathuler hin. »Und nun machen Sie, dass Sie fortkommen.«

»Sie haben uns sehr geholfen. Verbindlichsten Dank.« Als Gabathuler wieder vor der Tür stand, staunte er selber über die schleimige Formulierung, die ihm da zum Schluss über die Lippen gekommen war. Aber irgendwie gefiel sie ihm.

Zu Hause angekommen, musste er nicht lange warten, da klingelte es. Es war Bettina.

»Soll ich mitkommen?«, fragte Gabathuler, als er ihr das ärztliche Dokument überreichte.

»Lieber nicht«, antwortete sie spontan. »Ich will nicht, dass irgendjemand zwischen uns eine Verbindung herstellt.«

»Das hat etwas«, gab Gabathuler zu. »Dann halten wir also per SMS Kontakt. Und bitte pass auf. Nimm kein Medikament, das du nicht einwandfrei identifizieren kannst.«

»Ich habe nicht vor, irgendetwas zu schlucken«, sagte Bettina sehr bestimmt.

»Auch gut«, meinte Gabathuler daraufhin. »Ich habe keine Ahnung, was in dieser Klinik abgeht. Und mein Kontakt, die Esther Wälti, hat ein Burn-out und ist für mich zurzeit nicht zu erreichen.«

»Meinst du, es ist Zufall, dass sie ausgerechnet jetzt nicht mehr zur Arbeit erscheint?«

»Ich habe keine Ahnung. Die ganze Sache rund um KI hat sie schon sehr beschäftigt. Und insbesondere bei unserem letzten Zusammentreffen wirkte sie etwas …«, Gabathuler suchte nach dem passenden Wort, »derangiert. Ja, derangiert trifft es wohl am besten. Aber vielleicht triffst du sie in der Klinik an. Am Telefon hat man mir gesagt, dass sie gelegentlich noch auftaucht, aber nicht mehr als Seelsorgerin tätig ist. Sie wird wohl noch ein paar Dinge im Büro regeln müssen oder so.«

»Das ist doch schon mal etwas. Ich halte dich auf dem Laufenden«, fügte Bettina noch an. Dann drückte sie Gabathuler einen Kuss auf die Wange und verließ das Pfarrhaus Richtung Klinik.

Gabathuler musste nachdenken und die Ereignisse und Begegnungen des Tages ordnen. Dazu ging er in die Stube, stellte sich an die Terrassentür und schaute in den Garten.

Das Rätsel des Tages war zweifellos das Nichtauffinden von Angelas Leiche. Dem musste er nachgehen. Angelas Angehörige waren für den Moment beschäftigt, und in Jürgen hatte Gabathuler ein verständnisvolles Gegenüber. Da hatte er vorerst keine Probleme zu erwarten. Dennoch war es nur schon aus Fairness ihnen gegenüber geboten, Angelas Leiche so schnell wie möglich zu finden, damit sie Abschied nehmen und sie, im Idealfall, mit nach Hause nehmen konnten. Die Begegnung mit Dr. Rinderknecht hatte auch im Rückblick etwas Lustvolles. Trotzdem war es nicht gerade edel von ihm, den Arzt zu erpressen. Andererseits würde das dem Herrn Doktor nicht sehr geschadet haben. Bestenfalls würde er künftig seine Untersuchungen sorgfältiger durchführen, bevor er einen Totenschein ausstellte.

Gabathuler begann zu wandern. Er ging zwischen der Terrassentür und seinem Büro hin und her. Gehend hielt er auch seine Gedanken in Bewegung.

In Bezug auf Bettina war er sich noch nicht im Klaren, was er von ihrer Initiative halten sollte. Genau genommen, musste er sich eingestehen, war er sich nicht sicher, ob ihn der Einsatz an sich beunruhigte oder ob es ihn störte, dass sie die Idee gehabt hatte und nicht er. Er versuchte, eine allfällige narzisstische Beleidigung wegzustecken, und listete für sich die möglichen Gefahren auf, denen Bettina begegnen konnte. Sollte tatsächlich jemand von der Belegschaft Angela umgebracht haben, war die Bedrohung sehr diffus. Denn noch war völlig unklar, wer das hätte sein können und was das Motiv war. Waren es Geheimdienstleute, und davon ging Gabathuler aus, war Bettina so lange sicher, wie sie sich unauffällig verhielt. Denn dann hatten die Täter ausschließlich an Angela beziehungsweise am Braincode Interesse. Sollte er ihr das schreiben?

Gabathuler schrieb nicht. Die Wanderschaft durch das Parterre seines Pfarrhauses hatte aber eine gewisse Ordnung in seine Gedanken gebracht. Was er noch nicht verstanden hatte, war, wieso Angelas Leiche nirgends zu finden war. Darauf konnte er sich keinen Reim machen.

Er rief Frank an.

»Sie ist nicht auf der Gerichtsmedizin?«, fragte Frank ganz überrascht, als ihm Gabathuler die Situation erklärt hatte.

»Ich habe mit Maria Wanner persönlich geredet. Und sie versicherte mir, dass keine Person bei ihnen zu finden sei, auf die die Beschreibung passt oder die auch nur zum entsprechenden Zeitpunkt eingeliefert worden wäre.«

»Das kann nicht sein.« Frank hatte Mühe, Gabathulers Nachricht zu glauben.

»Ist aber so.«

»Dem gehe ich nach«, sagte Frank schließlich und legte auf.

9

Als Gabathuler annehmen konnte, dass nun auch Angelas Angehörige das Frühstück beendet hatten, rief er Jürgen an, um sich nach ihnen zu erkundigen.

»Wir waren gestern noch in Stein am Rhein und haben uns die schöne Altstadt angesehen.«

»Hat sie euch gefallen?«

»Vor allem hat uns der Ausflug etwas Ablenkung gebracht. Danach machten wir zu Hause Abendbrot und gingen früh zu Bett.«

»Ich hoffe, ihr habt gut geschlafen!«

»Es ist für uns alle eine schwierige Zeit. Vor allem auch, weil wir Angela noch nicht sehen konnten. Weißt du da mehr?«

Gabathuler musste verneinen. »Ich habe bei den vorgesetzten Stellen versucht, Druck zu machen«, sagte Gabathuler und dachte dabei an Frank. »Aber bis jetzt habe ich nichts erreicht.«

»Das ist doch Scheiße«, stieß Jürgen hervor.

»Ich weiß auch nicht, was ich sagen soll. Es tut mir einfach sehr leid für euch«, erwiderte Gabathuler darauf. Und als Jürgen am anderen Ende schwieg, fragte Gabathuler: »Habt ihr für heute einen Plan?«

»Ich hatte natürlich gehofft, dass wir zu Angela können. Nun werden wir wohl nach Schaffhausen und an den Rheinfall fahren«, antwortete Jürgen und ergänzte: »Ich habe Marion und Jakob schon darauf vorbereitet.«

»Das scheint mir eine gute Idee«, meinte Gabathuler.

»Ich melde mich bei dir, sobald ich mehr weiß.« Dann beendeten sie das Gespräch.

Nun musste sich Gabathuler an den Gottesdienst für Sonntag setzen. Am späteren Nachmittag würde er Linus vom Schnuppertag beim CVJM abholen. Das hatte er so mit seiner Mutter besprochen. Bis dann musste seine Predigt stehen. Er schlug nach, welcher Text für diesen Sonntag vorgeschlagen war. Es war ein Vers aus dem Johannesevangelium. Jesus sprach dort vom Beistand, der gesandt würde.

Das gefiel Gabathuler. Gottes Geist, als Tröster benannt. Oder als Geist der Wahrheit. Und zwar nicht als eine Form von Vormundschaft, sondern vielmehr als ein Herbeigerufener, ein Tröster in der Not. So einen tröstenden Geist hätte er nun gerne für die Angehörigen von Angela herbeigerufen. Aber eben, es war der Sonntag zwischen Himmelfahrt und Pfingsten. Zwischen dem Verschwinden von Jesus und dem Kommen des göttlichen Geistes. Es war die Zeit, in der der eine schon weg und der andere noch nicht da war. Eine Zeit des Wartens und Hoffens.

Gabathuler machte sich Notizen, schlug in Kommentaren nach und machte sich weitere Notizen. Er war froh, dass er ziemlich gut vorankam.

Dann klingelte sein Handy. Ein Videocall von einer ihm unbekannten Nummer. Er akzeptierte und erkannte Marchand, der ihm entgegenlächelte. Gabathuler stutzte. Mit Angelas Chef hatte er nun gar nicht gerechnet.

»Herr Marchand? Sie haben wohl mitbekommen, was geschehen ist.«

Das Bild war schlecht und schien verzögert. Ton und Bild fielen gelegentlich auseinander. Aber Gabathuler verfügte nicht über das neueste Smartphone. Zudem hatte er gelegentlich damit zu kämpfen, dass der Empfang in seinem Pfarrhaus zu wünschen übrig ließ. Nicht zuletzt deshalb besaß er ja auch noch einen Festnetzanschluss. Doch nun saß er da und sah den lächelnden Marchand.

»Ich hoffe, es geht Ihnen gut!«, begann Marchand das Gespräch in größtmöglicher Unverbindlichkeit.

»Danke, ich sitze an meiner Predigt für Sonntag«, meinte Gabathuler, der nicht verstand, weshalb Marchand, der ihm bisher doch stets Koordinaten für Treffen per SMS hatte zukommen lassen, damit sie ungesehen von Angesicht zu Angesicht reden konnten, sich nun so unbedarft per Videotelefonie meldete. Marchand ging auf die Bemerkung bezüglich der Predigtarbeit nicht ein.

»Mich beschäftigt natürlich der Tod von Angela«, kam er zum Thema.

»Neuigkeiten verbreiten sich schnell«, konnte Gabathuler darauf nur sagen. Aber Marchand machte keine Anstalten, ihm zu sagen, woher er vom Tod von Angela erfahren hatte. Er fuhr stattdessen fort: »Mich beschäftigt aber auch der Verbleib des Braincodes.« Das konnte Gabathuler gut verstehen. Da weiß man sich kurz vor dem Ziel seiner langjährigen Forschungen, und nun droht das entscheidende Schlussergebnis kurz vor Zieleinlauf doch noch abhandenzukommen. Dennoch irritierte es Gabathuler, dass sich Marchand so gar nicht nach den Umständen von Angelas Tod erkundigte.

»Sie haben den Braincode ja gesehen«, fuhr Marchand fort.

»Das habe ich. Allerdings nur für ein paar Minuten.«

»Haben Sie eine Ahnung, wo Angela den Code aufbewahrt hat?«

»Diese Frage interessiert viele.«

»Können Sie mir dazu etwas sagen?«

Gabathuler entschied sich, sein Unbehagen anzusprechen. »Herr Marchand, darf ich Sie mal etwas fragen?«

»Klar.«

»Mich wundert es sehr, dass Sie mich ohne Vorwarnung auf diesem Kanal anrufen. Wo sind da Ihre Sicherheitsbedenken?«

»Ach, das wird jetzt schon niemand mithören«, meinte Marchand reichlich salopp.

»Sagt der Mann, der mich darauf hingewiesen hat, dass diverse Geheimdienste ihn beobachten und alle Kanäle abhören.«

»Sie haben recht. Ich muss Schluss machen. Und wenn Sie etwas über den Verbleib des Braincodes wissen, sagen Sie es mir bitte.« Dann brach die Verbindung ab.

Irritiert schaute Gabathuler auf sein Handy. Was war das denn gewesen? Er wollte das Gerät gerade kopfschüttelnd weglegen, als es piepste, weil eine SMS eingetroffen war. Der Absender war wieder Marchand. Diesmal von der Nummer, die Gabathuler kannte.

Gabathuler las: »Sie stellen die richtigen Fragen!« Wieder schaute Gabathuler stirnrunzelnd auf das Display. Welche Fragen hat er denn gestellt? Und wieso schreibt er mir das nach dem Videocall?

Gabathuler ging in die Küche und schlug sich ein paar Eier in die Pfanne. Er würzte sie mit Salz und Pfeffer und verspeiste sie mehr nebenher zusammen mit einem Stück Brot. Seine Gedanken kreisten um Marchand, das seltsame Gespräch und die rätselhafte Nachricht gleich im Anschluss. Die Videotelefonie passte so gar nicht zu ihm. Die kurze Textnachricht dafür wieder sehr. Aber Gabathuler verstand den Inhalt nicht. Kauend nahm er das Handy hervor und öffnete die Nachricht. »Sie stellen die richtigen Fragen!« Wirkliche Fragen hatte er ja gar nicht gestellt. Wieso schrieb Marchand das denn? Gabathuler dachte über die Formulierung nach. Sie stellen die richtigen Fragen. So banal sie auch war, sie erinnerte ihn an etwas. Doch er kam nicht drauf, woran. Er dachte zurück an den Besuch in Davos. Da hatten sie viel und lange miteinander gesprochen. Aber diese Wendung war kein Thema gewesen. Dann sucht er sein Hirn nach Momenten ab, in denen er diesen Satz von Angela gehört hatte. Aber da war nichts. Auch nicht in den jüngsten Begegnungen mit Frank und Hug. Dennoch kitzelte die Textnachricht weiterhin sein Hirn und Herz, ohne dass er sich hätte kratzen können.

Gabathuler stellte den leer gegessenen Teller in die Spüle und begab sich zurück in sein Büro. Er nahm seine Notizen zur Predigt vom Sonntag hervor und ging sie durch. Plötzlich sah er auf und sagte laut vor sich hin: »Alfred Lanning! Das ist es!« Ein erleichtertes Lachen folgte. »Dr. Alfred Lanning«, wiederholte er noch lauter. »›Sie müssen die richtigen Fragen stellen.‹ Das sagt doch James Cromwell alias Alfred Lanning zu Will Smith in *I, Robot*.« Für Gabathuler war nun klar, dass Marchand ihn durch seine SMS an *I, Robot* erinnern wollte, über den sie in Davos gesprochen hatten. Hatte er nicht gesagt: »Gerade in meiner Situation ist mir dieser Film sehr nahe«? Gabathuler hatte der Aussage keine allzu große Bedeutung beigemessen. Dennoch hatte er zu Hause den Film gestreamt. Darin ging es unter anderem um den KI-Forscher Dr. Alfred Lanning, der auf mysteriöse Weise ums Leben gekommen war. Will Smith, der in diesem Fall ermitteln musste, konnte mit einem Hologramm des Professors sprechen, der vor seinem Tod geheime Botschaften für ihn abgespeichert hatte. Und weil er nicht alles ausplaudern konnte, hatte er immer wieder gesagt: »Sie müssen die richtigen Fragen stellen.« Für Gabathuler war nun klar, dass etwas mit Marchand nicht in Ordnung war. Und eigentlich hätte er nun gerne weiter an dieser seltsamen virtuellen Begegnung herumstudiert, um auf diese richtigen Fragen zu kommen. Doch die Zeit wurde knapp. Er musste die Predigt zu Ende bringen, denn bald würde er Linus vom Schnuppertag beim CVJM abholen müssen. Also legte er Marchand gedanklich zur Seite und konzentrierte sich wieder auf seine Überlegungen zum göttlichen Geist als Tröster.

Um vier war die Predigt fertig, was bedeutete, dass er wusste, was er am Sonntagmorgen sagen wollte. Er legte seine Notizen zur Seite und schlüpfte in seine festen Schuhe. Das Wetter war wechselhaft und noch nicht wirklich warm. Also zog er sich auch noch seinen Anorak über. Dann stieg er in seinen Saab und fuhr zum Restaurant Eschenberg, wo die Teilnehmer des CVJM-Schnuppertages verabschiedet wurden.

Als er dort ankam, warteten bereits weitere Eltern auf ihre Kleinen. Gabathuler kannte niemanden. Es waren vor allem Väter, die die Aufgabe hatten, ihren Nachwuchs nach Hause zu bringen und in die Wanne zu stecken. Bald schon hörte man die lustige Truppe aus dem Wald kommen und den Parkplatz ansteuern. Die Leiterinnen und Leiter des CVJM verabschiedeten sich von jedem Kind mit Handschlag, bevor die sich zu ihren Eltern aufmachten. Auch Linus ging stracks auf Gabathuler zu.

»Na, wie war's?«

»Toll«, rief Linus begeistert. »Wir haben eine Burg erobert. Aber wir mussten gar nicht kämpfen. Wir sind einfach sechsmal um die Burg herumgelaufen, und beim siebten Mal haben wir einen Riesenlärm gemacht, und dann sind die Mauern der Burg eingestürzt, und wir konnten sie einnehmen.«

»Hieß die Burg Jericho?«

»Genau! Du kennst die Geschichte?«

»Ja, sie steht in der Bibel. Aber es ist natürlich viel spannender, wenn man wie du die Stadt selber erobern kann.«

»Danach haben wir ein großes Feuer gemacht und unsere Würste darauf gebraten. Robin hatte dann noch einen Kuchen dabei, den er verteilt hat.«

»Hat er geschmeckt?«

»Ja. Sehr.«

»Dann hat es dir also gefallen?«

»Es war super. Ich möchte wieder gehen.«

Gabathuler schmunzelte zufrieden. Er hatte mit dem CVJM den richtigen Riecher gehabt. Vor allem aber berührte ihn, dass Linus ganz selbstverständlich seine Hand genommen hatte, als sie die wenigen Meter zum Auto zurücklegten. Das war womöglich auch für Linus der eigentliche Höhepunkt dieses Nachmittages. Nicht nur hatte er tolle Sachen erlebt, die er am Montag in der Schule würde erzählen können. Er hatte auch wie die anderen eine Vaterfigur, die ihn von diesem Abenteuer abholte und nach Hause brachte.

Als Linus' Mutter die Tür öffnete und die beiden hereinließ, war die Wohnung für Besuch bereit. Im Radio spielte Musik, und aus der Küche strömte ein warmer, wohlriechender Duft durch die Wohnung. Pia musste mit Nachdruck dafür sorgen, dass ihr Sohn auch wirklich seine schmutzigen Schuhe auszog, bevor er die Wohnung betrat. Gabathuler tat es dem Jungen gleich.

»Nun aber schnell in die Wanne. Ich habe deine Lieblingsspaghetti gemacht.«

Mit einem lauten »Mmmmhhh!« huschte Linus ins Badezimmer.

»Du bleibst doch auch noch zum Essen, oder?«

Pia Konrad war wie selbstverständlich zum »Du« übergegangen. Gabathuler fiel es erst gar nicht auf. Aber es stimmte für ihn.

»Ich will eure Zweisamkeit nicht stören.«

»Von wegen! Linus mag dich. Und ich bin froh, wenn ich auch mal ein paar Sätze mit einem Erwachsenen reden kann. Ich weiß schon fast nicht mehr, wie das geht. Ich meine, außerhalb des Berufslebens!«

»Wenn du meinst. Deine Spaghetti sind offensichtlich ausgezeichnet.«

Während des Essens erzählte Linus seiner Mutter begeistert von seinen Erlebnissen. Dabei musste er vorübergehend gleichzeitig erzählen und sich die leckeren Spaghetti in den Mund schieben.

»Jetzt iss erst mal! Danach kannst du weitererzählen«, versuchte die Mutter die vielen Aufgaben für den einen Mund etwas zu staffeln.

»Ist doch wunderbar, dass ihm der Nachmittag beim CVJM so gut gefallen hat«, meinte Gabathuler.

»Das ist es in der Tat«, bestätigte auch Pia und blickte liebevoll auf ihren Jungen, der genüsslich die Spaghetti kaute. »Willst du denn am nächsten Samstag wieder dorthin?«

Diesmal beschränkte sich Linus auf ein kräftiges Nicken.

»Ob es nächste Woche schon klappt, bezweifle ich«, wandte Gabathuler ein.

»Haben die nicht jeden Samstag Programm?«, fragte Pia erstaunt.

»Doch, meines Wissens schon. Nur, nächstes Wochenende ist Pfingsten. Da gehen sie ins Pfingstweekend.«

Wieder ging Linus' Kopf deutlich auf und ab. Er schluckte seinen Bissen herunter und sagte: »Im Pfingstweekend gehen sie zelten. Und dafür muss man ausgebildet sein.«

»Ausgebildet?«, fragte die Mutter nach.

»Das ist schwierig, man muss wissen, wie man ein Zelt baut, und muss Übung haben im Feuermachen und Kochen auf dem Feuer.«

»Aber du weißt doch mittlerweile, wie man ein Feuer macht.«

»Ich denke, die Leiter wollen die Kinder erst ein bisschen besser kennen, bevor sie mit ihnen in ein Zeltlager gehen«, erklärte Gabathuler. »Das ist doch eine sehr andere Situation als einfach ein Nachmittag im Wald.«

Nach dem Essen konnte Linus noch einen Moment an seinem Computer spielen, dann musste er ins Bett. Der Widerstand war nicht groß. Er winkte Gabathuler ein »Gute Nacht« zu und verschwand mit der Mutter in seinem Zimmer.

»Der ist gleich eingeschlafen«, sagte Pia, als sie sich wenig später zu Gabathuler setzte. »Das mit dem CVJM war eine wunderbare Idee. Das tut nicht nur Linus gut.«

»Und ich bin froh, wenn ich mit meinem Vorschlag ins Schwarze getroffen habe.« Gabathuler stand auf. »Dann werde ich mich nun auch auf den Weg machen«, meinte er. »Hab ganz herzlichen Dank für das Essen. Die Spaghetti waren tatsächlich ausgezeichnet.«

»Du musst noch nicht gehen«, meinte Pia. »Darf ich dir nicht noch ein Glas Wein anbieten?«

»Du bist doch sicher müde«, meinte Gabathuler. »Ich will dich nicht länger aufhalten.«

»Etwas Gesellschaft würde mir nun sehr guttun.«

»Ich weiß nicht. Ich sollte nicht mehr zu viel trinken. Ich habe morgen Gottesdienst.«

»Wir müssen nicht unbedingt etwas trinken«, meinte darauf Pia mit warmer Stimme.

10

Angelas Eltern und ihr Bruder waren auch in den Gottesdienst gekommen. Gabathuler predigte über das Verschwinden von Jesus bei der Himmelfahrt und die Verunsicherung der Zurückgebliebenen. Er sprach über Zeiten der Verunsicherung, weil etwas zu Ende gegangen ist und sich noch nichts Neues eingestellt hat. Bisheriges ist vergangen, Neues hat sich noch nicht aufgetan. Und er sprach von der tröstenden Kraft, die sich zeigte, wenn neue Gewissheiten sich einstellten.

Kirchenkaffee gab es an diesem Sonntag keinen, sodass er anschließend direkt mit Jürgen, Marion und Jakob zu sich nach Hause gehen und ihnen ein Bier anbieten konnte.

»Nun sag schon«, begann Marion nach dem Anstoßen, »hast du endlich etwas von Angela gehört?«

Gabathuler schüttelte den Kopf, und Marion schossen die Tränen in die Augen.

»An den Feiertagen ist es sehr schwierig, jemanden zu erreichen, der etwas entscheiden kann«, schummelte sich Gabathuler durch.

»Du bist doch bei den zuständigen Stellen ganz oben vorstellig geworden, hast du erzählt.«

»Das stimmt«, antwortete Gabathuler.

»Und du hast auch von dort noch nichts gehört?«

»Nein, nichts«, musste Gabathuler zugeben und fragte sich dabei selber, weshalb sich Frank noch nicht bei ihm gemeldet hatte.

Jakob meinte nur: »Da hätten wir uns nicht so zu beeilen brauchen.«

»Ja, rückblickend stimmt das natürlich. Nur konnte das am Donnerstag niemand wissen. Ich jedenfalls hätte nie gedacht, dass es so schwierig wird«, erklärte sich Gabathuler. Das Schweigen, das danach folgte, beendete Jürgen, indem er unvermittelt auf den Garten verwies: »Bist du für alles selber zuständig?«

»Ja, leider. Ich habe keinen grünen Daumen. Mehr als Rasenmähen liegt bei mir nicht drin.« Sie traten an die Terrassentür und schauten hinaus. »Da in dem Beet hat die Küsterin ein paar Blumen gepflanzt. Die gieße ich dann schon auch. Aber ob die nächstes Jahr wieder blühen? Das kann ich echt nicht sagen.«

»Die gelben da, das sind Einjährige. Die musste du im Herbst ausreißen und neu pflanzen.«

»Das wusste ich zum Beispiel nicht«, meinte Gabathuler.

»Marion, komm doch mal her«, wandte sich Jürgen an seine Frau. »Das ist ein Garten, der würde dir auch gefallen.«

Marion stand auf und stellte sich zu den Männern.

»Dort hinten am Zaun, da wachsen doch Rosen, richtig?«

»Ja, die sind schön, wenn sie blühen.«

»Die musst du zurückschneiden. Sonst kommt irgendwann der Wildling darunter hervor.«

»Der Wildling?«

»Ja, die Rose, auf die edle Rosen aufgepfropft worden sind.«

»Da wurde etwas aufgepfropft?«

»Vielleicht hast du so etwas wie eine Gartenschere?«, brachte sich Jürgen wieder ein.

»Da wird sich schon etwas im Keller finden lassen«, meinte Gabathuler.

»Dann hol die doch mal. Marion wird dir gerne die Rosen schneiden.«

»Aber heute ist doch Sonntag. Willst du da wirklich arbeiten?«

»Das ist keine Arbeit für mich. Und irgendetwas muss ich ja machen«, beruhigte ihn Marion.

Gabathuler begriff, dass Jürgen sich deshalb für den Garten interessierte, um Marion von der Trauer und der offenen Situation um Angela etwas abzulenken. Ein kluger Mann, dieser Jürgen, dachte Gabathuler und stieg in den Keller.

Während Marion sich um die Rosen im Garten kümmerte, Jürgen ihr dabei assistierte und Jakob mit seinem Handy beschäftigt war, verschwand Gabathuler in der Küche und machte sich ans Mittagessen. Huhn mit Curry hatte er sich vorgestellt. Das beherrschte er ganz gut, und es war schnell gemacht. Und während er die Sauce in der Pfanne umrührte, schweiften seine Gedanken ab. Der schöne Abend bei Pia und Linus tauchte auf, aber auch das seltsame Gespräch mit Marchand. Dazu wollte er sich noch Zeit nehmen, um nach den richtigen Fragen zu suchen. Doch schließlich blieb er bei Frank hängen, der sich gestern den ganzen Tag über nicht gemeldet hatte. Das war ungewöhnlich für ihn.

»Habt ihr für heute Nachmittag schon Pläne?«, fragte er seine Gäste, nachdem alle einen warmen Teller mit Huhn, Reis und gelber Currysauce vor sich stehen hatten.

»Wir dachten, wir könnten uns ja mal Winterthur ansehen«, meinte Jürgen.

»Wenn wir schon hier sind«, bestätigte Marion. »Ist doch bestimmt eine schöne Stadt.«

Das konnte Gabathuler natürlich bestätigen, der in diesem Augenblick merkte, wie sich bei ihm so etwas wie Lokalpatriotismus zu regen begann.

»Muss ich da mitkommen?«, fragte Jakob. Gabathuler staunte über diese Frage, denn Jakob war bestimmt schon älter als zwanzig. Andererseits, wenn es in einer Familie einen starken Zusammenhalt gab, machte man offensichtlich vieles gemeinsam.

»Was willst du denn sonst machen?«, fragte Jürgen.

»Kann ich nicht einfach hierbleiben?«

»Roger ist bestimmt froh, wenn er heute Nachmittag mal etwas Ruhe hat«, wandte die Mutter ein. »Der Sonntagnachmittag ist wohl der einzige Moment, wo er ein bisschen frei hat.«

»Ganz so schlimm ist es nicht«, wehrte Gabathuler freundlich lächelnd ab. »Du kannst gerne hierbleiben. Nur, ich kann mich nicht besonders um dich kümmern. Ich muss ein paar Anrufe machen.«

»Kein Problem«, sagte Jakob. »Hast du Netflix?«

»Habe ich«, meinte Gabathuler lächelnd.

»Dann bleib ich gerne da.«

Mit diesem Ergebnis des Gesprächs schien sich auch die Mutter anfreunden zu können. Nach dem Essen erklärte Gabathuler Jakob die Fernbedienung und brachte die Eltern zum Bus. Dann setzte er sich in sein Arbeitszimmer, schloss die Tür hinter sich und dachte nach.

Zum einen stand ein Anruf bei Barbara im Südtirol auf dem Plan. Zum andern hatte er seit Freitagabend nichts mehr von Bettina gehört. Er hätte zu gern wenigstens kurz mit ihr gesprochen. Dann aber kam ihm wieder Frank und sein Schweigen in den Sinn. Gabathuler beschloss, als Erstes seinen Freund anzurufen.

»Du wartest auf einen Rückruf von mir, ich weiß«, sagte

Frank, gleich nachdem die Verbindung zustande gekommen war. »Ich hab's nicht vergessen.«

»Ich muss den Eltern etwas sagen können. Spätestens morgen werden mir die Ausreden ausgehen.«

»Das ist mir schon klar. Nur, die zuständigen Stellen waren tatsächlich sehr dünn besetzt. Bis ich da mal jemanden erreicht habe!«

»Aber was hast du denn herausgefunden?«

»Im Grunde nichts.«

»Was heißt das?« Gabathuler verstand nicht. Oder wollte nicht verstehen. »Wo liegt Angela denn jetzt?«

»Das ist ja gerade das Problem! Sie ist nirgends zu finden.«

»Aber sie kann sich doch nicht in Luft aufgelöst haben!«

»Sollte man meinen«, bestätigte Frank.

»Ja, und was jetzt?«

»Das habe ich mir natürlich auch überlegt. Und die einzige Erklärung, die mir wenigstens halbwegs einleuchtet, ist, dass Angela die psychiatrische Klinik nie verlassen hat.«

»Sie liegt immer noch in ihrem Zimmer?«

»Das nicht«, sagte Frank ruhig. »Ich konnte mit einem Kollegen der Spurensicherung reden. Der hat gesagt, dass der Bezirksarzt sich Angela angeschaut und dann ihre Überführung auf die Gerichtsmedizin angeordnet hat. Etwa eine Stunde später seien dann die Beamten mit dem grauen Sarg vorbeigekommen und hätten Angela abtransportiert.«

»Und die haben sie dann unterwegs verloren, oder was?«, fragte Gabathuler.

»Klingt nicht sehr plausibel, nicht wahr?«, meinte Frank darauf lapidar. »Daher vermute ich, dass, aus welchem Grund auch immer, die Leiche die Klinik gar nie verlassen hat. Und es kommt noch besser: Gerade eben habe ich die Meldung bekommen, dass sich in der psychiatrischen Klinik einiges tut. Die Geheimdienste tummeln sich dort plötzlich. Die scheinen die Leiche ebenfalls zu vermissen.«

»Aber wo werden die sie hingebracht haben?«

»Das müsste man vor Ort abklären.«

»Eine Hausdurchsuchung?«

»Ich würde erst mal nicht so offiziell einsteigen, sondern versuchen, durch Befragungen etwas herauszufinden.«

»Das hat was«, sagte Gabathuler nachdenklich. »Hast du Zeit?«

»Was, ich?«

»Ich denke, wenn wir zusammen in die Klinik gehen, dann strahlt das eine gute Mischung zwischen offiziell und informell aus. Du mit deiner Marke bringst den offiziellen Touch mit. Und weil die mich dort kennen, müssen wir nicht gleich alle Papiere vorweisen können.«

Frank seufzte. »Einverstanden. Mal sehen, wie ich das meiner Frau erkläre.«

»Das schaffst du schon. Sagen wir, um fünf?«

Frank zögerte einen Moment, sagte dann aber: »Geht in Ordnung. Wir treffen uns auf dem Parkplatz der Klinik.«

Gabathuler hatte noch Zeit, sich bei Barbara zu melden. Da klopfte es an seine Bürotür. Es war Jakob.

»Ich geh raus, etwas spazieren.«

»Hast du nichts gefunden, das dir gefällt?«

»Nicht wirklich«, meinte Jakob. Gabathuler sah, dass Jakob wohl auch einfach den Kopf lüften wollte. Ein Spaziergang half, das aufgewühlte Innenleben zur Ruhe kommen zu lassen.

»Ich gebe dir meinen Ersatzschlüssel«, sagte Gabathuler. »So kannst du gehen und kommen, wie du willst.« Und dann fügte er noch an: »Ach ja, ich muss kurz vor fünf aus dem Haus und weiß nicht, wann ich wieder zurück sein werde. Vielleicht ist es gut, wenn du dann wieder da bist, damit du deine Eltern hereinlassen kannst.«

»Geht klar«, sagte Jakob.

Kurz darauf hörte Gabathuler, wie die Haustür ins Schloss fiel. Nun machte er sich daran, Barbara anzurufen. Bevor er per Mausklick die Videoverbindung aufbaute, zögerte er einen Moment. Er musste an den gestrigen Abend bei Pia denken. Er fragte sich, ob er das Richtige getan hatte. Er merkte jedenfalls, dass jener Moment, nachdem Linus ins Bett gegangen war, auch etwas in seiner Sicht auf Barbara verändert hatte. Er liebte Barbara, und natürlich liebte er seinen Sohn Noah. Aber er liebte auch seine Unabhängigkeit. Und die Art der Fernbeziehung, die sich nun zwischen ihm und Barbara abzuzeichnen begann, war genau das, was er nicht wollte. Er war den beiden im Südtirol verpflichtet, konnte aber nicht wirklich eine Beziehung zu ihnen aufbauen. Da war Pias unausgesprochenes Angebot nach den ausgezeichneten Spaghetti schon eine Versuchung gewesen. Gabathuler sah auf und blickte am Bildschirm vorbei in den Garten. Er spürte jenem Moment bei Pia nach und versuchte herauszufinden, wie sich die Entscheidung, nicht mit ihr zu schlafen, für ihn anfühlte. Er musste nicht lange nachdenken. »Gut«, sagte er vor sich hin. Denn er hatte damit nicht nur seine eigenen Ansprüche an ein professionelles Verhalten einem Gemeindeglied gegenüber erfüllt. Die Tatsache, dass Pia nicht wusste, dass er damals ihren Mann erschossen hatte, hätte der ganzen Sache zudem einen sehr schrägen Beigeschmack verliehen. Und es wäre natürlich bei aller Distanz, die sich zwischen ihm und Barbara einzustellen begann, ihr und Noah gegenüber nicht fair gewesen. Aber der kurze Moment der

Versuchung hatte auch etwas Klärendes. Er stellte ihm die Frage, was er denn wollte. Was er von sich und seiner Partnerin im Hinblick auf ein gemeinsames Leben erwartete. Insofern war er Pia für ihr Angebot, über das Glas Wein hinaus bei ihr zu bleiben, auch dankbar.

Gabathuler klickte auf den Link.

»Hallo!«, begrüßte ihn Barbara, die gerade Noah an die Brust gelegt hatte.

»Der ist aber spät dran mit dem Mittagessen.«

»Er weigert sich noch, die traditionellen Essenszeiten einzuhalten.«

»Könnt ihr an Pfingsten nach Winterthur kommen?«

Barbara sah von Noah auf und blickte in den Bildschirm. Und nicht ihm ins Gesicht. Das war es, was Gabathuler an den Videocalls so irritierte. Das Gegenüber schaute immer in den Bildschirm und damit eben nicht in die Kamera. Dadurch bekamen die Gespräche aus Gabathulers Sicht immer einen indirekten Anstrich. Und so fühlte sich denn auch die Antwort von Barbara an, als spräche sie ganz gerne an Gabathuler vorbei. »Du, ich kann jetzt nicht weg. Ich arbeite fast sieben Tage die Woche. Und wenn wir nicht im Weinberg sind, dann muss ich zusehen, dass ich hier unten die Kontakte pflege.«

»Und wie machst du das mit Noah?«

»Im Moment kann ich ihn gut mitnehmen. Der ist ganz zufrieden in seinem Kindersitzchen. Und mit Frau Gruber habe ich schon gesprochen. Wenn ich abgestillt habe, wird sie gerne auf ihn aufpassen. Sie ist ja eh da.«

Barbara hatte sich gut organisiert und war schon wieder ganz auf ihre Weinreben fokussiert.

»Soll ich zu euch kommen?«, fragte er daraufhin.

Noah brauchte gerade die ganze Aufmerksamkeit der Mutter, da sein Mund offenbar die Quelle der Muttermilch suchte. Ganz auf den Kleinen konzentriert, sagte sie: »Klar. Gerne. Wann kannst du denn hier sein?«

»Wenn ich gleich nach dem Gottesdienst losfahre, bin ich zwischen drei und vier Uhr bei euch.«

Barbara nahm nun den Kleinen auf, der offensichtlich genug hatte, schaute ihm liebevoll ins Gesicht und legte ihn dann an ihre Schulter, damit er das obligate Bäuerchen machen konnte. Sanft tätschelte sie seinen Rücken.

»Ich kann allerdings«, fuhr Gabathuler fort, »nur gut vierundzwanzig Stunden bleiben. Ich habe am Dienstagmorgen eine Sitzung, bei der ich anwesend sein muss.«

Barbaras Blick blieb auf ihren Sohn gerichtet, als sie mehr nebenbei meinte: »Das ist doch gut. Dann siehst du deinen Sohn, und ich habe etwas Entlastung.« Dann sagte sie: »Ich muss Schluss machen. Noah kann besser loslassen, wenn ich ein wenig mit ihm durchs Haus spaziere.« Mit einem Luftkuss verabschiedete sie sich und drückte den Knopf. Das Bild verschwand.

»Die Begeisterung über mein Kommen hielt sich in engen Grenzen«, sagte Gabathuler laut vor sich hin. Er wusste nicht so recht, wie er das interpretieren sollte. Aber schon der Anruf vor einer Woche war von einer eigenartigen Nüchternheit geprägt gewesen. Damals hatte er nicht nachfragen können, weil er in den Gottesdienst musste. Wo führt das noch hin?, fragte er sich.

Er sah auf die Uhr. Es war noch nicht an der Zeit, in die Psychiatrie zu gehen. Sollte er sich einen Kaffee machen? Gabathuler ging in die Küche, stellte eine Tasse in die Maschine und drückte den Knopf. Die Maschine heulte auf, mahlte die Bohnen und wurde schließlich deutlich ruhiger, als sie das heiße Wasser durch das fein gemahlene Kaffeepulver pumpte. Gabathuler goss Milch in den Kaffee und genoss den ersten Schluck. Doch dann stellte er die Tasse abrupt wieder hin und begab sich zurück in sein Büro. Es störte ihn, dass er noch nichts von Bettina gehört hatte. Er griff nach seinem Handy und wählte ihre Nummer.

»Dich wollte ich auch gerade anrufen«, begrüßte sie ihn.

»Wieso höre ich nichts von dir?«, beschwerte sich Gabathuler.

»Weil ich bis jetzt kaum etwas zu berichten hatte.«

»Aber jetzt hast du etwas?«

»Ich glaube schon.«

»Na, dann schieß mal los!«

»Also, am Freitagabend habe ich mich eingewiesen und habe mich gleich am Samstag drangemacht, etwas über deine Kollegin Esther Wälti herauszufinden. Unter dem Vorwand, die Klinikseelsorgerin sprechen zu wollen, habe ich an ihre Bürotür geklopft, und als niemand öffnete, bin ich hineingegangen.«

»Und?«

»Es war tatsächlich niemand da. Aber die Einrichtung war ungewöhnlich.«

»Inwiefern?«

»Es standen ganz viele Computer da, alles war verkabelt und die Rückwand ganz grün. Ich verstehe ja nichts davon, aber das Büro einer Pfarrerin hätte ich mir anders vorgestellt.«

»Ja, sie hat eine Onlinekirche kennengelernt und ist völlig darauf abgefahren.«

»Irgendwie sah das für mich alles nicht nach Gottesdienst feiern aus.«

»Was hast du sonst noch herausgefunden?«

»Als ich heute nach dem Frühstück auf mein Zimmer zurückging, bekam ich einen lauten Streit zwischen der Klinikdirektorin und der Wälti mit.«

»Worum ging es?«

»Ich konnte ja schlecht stehen bleiben und zuhören. Aber ich glaube, die Direktorin sagte, dass Wälti sich nicht in der Klinik aufhalten könne, wenn sie krankgeschrieben sei. Und Wälti tickte richtig aus. Sie schrie die Direktorin an: Sie, die Direktorin, habe ja keine Ahnung. Und die Welt werde sich komplett verändern, die KI werde alles übernehmen und dann auch die Direktorin überflüssig machen.«

»Oje, das klingt, als hätte Esther selber psychiatrische Hilfe nötig.«

»Das kann man wirklich sagen!«

»Sonst noch was?«

»Reicht das nicht?«

»Doch, natürlich. Hör mal, Frank und ich kommen heute Nachmittag in die Klinik. Die Leiche von Angela ist nämlich verschwunden. Wir machen uns vor Ort mal schlau. Falls wir uns sehen, wir kennen uns nicht, gell?«

Gabathuler legte das Smartphone hin.

Auf dem Parkplatz vor der Klinik musste Gabathuler ein paar Minuten warten, bis Frank eintraf. Das war angesichts der Tatsache, dass er an einem Sonntag von seiner Familie wegmusste, verständlich.

»Wo fangen wir mit der Suche an?«, fragte Frank nach der Begrüßung.

Gabathuler meinte: »Ich habe gedacht, dass wir uns vom Rand gegen die Mitte vorarbeiten.«

»Das musst du mir genauer erklären.«

»Wenn die Leiche die Klinik nicht verlassen hat, dann würde ich am Empfang beginnen und dort fragen, was der junge Herr weiß. Und von da gehen wir weiter.«

»Gute Idee«, meinte Frank und fügte mit ernster Miene an: »Eines noch.«

»Ja?«

Frank hielt Gabathuler eine Pistole hin. »Wir werden dort nicht alleine sein. Die Amis sind da drin. Und die Briten und sogar die Deutschen.« Er hob die Pistole leicht an. »Nimm sie, man kann nie wissen.«

Gabathuler sah in das ernste Gesicht seines Freundes. Dann wanderte sein Blick zur Pistole und schließlich wieder zurück zu Frank. Gabathuler nahm die Pistole an und steckte sie unter der Jacke im Rücken in seinen Hosenbund.

Am Eingang saß wieder Martin und hatte ein Buch vor sich liegen.

»Immer fleißig am Lernen«, sagte Gabathuler anerkennend.

»Ich verbinde gerne das Gute mit dem Nützlichen.«

»Ein richtiger Student eben! Übrigens, das ist Frank Herzog von der Polizei.«

Frank zeigte seine Marke. Martin blickte kurz drauf, wirkte aber nicht sonderlich beeindruckt. Sachlich fragte er: »Womit kann ich dienen?«

»Du hattest ja auch an Himmelfahrt Dienst hier, nicht wahr?«

»Wir haben ja noch miteinander gesprochen«, bestätigte Martin.

»Meine Frage ist«, fuhr Gabathuler fort, »wie lange warst du an jenem Tag hier?«

»Da hatte ich Frühdienst, konnte also um vier gehen.«

»Also hast du sicherlich mitbekommen, dass am Morgen eine Patientin gestorben ist.«

»Ja, da hatten wir das Haus voller Polizei, so schien es jedenfalls.«

»Meine Frage ist nun, warst du auch da, als die Beamten mit dem Sarg kamen, um die Verstorbene abzuholen?«

»Ja klar. Die haben mir leidgetan. Das war eine Doppelbuchung.«

Gabathuler runzelte die Stirn, und Frank, der sich bisher eher im Hintergrund gehalten hatte, trat einen Schritt näher und fragte: »Eine Doppelbuchung?«

»Ich nenne das so«, erklärte Martin, »wenn zwei Personen für denselben Auftrag aufgeboten werden. Und in diesem Fall waren es sogar zwei Teams.«

Das interessierte die beiden. Gabathuler fragte nach: »Zwei Teams waren da?«

»Sag ich doch.«

»Wann sind denn die gekommen?«, schaltete sich Frank ein.

Martin schaute in seinem Computer nach. »Das erste Team kam um zwölf Uhr fünfzig. Eine knappe Stunde, nachdem der Bezirksarzt gegangen war.«

»Und das zweite Team?«

»Kam zwanzig Minuten später«, meinte Martin mit Blick auf seinen Bildschirm.

»Da kann etwas nicht stimmen«, wandte Frank ein.

»Die Einträge hier im Computer sind korrekt«, sagte Martin. »Allerdings ist mir das erste Team aufgefallen, weil deren Uniformen so schlecht saßen. Ich dachte noch, die Armen, sind wohl eben erst aus dem Bett geholt worden.«

»Und wann ist das zweite Team aufgekreuzt?«, fragte Gabathuler weiter.

Martin wiederholte: »Wie gesagt: Zwanzig Minuten später.«

»Und was haben die gemacht?«, fragte Frank weiter. »Die konnten die Leiche ja nicht noch einmal abholen.«

»Als ich denen sagte, dass ihre Kollegen bereits eingetroffen seien, haben sie auf dem Absatz kehrtgemacht und sind schimpfend davongezogen.«

Gabathuler setzte nach. »Hast du denn die ersten beiden gesehen, wie sie später mit dem Sarg die Klinik verlassen haben?«

Martin dachte einen Moment nach. »Nein, habe ich nicht«, musste er schließlich zugeben. »Das fällt mir erst jetzt auf. Wahrscheinlich habe ich nicht darauf geachtet, weil auch sonst so viel los war. Polizei und so, du verstehst.«

Gabathuler verstand. Frank fasste zusammen, was allen dreien dämmerte: »Dann könnte es also gut sein, dass die Leiche von Angela Friedrichs die Klinik nie verlassen hat.«

»Aber wo tut man so eine Leiche hin?«, fragte Gabathuler. Alle drei schwiegen. Dann meinte Martin: »Die müsste man ja …« Er begann auf seinem Bildschirm herumzuklicken. Gabathuler fragte sich, was er dort finden wollte. Erklärte sich dann aber Martins Tun damit, dass seine Generation es gewohnt war, auf alle Fragen die Antwort im Computer zu finden. »… in einen Kühlraum legen«, beendete Martin seinen Gedankengang. Gabathulers und Franks Aufmerksamkeit war noch ganz auf Martins Suche gerichtet, als hinter ihnen jemand ruhig, aber sehr deutlich fragte: »Wo geht's denn hier zu den Kellergeschossen?«

Es war Hug. Sie stand in ihrer ganz selbstverständlich ruhigen Art da und wartete auf Antwort. Nur die etwas schmaleren Lippen verrieten Gabathuler, dass ihre Anspannung höher war als üblich.

Martin reagierte unwillkürlich auf den gebieterischen Unterton in ihrer Stimme und zeigte hinter sich. »Da die Treppe hinunter. Es gibt nur ein Kellergeschoss.«

Ohne weitere Anweisungen steuert Hug das Treppenhaus an. Frank und Gabathuler folgten. Im Kellergeschoss hielt Hug kurz an und informierte die beiden Männer.

»Unsere Spezialisten haben gehört, dass die anderen Geheimdienste sich nicht nur in die Klinik begeben haben, sondern nun im Keller aufeinandergetroffen sind. Sie haben dort irgendetwas gefunden. Da wollen wir sie nicht alleine lassen.«

»Was haben Sie vor?«, fragte Frank.

»Wir werden in bewährter Weise mal vorbeigehen und fragen, ob wir helfen können«, antwortete Hug. »Haben Sie ihm die Waffe gegeben?«, fragte sie mit Verweis auf Gabathuler. Frank nickte. Hug ging los. Frank und Gabathuler folgten ihr. Sie gingen einen langen Flur entlang, der sich nach den ersten Schritten wie von selbst erleuchtete. Am Ende bogen sie nach rechts. Wieder schaltete sich die Beleuchtung ein. Hug blieb stehen und lauschte. Gabathuler glaubte, in der Ferne Stimmen zu hören. Hug schien es gleich zu gehen. Sie gingen weiter. Nach wenigen Metern zweigte ein weiterer Flur nach links ab. Dort hielt Hug erneut inne, schob den Kopf vorsichtig um die Ecke und blickte den Flur hinunter. Die Männer taten es ihr gleich. In der hinteren Hälfte stand eine Tür offen, und ein Lichtkegel fiel hinaus. Hug griff in ihre Handtasche. Behielt die Hand aber drin. Frank zog seine Waffe hervor. Gabathuler tat es ihm gleich. Dann gingen sie los. Die Stimmen wurden nun deutlicher. Wieder erhellte sich der Flur von selbst. Aber das schienen die Männer im Kellerraum nicht zu bemerken. Hinter der Tür blieb Hug noch einmal stehen. Sie schaute zu Frank und zu Gabathuler. Die erwiderten den Blick und warteten auf ihr Zeichen. Dann nickte Hug und betrat den Kellerraum.

Sogleich ging ein großes Rufen und Befehlen los. Stimmen riefen durcheinander. Frank folgte seiner Chefin, die Waffe im Anschlag. Gabathuler betrat den Raum als Letzter. Sogleich erkannte er Schulz, der noch immer ein lädiertes Gesicht von der Schlägerei mit Gabathuler hatte. Wild rufend hielt er seine Pistole auf die drei Neuankömmlinge gerichtet. Neben ihm stand der Mann vom britischen Geheimdienst. Auch er hatte einen Revolver gezogen, schien aber doch eine gewisse Ruhe bewahren zu können. Und auf der anderen Seite fuchtelte der Kollege vom deutschen Geheimdienst in seiner albernen Reinigungsuniform mit der Waffe herum. Während Frank und Gabathuler aufmerksam die Situation scannten und jederzeit für eine Schussabgabe bereit gewesen wären, richtete Hug sich auf und sagte mit erstaunlich lauter und klarer Stimme: »Okay! Ganz ruhig!« Mit ihrer linken Hand unterstützte sie die beschwichtigende Haltung. Die rechte behielt sie in ihrer Handtasche. »Nun atmen wir alle mal tief durch.«

Die Stimmung beruhigte sich ganz langsam. Die Bewegungen der drei überraschten Männer wurden ruhiger, ihre Stimmen leiser. Alle nahmen ihre Waffen langsam herunter, aber keiner steckte sie weg.

»So ist's recht«, beschwichtigte Hug weiter. »Wir wollen doch nicht, dass jemand verletzt wird.«

»Was machen Sie denn hier?« Der Brite schien als Erster wieder einen klaren Kopf zu haben.

»Dasselbe könnte ich Sie fragen«, erwiderte Hug.

»Nein, ich meine Sie«, präzisierte der Brite und wies auf Gabathuler. »Sie sind doch Pfarrer?«

Gabathuler hatte sich ebenfalls aufgerichtet. Er schaute kurz auf seine Waffe und meinte: »Ach, das ist eine lange Geschichte.«

»Daher nun meine Frage an Sie«, setzte Hug wieder ein. »Was machen Sie alle drei hier unten?«

»Na ja, wir wollen alle dasselbe«, brachte sich der Deutsche ein.

»Also zum Putzen bin ich nicht hierhergekommen.« Diesen Spruch konnte sich Gabathuler nicht verkneifen.

»Das nennt man Tarnung«, belehrte ihn der Deutsche. Gabathuler hätte darauf gerne reagiert, wurde aber von Hug unterbrochen.

»Wir suchen den Braincode«, sagte sie und fügte dann noch schnell an: »Und die Leiche natürlich.«

»Dann wird Sie interessieren, was wir hier gefunden haben.« Schulz ging zu einer Art Duschvorhang, der einen Teil der Seitenwand abdeckte. Mit einem Ruck zog er ihn zur Seite und gab so den Blick frei auf einen gemauerten Kubus von der Länge einer Badewanne.

Hug stand am nächsten und erkannte daher auch als Erste, was es da zu sehen gab. Mit einem »Herrje!« wich sie einen halben Schritt zurück, wandte ihre Augen aber keine Sekunde ab.

Frank folgte als Nächster: »Was ist das denn!«, rief er aus. Und fügte mit noch größerem Entsetzen an: »Das darf doch nicht wahr sein!«

Gabathuler sah nur den gemauerten Kubus, aus dem diverse Kabel herauskamen. Auch er ging auf das Objekt zu, stellte sich neben Frank – und erblickte, was zuvor Hug und seinen Freund so erschreckt hatte. Es verschlug ihm die Sprache. Sein Magen drohte sich umzudrehen.

11

Gabathuler konnte seine Augen nicht losreißen von der schrecklichen, bizarren Szenerie, die sich vor ihm aufgetan hatte. In der kleinen Wand war eine Wanne eingemauert, in der die tote Angela in einer klaren Flüssigkeit schwamm. Die Schädeldecke war aufgeschnitten, und am freiliegenden Hirn waren Kabel angeschlossen.

»Was ist das denn für eine kranke Scheiße!«, entfuhr es ihm.

Hug versuchte ruhig zu bleiben und meinte nüchtern: »Wenigstens wissen wir jetzt, wo die Leiche ist.«

Und Frank fragte mit hörbarem Entsetzen: »Wer tut so etwas?«

Der Mann vom britischen Geheimdienst versuchte sich an einer Antwort: Offensichtlich gebe es da eine Partei, die ebenfalls den Braincode suche und hoffe, durch Anschluss des Hirns an einen Computer diesen herunterzuladen.

»Das ist doch krank«, wiederholte Gabathuler.

Der Brite bestätigte: »Absolut. Nur, ein krankes Hirn weiß nicht, dass es krank ist.«

»Darum hat man die Psychiatrie erfunden«, meinte Schulz sarkastisch. Der Amerikaner war sichtlich frustriert.

Der Deutsche, er hieß Schröder, wie Gabathuler irgendwann herausfand, fragte: »Und was machen wir jetzt?«

In diesem Moment knallte die Tür zu, und die kleine Schar konnte hören, wie außen die Riegel vorgeschoben wurden. Frank stürzte zur Tür und versuchte sie zu öffnen, Gabathuler und Schröder taten es ihm gleich. Doch da war nichts zu machen. Die Tür blieb verschlossen. Schröder enervierte sich: »Wie kommt es, dass die Tür sich nur von außen verschließen und öffnen lässt? Das widerspricht doch jeder gesetzgeberischen Vernunft!«

»Sie sind in der Psychiatrie, Herr Schröder. Schon vergessen?« Hug war immer noch ruhig. Aber ihre Stimme hatte einen verärgerten Unterton.

Alle prüften ihre Smartphones und kamen zu demselben Ergebnis. Hier unten gab es keinen Empfang.

Für einen Moment schien sich Ratlosigkeit breitzumachen. Keiner sagte etwas. Aber alle studierten an Möglichkeiten herum, ihr Gefängnis zu verlassen. Das war ihnen anzusehen. Schulz war der Erste, der etwas unternahm. Wütend und mit aller Kraft warf er sich gegen die Tür, in der Hoffnung, sie mit roher Gewalt aufstoßen zu können. Er versuchte es dreimal. Dann gab er erschöpft auf, und Schröder schritt zur Tat. Er zückte einen Schraubenzieher aus seiner Hosentasche und untersuchte die Ränder der Tür, ob es etwas aufzuschrauben gäbe. Aber da war nichts. Er trommelte zwei-, dreimal mit dem Schraubenzieher aufs Türblatt und zog sich dann wieder zurück.

Die anderen begannen den Raum zu durchsuchen, nach Hilfsmitteln oder Informationen aller Art. Nur der Brite zog sich einen Stuhl heran, setzte sich und lehnte sich zurück. »Ich denke, uns bleibt nichts anderes übrig, als abzuwarten«, meinte er mit demonstrativer Gelassenheit. »Wer auch immer uns hier eingesperrt hat, wird früher oder später wieder herkommen.«

»Woher nehmen Sie diese Zuversicht?«, fragte Schulz leicht enerviert. »Die Chinesen sind die großen Abwesenden hier unten. Was, wenn die uns eingesperrt haben? Die müssen nicht hierherkommen. Die können uns in aller Ruhe in diesem Raum verrotten lassen.«

Der Brite wandte sich an Hug. »Was meinen Sie, wie lange wird es dauern, bis Ihre Leute Sie vermissen?«

Nun zog auch Hug einen Stuhl zu sich und setzte sich. »Eine Stunde. Höchstens.«

Darauf ließen auch Frank und Gabathuler die Schultern hängen. Gabathuler gefiel es gar nicht, die Hände in den Schoß legen zu müssen. Aber er hatte keine bessere Idee. Also setzte er sich Hug gegenüber auf den letzten freien Stuhl. Frank platzierte sich neben Hug auf den Boden. Aber sie mussten nicht lange ausharren. Schröder war noch dabei, sich einen Sitzplatz zu organisieren, als auf einmal der große Bildschirm an der Wand zum Leben erwachte. Zuerst war nur ein Rauschen zu sehen. Dann blitzten ein paarmal Farben auf, und schließlich etablierte sich ein Bild, das alle in Erstaunen versetzte, Gabathuler wohl noch viel mehr als die anderen.

»Guten Abend, meine Herren!«, wurden die Eingekerkerten mit schriller Stimme begrüßt. Ihren Gesichtern war zu entnehmen, dass sie angestrengt nachdachten, wer denn da zu ihnen redete. Nur Gabathuler erkannte die Frau sogleich. Vom Bildschirm herunter sprach – Esther Wälti!

»Du?«, fragte Gabathuler fassungslos. »Was machst denn du da?«

»So trifft man sich wieder, Roger.« Wältis Stimme wurde nicht wärmer. »Du hättest nicht hierherkommen sollen.«

»Was soll das alles? Und was hast du mit Angela gemacht?«

»Angela ist ein vom Himmel gesandtes Geschenk an die Menschheit.«

»Weshalb hast du sie dann umgebracht?«

Unwirsch erwiderte Wälti: »Ich habe sie nicht umgebracht. Aber ihr Tod war das Geschenk an die Welt.«

»Was soll das jetzt wieder heißen?«

»Ich habe mich aufgemacht, die Kirche zu retten und mit ihr die ganze Welt.«

»Und wie soll das gehen?«

»Ich habe den Braincode!«

»Einen Scheiß hat sie«, raunte Hug.

»Oh doch, ich habe sehr wohl den Braincode!«, schrie Wälti, und triumphierend hielt sie den Kirchen-Memorystick hoch. »Diesen Stick habe ich in ihrem Zimmer gefunden. Hier ist der Code drauf!«

»Aber du kannst das Dokument nicht öffnen. Denn dazu musst du den Stimmabdruck von Angela haben. Und das geht nun ja nicht mehr.«

»Du bist gut, Roger. Sehr gut. Aber ich bin besser. Denn Angela hat daran gedacht, dass es eine Möglichkeit geben muss, den Code auch anders zu öffnen.«

»Dann war Angela besser, nicht du.« Gabathuler wurde frecher.

»Unterbrich mich nicht!«, schrie Wälti ihn an. »Zwölf Zeichen sind nötig, in der richtigen Reihenfolge, dann öffnet sich das Tor zum Braincode.«

»Und die kennst du?«

»Nein«, meinte Wälti nun wieder etwas ruhiger. »Aber Marchand selbst hat als junger Assistent bewiesen, dass das Hirn Reize über den Sehnerv verarbeiten kann, selbst wenn der restliche Körper tot ist. Und diese Reize werde ich bei ihr auslösen, indem ich ihr die Zeichen vor die Augen halte. Und wenn der Bildschirm aufleuchtet, habe ich eines der zwölf Zeichen gefunden.«

Nun wurde Gabathuler ärgerlich. »Das ist doch alles ein

Witz! Das gilt doch nicht mehr für Angelas Hirn! Das ist so tot, wie ein Hirn nur tot sein kann!«

»Widersprich mir nicht! Ich werde den Code öffnen, und dann werde ich mithilfe der künstlichen Intelligenz Produkte schaffen, die die Menschen glücklich und zufrieden machen. Wir werden Filme produzieren und Onlinegames entwickeln, die besser sind als alles, was man sich heute vorstellen kann. Und vor allem wird die Kirche aus der Asche ihrer verlorenen Volkskirchlichkeit zu neuem, weltumspannendem Leben auferstehen. Wir werden eine Kirche designen mit wunderbarer Musik. Eine Kirche, die wahren Festcharakter hat und in der großartig gepredigt wird. Und zwar jeden Sonntag!«

»Wer ist ›wir‹? Ich werde dir dabei bestimmt nicht helfen.«

»Genug!« Wältis irr-seliges Lächeln, das sich beim Ausmalen der rosigen Zukunft der Kirche auf ihrem Gesicht gezeigt hatte, war wieder verschwunden. »Du wirst jetzt tun, was ich dir sage.«

»Was soll das sein?«

»An der Rückwand ist ein Tisch mit einer Schublade. Die öffnest du. Darin ist ein Bündel Kabelbinder. Die habt ihr bestimmt schon gefunden.« Wältis Stimme war ruhig, aber immer noch scharf.

Mir gefällt nicht, wo das hinführt, dachte Gabathuler bei sich. Die Frau ist echt krank. Er hob die Kabelbinder in die Höhe.

»Gut gemacht«, applaudierte Wälti.

»So schwierig war das nun auch wieder nicht.«

»Deine spitzen Bemerkungen werden dir schon noch vergehen.« Sie holte Luft. »Los! Fessle alle im Raum.«

Alle redeten nun durcheinander: »Was?« – »Das ist doch lächerlich.« – »Nun mach mal halblang!«

»Was soll ich?«, fragte Gabathuler schließlich.

Langsam und überdeutlich sagte Wälti: »Du sollst alle, die mit dir im Raum sind, an einen Stuhl fesseln.«

»Es hat gar nicht so viele Stühle!«, protestierte Gabathuler.

»Jetzt mach schon!« Wälti zog eine Pistole aus der Tasche ihres Kittels und hielt sie drohend auf den Bildschirm gerichtet.

Gabathuler blieb ruhig. »Du weißt aber schon, dass es mich nicht trifft, wenn du in die Kamera schießt?«

»Trifft es dich auch nicht, wenn ich die Direktorin erschieße?« Wälti griff in einen Bereich außerhalb des Blickfeldes und rollte einen Bürostuhl heran, auf dem die Steffensky saß, gefesselt und geknebelt.

Das veränderte die Situation. »Du wirst doch jetzt nicht … Esther, das kann nicht dein Ernst sein.« Wälti drückte ab. Es gab einen lauten Knall, und die Direktorin sackte in sich zusammen.

»Mach endlich! Oder ich greife mir die nächstbeste Person, die hier vorbeikommt, und erschieße auch sie, und dann die nächste und die nächste!« Wälti hatte einen hochroten Kopf.

»Nun machen Sie schon, Gabathuler«, meldete sich Hug zu Wort. »Sonst gibt es noch ein Massaker.«

»Hör auf die Frau, Roger«, keifte Wälti. »Das scheint eine kluge Dame zu sein.«

Gabathuler sah ein, dass er gehorchen musste, und begann damit, Hug an ihren Stuhl zu fesseln.

»Die Beine an die Stuhlbeine, die Arme an die Armlehnen«, befahl Wälti.

Gabathuler machte sich an Hugs Armen zu schaffen. Hug flüsterte ihm zu: »Machen Sie langsam. Meine Leute werden bald da sein.«

»Die sollten sich aber beeilen«, flüsterte Gabathuler zurück.

»Ruhe!«, schrie Wälti in ihr Mikrophon, sodass der Lautsprecher im Kellerraum schepperte. Die anderen band Gabathuler schweigend an ihren Stuhl oder einfach die Hände auf dem Rücken zusammen.

»Und nun dich selber«, befahl Wälti, als alle anderen gefesselt waren.

»Wie soll das gehen?«, protestierte Gabathuler, der Zeit schinden wollte.

»Du wirst das schon schaffen«, meinte Wälti herablassend. Und als Gabathuler nur langsam machte und sich ungeschickt anstellte, schrie Wälti wieder: »Vorwärts! Du willst nicht, dass ich bei euch vorbeikomme!«

Wieso eigentlich nicht, dachte Gabathuler bei sich, war aber dann doch bestrebt, Wälti nicht noch mehr zu provozieren. Zu unberechenbar war ihr Verhalten. Er band seine Beine zusammen und einen Arm an der Rücklehne von Hugs Stuhl. »Den zweiten Arm schaffe ich aber beim besten Willen nicht«, erklärte er Wälti.

Sie dachte kurz nach, dann sagte sie: »Ist in Ordnung. Das reicht. In wenigen Minuten wird das alles ohnehin keine Rolle mehr spielen.«

Auch diese Ansage gefiel Gabathuler überhaupt nicht. »Was hast du vor?«, fragte er, und der Deutsche sekundierte ihm: »Ja, was haben Sie mit uns vor?«

Wälti legte ihre Waffe beiseite und lächelte. »Keine Angst! Ihr werdet nichts spüren. Friedlich einschlafen werdet ihr.« Wälti begann, mit der Maus auf ihrem Bildschirm herumzuklicken. »Es hat mich einiges gekostet, das zu installieren …«, sagte sie halb abwesend. »Und ich muss gestehen … dass ich nicht … damit gerechnet habe, dass ich das auch tatsächlich benötigen werde. Doch nun bin ich froh, habe ich die Mühe nicht gescheut.« Zufrieden und irgendwie stolz schaute sie in die Kamera. »Adieu allerseits. Und schlaft gut!«, heuchelte sie und machte ein letztes »Klick« auf ihrem Bildschirm.

In diesem Moment begann es zu zischen. Über der Wanne, in der Angela lag, befanden sich kleine Düsen, auf denen CO_2 zu lesen war. Die hatte bis dahin niemand beachtet. »Wenn da tatsächlich drin ist, was draufsteht, dann haben wir noch etwas Zeit«, meinte der Brite. »Bis nämlich die Konzentration so hoch ist, dass wir ersticken, dauert es noch eine ganze Weile.«

Da mochte er recht haben. Trotzdem fand Gabathuler, Hugs Leute dürften nun langsam auftauchen. Aber bevor er eine entsprechende Bemerkung machen konnte, wurde ihre Aufmerksamkeit wieder auf den Bildschirm an der Wand gelenkt. Wälti schrie: »Was machen Sie denn hier?« Und noch bevor sie irgendetwas Weiteres sagen konnte, sahen die erstaunten Gefangenen, wie eine Frau ins Blickfeld der Kamera trat und mit einer Computertastatur Wälti eins überzog. Es war Bettina. Wälti taumelte nach hinten, versuchte sich am Tisch festzuhalten, aber da donnerte schon der nächste Hieb mit der Tastatur auf sie herunter. Nach zwei weiteren Schlägen schien sie bewusstlos am Boden zu liegen.

»Bettina!«, rief Gabathuler.

»Ja?« Nun blickte Bettina in den Bildschirm.

»Schön, dich zu sehen«, meinte Gabathuler erleichtert.

»Wo seid ihr?«

»Im Kellergeschoss. Ganz hinten.«

»Okay, ich komme.« Bettina verschwand aus dem Blickfeld. Gabathuler wollte ihr noch zurufen, sie solle Wältis Pistole mitnehmen. Doch dann wurde der Bildschirm plötzlich dunkel. Die Verbindung war abgebrochen.

»Sie kennen diese Frau?«, fragte Schulz schließlich.

»Ist seine Schwester«, erklärte Frank.

»Und warum habe ich nicht gewusst, dass sie in der Psychiatrie ist?« Hug war indigniert.

»Weil Roger mal wieder einen Alleingang beschlossen hat.« Auch Frank war offensichtlich verärgert.

»Nun, ich kann nichts Übles an diesem Alleingang erkennen«, meinte der Brite in seinem leicht englischen Akzent, »wird er uns doch aus unserer misslichen Lage befreien.«

»Hoffentlich findet sie uns bald«, meinte der Deutsche. »Es wird nämlich langsam unbequem hier.« Es war nicht ganz klar, ob er damit seine auf den Rücken gebundenen Hände meinte oder die Tatsache, dass das Gas weiter ausströmte. Aber Bettina hatte sich beeilt und war auf dem Weg zu ihrem Verlies. Schon hörten sie schnelle Schritte im Flur draußen. Alle riefen durcheinander: »Hier sind wir!« Dann hörten sie, wie sich jemand an den Riegeln zu schaffen machte. Offensichtlich ließen die sich nur schwer aufziehen. Einmal, zweimal und schließlich auch ein drittes Mal klackte es. Die Tür ging auf, und Bettina trat herein.

»Was ist denn hier für eine üble Luft?«, fragte sie.

»Schnell«, meinte der Deutsche, »das ist Gas!«

Nun hörte auch Bettina das zischende Geräusch des ausströmenden Gases, verstand die Situation und begann zu hantieren. Aber das Gas strömte ungehindert weiter.

»Lass das!«, zischte Gabathuler. »Wir haben andere Probleme.«

Bettina drehte sich um, dann sah sie die gefesselte Runde mit verschränkten Armen an. Süffisant fragte sie: »Sehe ich das richtig, dass hier lauter Geheimdienstler wehrlos vor mir sitzen?«

»Ich fürchte, Sie haben recht«, bestätigte der Engländer.

»Ist ja ein Ding!«, staunte Bettina.

»Bettina«, unterbrach Gabathuler seine Schwester, »bitte schneid uns los!«

»Recht hast du«, meinte Bettina nur und war wieder ganz nüchtern. Sie besah sich die Fesseln von Schulz, weil er ihr am nächsten saß. »Wisst ihr, wo es eine Schere oder ein Messer oder so etwas hat?«

»Schauen Sie sich um. Da muss doch irgendwo ein Messer sein«, meinte der Deutsche.

Der Engländer sagte: »In meiner Jackentasche finden Sie ein Schweizer Offiziersmesser. Die wohl beste Erfindung der Schweiz für das alltägliche Leben. Ich kann es nur nicht selber herausholen. Wenn Sie also bitte meine Jacke untersuchen wollen.«

Von so viel Höflichkeit beeindruckt, begab sich Bettina zum Briten, holte das Messer hervor und schnitt die Kabelbinder an seinen Händen und Beinen auf. Dann ging sie zu Gabathuler und befreite auch ihn. Schon wollte sie sich beim Deutschen zu schaffen machen, als ein lautes »Haa!« alle aufblicken ließ. In der Tür stand Wälti. Ihr Gesicht war zerschlagen, die Frisur völlig zerzaust, ihr Blick noch wütender, und in der Hand hielt sie wieder jene Pistole, von der Gabathuler sich gewünscht hätte, dass Bettina sie mitgenommen hätte. Abwechselnd hielt sie die Waffe auf eine der anwesenden Personen gerichtet.

»Das hätte euch so gepasst! Jaa! Aber so einfach lasse ich mich nicht übertölpeln! Nein! So einfach geht das nicht. Nun werdet ihr halt alle durch eine Kugel ins Jenseits gehen.«

»Esther! Ich bitte dich!« Gabathuler versuchte, den letzten Rest Vernunft in der Spitalseelsorgerin anzusprechen. Aber das war verlorene Liebesmüh.

»Schweig«, herrschte sie ihn an. »Du hast mich am allermeisten enttäuscht. Gemeinsam hätten wir die Welt retten und die Kirche zu neuem Leben erwecken können. Aber du hast mir ja nicht geglaubt! Nun soll es dir nicht anders ergehen als den anderen! Auf Nimmerwiedersehen!«, schrie sie und richtete die Pistole auf Gabathuler.

Dann knallte es.

Einen Moment blieb alles erstarrt. Mit wirrem Blick griff sich Wälti an die Brust, dann schaute sie ihre Hand an. Sie war blutrot. Erneut knallte es. Wälti stierte zur Tür und brach zusammen. Nun gingen auch alle anderen Blicke zur Tür, wo mit vorgehaltener Pistole ... John Ha erschien.

»Das wurde aber auch Zeit«, bemerkte Hug leicht indigniert.

Ha ging erst zu Wälti, schob mit dem Fuß ihre Pistole außer Reichweite und prüfte, ob sie tot war. Sie war tot. Dann ging er zu Hug: »Ist bei Ihnen alles in Ordnung?«

»Nein«, sagte sie für ihre Verhältnisse erstaunlich ungehalten. »Ich bin immer noch gefesselt.« Ha zog ein Messer hervor. »Ich bin so schnell gekommen, wie ich konnte.« Dann schnitt er mit geübter Hand die Kabelbinder auf. Zuerst bei Hug, dann bei Frank. Derweil tat Bettina das Gleiche beim Deutschen. Und bei Schulz.

»Kann mir mal bitte einer erklären, wer das ist?« Gabathuler war immer noch damit beschäftigt, die Situation zu verstehen. »Das ist John Ha. Den kennen Sie doch«, versuchte Schulz das Selbstverständliche zu benennen.

»Der hat doch Angela umgebracht.«

»Wie kommen Sie auf diese absurde Idee?«, wandte nun der Brite ein.

Gabathuler wurde ärgerlich. »Ich habe ihn gesehen, wie er aus Angelas Zimmer kam!«

»Das ist einer von uns, Roger«, erklärte Frank. »Ha hat sich als eine Art V-Mann bei Staudinger anstellen lassen, als der schweizerische Nachrichtendienst begriff, dass die Entdeckung des Braincodes bevorstehen könnte.« Gabathuler sah Frank stirnrunzelnd an. »Es ging ihm aber immer nur um Angela«, fuhr Frank fort.

»Ich habe Angela nicht umgebracht. Ich war einfach kurz vor Ihnen am Tatort.«

»Und wieso sind Sie dann davongerannt, als wir kamen?«

»Ich habe mich nicht vor der Begegnung mit Ihnen gescheut. Vielmehr sah ich noch eine kleine Chance, die Täter zu erwischen.«

»Wenn ich mal unterbrechen darf«, kam es von Hug, »wir haben einen Job zu erledigen. Wir müssen los.«

»Was für ein Job?« Gabathuler verstand weiterhin nicht. Aber keiner gab ihm Antwort. Stattdessen liefen alle los. Selbst Hugs Bewegungen waren nun unerwartet schnell.

»Komm schon«, raunte Frank Gabathuler zu. Der griff sich noch schnell die Waffe der Wälti und rannte schließlich zusammen mit Bettina hinter den anderen her durch die langen Gänge zurück. Schnell stiegen sie die Treppe empor und stürzten beim Haupteingang aus dem Gebäude. Dort sahen sie, wie der Brite, der Amerikaner und der Deutsche in bereitstehende Autos stiegen und mit quietschenden Reifen davonrasten. Gabathuler und Bettina schauten dem Geschehen staunend zu. Auch Frank stand tatenlos da.

Nur Hug rief ungeduldig in den Lärm hinein: »Und wo ist mein Wagen?«

Ha war der Einzige, der nicht auf die Autos der anderen Agenten geachtet hatte. Er stand auf dem Platz vor der Klinik und schaute in die Gegenrichtung. Genau genommen blickte er in den Himmel. »Die Fahrt dauert viel zu lange«, meinte er schließlich. Gebannt schaute er weiter in den Himmel.

»Was soll das heißen?«, fragte Hug genervt.

Dann erhellte sich Has Gesicht. »Da kommen sie!«, rief er aus und deutete zum Himmel. Die anderen konnten noch nicht erkennen, was er sah. Aber alle hörten nun das Schlagen und Rattern von Motoren. Und schließlich erkannten auch sie zwei Hubschrauber, die im Anflug waren.

»Wir fliegen«, sagte Ha triumphierend.

»Fliegen? Wo wollen Sie denn hinfliegen?« Gabathuler versuchte krampfhaft, die vorhandenen Informationen zu ordnen. Er sah zu Bettina.

»Ich verstehe noch weniger«, meinte sie.

Frank sagte: »Ich erklär's euch unterwegs.«

Der Lärm wurde nun ohrenbetäubend. Alle hielten sich die Ohren zu, während zwei Super Pumas der Schweizer Armee zur Landung ansetzten.

»Kommt!«, rief Ha und rannte auf den ersten Hubschrauber zu, der unmittelbar vor dem Klinikgebäude aufgesetzt hatte. Alle duckten sich und folgten ihm. Die Seitentür des Hubschraubers ging auf, und einer nach dem anderen stieg ein.

Gabathuler hatte sich gerade gesetzt, als er sah, dass auch Bettina einstieg. »Bettina!«, sagte er. »Was soll das?«

»Das will ich mir doch nicht entgehen lassen.«

»Das ist aber nichts für …«

»Frauen?« Bettina sah ihn herausfordernd an.

»… für nicht ausgebildete Personen. Da wird scharf geschossen werden.«

»Du meinst, euch aus der Scheiße befreien, das darf ich.« Bettina musste beinahe schreien. »Aber wenn's zum großen Finale kommt, darf ich mich wieder zurückziehen.«

Gabathuler verzog sein Gesicht. »Darum geht es doch nicht.« Auch er musste sehr laut reden.

»Jetzt setzen Sie sich schon hin!«, rief Hug dazwischen.

»Wir müssen los!« Bettina setzte sich neben Gabathuler. Als Letzter hüpfte noch Frank herein. Dann schloss ein Uniformierter die Schiebetür, gab ein Zeichen, und der Hubschrauber hob ab. Der Uniformierte instruierte die Neuankömmlinge, wie sie die Kopfhörer aufzusetzen und sich anzugurten hatten. Über die Kopfhörer und das Mikrophon konnten sie miteinander sprechen. Der Lärm der Motoren war immer noch unglaublich laut.

Als sie vielleicht zwei Minuten in der Luft waren, kauerte sich Frank vor Gabathuler und Bettina und begann mit seiner Erklärung. »Ha ist Mitarbeiter in unserem Nachrichtendienst. Als sich abzuzeichnen begann, dass Marchand den Braincode knacken könnte, war er es, der realisierte, dass Angela Friedrichs die eigentliche Tüftlerin war. Also haben wir dafür gesorgt, dass er eine Anstellung an der ZHAW bekam. Staudinger war ein begabter Mann, aber ohne Ideen. Und er war eitel. So fiel es relativ leicht, ihm Ha als weiteren Assistenten anzudrehen. Dadurch sind dann aber auch die anderen Geheimdienste auf Angelas Spur gekommen.«

»Wieso das?«, fragte Bettina.

»Ha war schon länger Agent im Schweizer Nachrichtendienst. Was wir nicht auf dem Radar hatten, war, dass die anderen Geheimdienste Ha aufgrund ihrer Spionagetätigkeit kannten. Als er bei der Hochschule anheuerte, mussten die nur noch eins und eins zusammenzählen. Unser Fehler.«

»Dennoch wart ihr den anderen einen Schritt voraus«, meinte Bettina fachmännisch.

Frank bedankte sich mit einem Lächeln. »Ha hat mitbekommen, dass Staudinger etwas plante. Und als er dann mit den Chinesen Kontakt aufnahm, haben wir es den Amerikanern überlassen, das Problem zu lösen. Hug hat

Ha schließlich darauf angesetzt, der Frage nachzugehen, ob die Chinesen tatsächlich einfach in Davos ausharren oder nun auch in Winterthur zugange sind.«

»Und was hat er herausgefunden?«

»Die Chinesen haben sich tatsächlich lange auf Davos konzentriert. Doch schließlich hat Ha beobachtet, dass ein Agent sich in Winterthur herumtrieb und am vergangenen Donnerstag auch in der Psychiatrie auftauchte. Er wollte uns alarmieren, wusste aber nicht, wie lange der Gottesdienst dauern würde. Also ist er selber losgezogen, kam aber zu spät. Angela war schon tot.«

»Und wir haben ihn gesehen, als er eben Angelas Zimmer verließ«, beendete Gabathuler Franks Erzählung.

»So war's.«

»Und wieso erzählst du mir das erst jetzt?«

»Tut mir leid. Ich bin neu beim Nachrichtendienst. Und da bin ich zuweilen noch unsicher, wann ich was erzählen darf.«

Gabathuler nickte. »Ha scheint ein guter Mann zu sein«, stellte er fest.

»Das ist er in der Tat«, bestätigte Frank.

»Und weshalb sitzen wir jetzt im Helikopter?«, fragte Bettina.

»Wieso du drinsitzt, weiß ich auch nicht genau«, meinte Frank darauf. »Aber wir fliegen nach Davos. Die Chinesen haben Marchand festgesetzt. Sie scheinen den Braincode bei Angela gefunden zu haben und wollen nun mithilfe Marchands den Code installieren beziehungsweise zum Leben erwecken.«

»Ich dachte, Wälti hat den«, bemerkte Gabathuler.

»Das dachte sie auch. Aber das war bestenfalls eine Vorstufe. Oder eine gezielt platzierte Niete.«

»Die Chinesen versuchen nun als schon seit Donnerstag,

den Code für die Aktivierung des Braincodes aus Marchand herauszuquetschen?«, fragte Bettina.

»Irgendwie konnte er sie bisher hinhalten. Zudem vermute ich, dass auch der Stick, den sie mitgenommen haben, eine Niete ist.«

Gabathuler bestätigte: »Sie haben ihn nicht.«

»Wieso bist du dir da so sicher?«, fragte Frank.

»Ich hatte gestern einen sehr seltsamen Anruf von Marchand. Nach allem, was du jetzt erzählt hast, verstehe ich nun, was das war.«

»Nämlich?«

»Die Chinesen haben ihn gezwungen, bei mir anzurufen und mich auszuhorchen, ob ich weiß, wo der Braincode – der richtige Braincode – sein könnte.«

»Und?«

»Ich hatte natürlich keine Ahnung.«

Frank fuhr fort: »Jedenfalls fliegen wir nach Davos, um Marchand zu befreien und dabei hoffentlich Angelas Mörder festzunehmen.«

»Und dazu braucht es ein so großes Aufgebot?«

»Die Chinesen haben die Tendenz, nichts freiwillig herzugeben. Also müssen wir für klare Verhältnisse sorgen.«

Frank begab sich an seinen Platz zurück. Gabathuler sah sich im Helikopter um. Nebst den bekannten Gesichtern sah er ein gutes Dutzend bestens ausgerüsteter Soldaten. Das Logo auf ihrem Oberarm kannte er. Die Männer waren vom AAD 10, dem Armee-Aufklärungsdetachement 10. Das war die Elitetruppe der Schweizer Armee. Zuständig für die ganz besonderen und schwierigen Aufgaben. Schweigend saßen die Männer da und blickten vor sich hin oder hielten die Augen geschlossen. Sie gehen jetzt nochmals den bevorstehenden Einsatz durch, dachte Gabathuler, der diese Atmosphäre aus seiner Zeit bei den

Polizeigrenadieren kannte. Er hingegen fragte sich, wie er denn eigentlich wieder in diese Situation gekommen war. Er hatte doch einfach am ordentlichen Pfarrkapitel teilgenommen und mit den Kolleginnen und Kollegen auf den Referenten gewartet! Sein einziger aktiver Beitrag war gewesen, Staudinger für seinen Pfarrtreff zu verpflichten, worauf Kneubühler ihn für das Kapitel angefragt hatte. Gesucht habe ich das nicht, ging es Gabathuler durch den Kopf.

Er sah nach draußen und sah dort den anderen Super Puma fliegen.

Dort sind noch einmal achtzehn Mann drin. Rund dreißig Mann also setzen die hier ein, dachte Gabathuler.

Nun gab es eine Durchsage des Piloten durch die Kopfhörer, die Gabathuler nicht ganz verstand. Frank löste sich wieder aus seinem Sitz und kam zu Bettina und ihm.

»Wir werden in wenigen Minuten landen«, erklärte Frank. »Dann lassen wir die Männer vom Aufklärungsdetachement aussteigen und ihren Job machen. Wir halten uns im Hintergrund.«

»Gehen wir nicht mit rein?«, fragte Gabathuler.

»Doch, nur eben erst in zweiter Linie. Zuerst müssen die Profis die Situation bereinigen. Dennoch könnte die Sache gefährlich werden. Aber du hast ja eine Waffe«, sagte er zu seinem Freund. Der bestätigte. »Aber du hast keine«, meinte er an Bettina gerichtet.

»Ich brauch keine.«

»Das gefällt mir nicht«, meinte Frank. Da erinnerte sich Gabathuler an die Waffe, die er der toten Wälti abgenommen hatte. »Ich kann dir die hier geben«, sagte er und hielt seiner Schwester die Waffe hin. »Nur für alle Fälle.«

»Ich habe noch nie geschossen!«, protestiere Bettina.

»Da im Golden Ei wirst du es aber vielleicht müssen.«

»Und wie geht das?«

»Im Prinzip ganz einfach. Wenn jemand kommt, der dir nicht gefällt, einfach das vordere Ende in seine Richtung halten und abdrücken.« Gabathuler verstand es zuweilen, gewisse Dinge sehr einfach zu machen.

»Aber bevor du abdrückst, schiebst du diesen Hebel nach unten. Dann erst ist die Waffe entsichert«, ergänzte Frank, der froh war, dass man diese Pistole sichern konnte.

Bettina liess die Waffe in ihrer Jackentasche verschwinden. Ihrem Gesicht konnte Gabathuler entnehmen, dass es ihr nicht wohl dabei war, eine geladene Waffe bei sich zu tragen. Frank setzte sich wieder auf seinen Stuhl.

Jetzt begann auch schon der Sinkflug. Durch das Fenster erkannte Gabathuler eine Siedlung, die Davos sein musste. Das Golden Ei tauchte im kleinen Fenster vor ihm auf. Da lag es in die Landschaft gebettet wie ein großes, überdimensionales Hirn. Eine riesige Skulptur jenes Organs, das den Menschen zu dem gemacht hat, was er heute ist. So lag das goldene Hirn in der Landschaft, von der Abendsonne in warmes Licht getaucht, leicht erhöht, als sähe es sich an, was es alles geschaffen hatte. Doch dann sah Gabathuler die Landschaft, in die das Hirn eingebettet war. Und er sah, dass diese viel größer war als das Hirn. Er sah die Bergwelt, die das Hirn umgab, und plötzlich war es, als wäre dieses Hirn sehr verletzlich und auf den Schutz dieser bergenden Natur angewiesen. Das Hirn war nun nicht mehr die Krone der Schöpfung, sondern Teil dessen, was es umgab. Das Hirn wurde zum Kern, der mitten in der Landschaft ruhte. Ein leuchtend goldener Kern vielleicht, aber angewiesen auf den Schutz der Welt, in die er eingebettet war. Und dann sah er das Golden Brain als das, was es in Wirklichkeit war: ein großes Gebäude, ein eindrückliches Werk menschlicher Hände. Dieses Brain war ein von Menschen gemachtes Hirn, eine künstliche Intelligenz. Ein Ding, das sich nicht selbst erschaffen hatte, sondern erschaffen worden war von einer anderen, höheren Intelligenz. Und dieses Hirn herrschte nicht über die Welt, wie ein Künstler Herr über sein Werk war. Es war vielmehr abhängig von seinem Schöpfer. Und wie er da dieses goldene Hirn so in der bergenden Bergwelt liegen sah, musste er unwillkürlich an das Goldene Kalb in der Bibel denken und an den Tanz, der darum veranstaltet worden war. Und so verwandelte sich das goldene Hirn in das Goldene Kalb, um das die Menschen getanzt sind, als Mose zu lange weg und Gott zu lange unsichtbar war. Und so hatten sie sich einen eigenen Gott geschaffen, einen Gott, den sie verehren konnten. Und weil auch heute Gott schon zu lange abwesend ist, unsichtbar und nicht erfahrbar, weil die Menschen hatten lernen müssen, ohne Gott zu leben, haben sie sich aufgemacht, sich einen eigenen Gott zu schaffen. Einen sichtbaren Gott. Und sie haben einen Gott geschaffen, vor dem sie wahrhaft erschauern konnten. Einen Gott, der ihnen Angst machte, weil er sich zu verselbstständigen drohte. Sie haben einen Gott geschaffen, vor dem sie deshalb Ehrfurcht empfanden und den sie darum auch gerne anbeteten. Und sie haben so gut gearbeitet, dass sie vor der eigenen Leistung erschauerten. Und so tanzen sie nun um dieses Golden Brain, ihr Goldenes Kalb. Sie tanzen darum herum, weil sie Angst vor ihm haben und es darum besänftigen müssen. Und wie schon beim biblischen Tanz führt auch diese Verehrung, diese Anbetung des selbst gemachten Gottes nur zu Streit und Zwietracht, zu gegenseitiger Feindschaft, Kampf und Krieg.

Der Boden kam näher. Der Ausschnitt, den Gabathuler durch seine Luke erblicken konnte, wurde immer grüner, bis schließlich nur noch Alpweide zu sehen war. Die Soldaten des AAD 10 waren nun ganz angespannt. Ihre Waffen waren im Anschlag. Sanft setzte der Pilot seine ratternde Libelle auf. Ein Befehl ging durch den Funk, dann wurden die Schiebetüren aufgerissen.

12

Die rund dreißig schwer bewaffneten Soldaten sammelten sich in drei Gruppen und rückten dann in Formation vor. Derweil begaben sich Hug, Frank, Gabathuler und Bettina zu einer kleinen Häusergruppe, um dort in relativer Sicherheit die Stürmung des golden schimmernden Gebäudes abzuwarten. Auch Ha blieb bei ihnen.

Die Trupps teilten sich auf. Die erste Gruppe kümmerte sich um die beiden vorgelagerten Bauten, in denen gemäß Marchand die Mitarbeiter wohnten. Hoffentlich sind heute keine Jugendlichen da, dachte Gabathuler bei sich. Das wäre das Letzte, wenn die nun gar ins Kreuzfeuer der Geheimdienste gerieten. Er sprach seine Sorge laut aus.

»Heute nicht. Die spielen und arbeiten vor allem in den Ferien für Marchand«, antwortete Hug ruhig.

»Und wir? Was machen wir?«, fragte Bettina.

Diesmal antwortete Frank: »Wir warten, bis die Männer des AAD 10 das Gebäude gesichert und Marchand befreit haben.«

»Das kann eine Weile dauern«, ergänzte Ha.

Darauf hielt Bettina sich leicht fröstelnd ihre dünne Jacke zu. »Und müssen wir dafür hier in der Kälte stehen?«

»Es hat dich niemand gebeten mitzukommen«, meinte Gabathuler darauf etwas spitz, worauf ihm Bettina eine Schnute zeigte. Gabathuler musste lachen.

Die Hubschrauber hatten ihre Motoren abgestellt und standen nun reglos da. Die Piloten warteten in ihrem Cockpit. Überhaupt war es erstaunlich ruhig. Niemand sagte etwas. Alle warteten darauf, dass etwas geschah. Schließlich meldete Ha, der stets etwas abseits stand und angestrengt mit der einen Hand am Ohr mitverfolgte, was über den Funk weitergegeben wurde: »Die Personalhäuser sind gesichert. Es gab keinen nennenswerten Widerstand. Jetzt gehen sie ins Haupthaus rein.«

»Das kann dauern«, seufzte Gabathuler. Denn er wusste, dass die Elitetruppe nun über das Treppenhaus Stockwerk für Stockwerk einnehmen und sichern musste. Dabei hatten die Männer dafür zu sorgen, dass sie zum einen keine Unschuldigen verletzten und zum anderen die Leute vom chinesischen Geheimdienst dingfest machten. Vor allem aber mussten sie Marchand finden. Das dumpfe Knallen von Schüssen vermittelte den Wartenden, dass das AAD 10 auf Widerstand gestoßen war. »Das Parterre ist gesichert.« Ha informierte die kleine Runde live über den Fortgang der Erstürmung. Dann: »Erste Etage gesichert.« Etwas später: »Zweite Etage gesichert«, und so weiter.

Auch Bettina verfolgte nun gespannt das Geschehen, so knapp Has Berichte auch ausfielen. »Da scheint es heiß herzugehen«, meinte sie.

»So wie ich das einschätze«, wandte Gabathuler ein, »ist der Widerstand nicht sehr groß. Wenn du genau hinhörst, sind es stets nur kurze Gefechte, danach ist es wieder ruhig, worauf die Meldung kommt ›Etage gesichert‹.«

»Trotzdem wäre ich froh, wenn wir nun endlich mal reingehen könnten.« Hug hatte den Kragen hochgeklappt und blickte in die Davoser Bergwelt. Die Sonne war hinter den Bergen versunken, und Hugs Worte produzierten leichte Wölkchen vor ihrem Mund. Jetzt erst bemerkte auch Gabathuler, dass es merklich aufgefrischt hatte. Es war Frühling, und in Winterthur bedeutete das, dass die Tage bereits angenehme Temperaturen erreichten. Aber hier in den Bergen vermochte es insbesondere abends immer noch recht frisch zu werden.

Endlich kam das Zeichen, dass alle Etagen gesichert seien und sie nun das Gebäude betreten konnten. Die kleine Gruppe machte sich daran, den kurzen Fußweg zum Haupteingang des Golden Ei hinter sich zu bringen, als ein schwarzer Mercedes Van mit getönten Scheiben neben ihnen haltmachte. Der Fahrer stieg aus und fragte mit einem deutlichen Bündner Akzent: »Frau Hug, ich habe den Auftrag, Sie und Ihre Begleitung zum Hotel zu bringen. Darf ich Sie bitten einzusteigen?«

»Ich habe schon gedacht, Sie kommen gar nicht mehr«, kommentierte Hug die Einladung erstaunlich unfreundlich.

»Aber das sind doch keine dreihundert Meter«, meinte Bettina erstaunt. »Und dafür wird ein Fahrer beordert?«

»Steig ein«, zischte Gabathuler, nahm seine Schwester am Arm und schob sie mit Nachdruck zum Van. Die Gruppe stieg ein und wurde auf die kleine Anhöhe zum Golden Ei hinaufgefahren. Auch sie kurvten um das Gebäude herum und hielten vor dem Haupteingang. Der Fahrer öffnete die Schiebetür, und sie stiegen alle aus. Überall standen die schwer bewaffneten Soldaten. Ha ging voraus. Frank blieb an Hugs Seite. Zuletzt betraten Gabathuler und Bettina das Gebäude. Ein Polizist wies ihnen den Weg zum Lift. Dort stand ein weiterer, der nach einer kurzen Anfrage über Funk den Lift rief. Als sich mit einem hellen »Ping« die Tür öffnete, bat er die Gruppe in den Lift und schloss sich schließlich als Letzter der Gruppe an.

»Wohin fahren wir?«, fragte Bettina Gabathuler leise.

»In die Rooftop Bar.«

»Wird uns dort ein Drink spendiert?«

»Das glaube ich nicht. Aber es ist fast die einzige Etage, die man ohne speziellen Fingerabdruck erreicht.«

Oben angekommen, erkannte Gabathuler zwar die Rooftop Bar wieder. Allerdings ließen die Schäden am Mobiliar und die Einschusslöcher in den Wänden erkennen, dass hier die Schießerei intensiver gewesen sein musste. An drei Stellen lagen tote chinesische Geheimdienstmitarbeiter, die sich der anrückenden Special Force widersetzt hatten. Bettina wich kurz zurück, als sie die teils blutüberströmten Körper daliegen sah. Auch hier nahm Gabathuler ihren Arm und schob sie sanft weiter. Ha ging weiter voraus und scannte die Lage, während sich Frank neben Hug hielt. Hug selber schien sich ziemlich ungerührt durch die sichtlich mitgenommene Bar zu bewegen. Als sie sich mitten im Raum befanden, sahen sie eine ganze Reihe gefangener Chinesen, die mit auf den Rücken gebundenen Händen draußen auf dem nackten Boden des Balkonbereichs saßen und von zwei Beamten der Special Force bewacht wurden. Der Kommandant trat auf Hug zu, nahm seine Maske vom Gesicht und erstattete Bericht.

»Alle Stockwerke sind gesichert. Wir haben einen verletzten Mann. Ansonsten keine Verluste. Die Gegner sind gefangen. Oder«, er zeigte auf die drei Leichen am Boden, »tot.«

»Wie geht es Ihrem verletzten Mann?«

»Eine Fleischwunde. Nichts Schlimmes. Der sollte bald wieder auf den Beinen sein.«

»Ich gratuliere zu Ihrem Erfolg«, sagte Hug anerkennend. »Und wo ist Herr Marchand?«

»Das ist das Problem, Frau Hug. Wir haben keine Geisel gefunden, noch nicht einmal einen Raum, in dem man eine Geisel hätte vermuten können.«

»Halten Sie es für möglich, dass Marchand vor unserem Zugriff von hier weggebracht wurde?«

»Das halte ich für sehr unwahrscheinlich. Nach allen Informationen, die ich bis unmittelbar vor unserem Einsatz bekommen habe, hat niemand das Gebäude verlassen.«

»Dann müsste er irgendwo sein«, meinte Hug.

»So ist es«, bestätigte der Kommandant.

»Haben Sie die Gefangenen schon befragen können?«

»Die faseln alle etwas von wegen diplomatischer Immunität und so weiter. Die sagen gar nichts.«

»Dann haben Sie nicht gut genug gesucht«, war die Schlussfolgerung, die Hug zog.

Der Kommandant wollte etwas erwidern, doch dann griff er an sein Ohr, weil offensichtlich eine Meldung über Funk hereinkam. Dieselbe Handbewegung vollführte Ha und sagte dann zu Hug gewandt, aber so, dass alle es hören konnten: »Ein weiterer Hubschrauber ist im Anflug.«

»Hierher?«, fragte Frank. »Das ist seltsam.«

Der Kommandant ging mit zweien seiner Leute auf den Balkon. Noch war nichts von einem Hubschrauber zu sehen. Nach einem erneuten Griff an sein Ohr sagte der Kommandant:

»Es ist ein ziviler Helikopter, da können wir nichts machen, solange die uns nicht beschießen. Haltet weiter die Augen offen. Ich will Meldung erhalten, sobald ihr ihn seht«, befahl er den beiden und kam zurück.

»Sollen wir das ganze Gebäude noch einmal durchforsten?«, fragte er Hug. Wobei er etwas ratlos klang, weil er sich wohl gleichzeitig fragte, wo sie noch hätten suchen können. Doch die Frage stellte sich nicht mehr, weil im Hintergrund der Bar ein Bildschirm anging und Marchands Bild erschien.

»Ich grüße Sie herzlich«, sagte Marchand mit freundlicher Stimme. Das Staunen von Hug, Gabathuler und all den anderen war nicht gering. Denn Marchand zeigte keine Spuren irgendeiner Bedrohung. Im Gegenteil, er schien gemütlich auf einem Stein zu sitzen, und hinter ihm war eine schöne Berglandschaft zu sehen. Als machte er gerade Rast auf einer Wanderung, blickte er entspannt in die Gesichter der erstaunten Truppe.

»Wo sind Sie?«, fragte Hug.

»Ich bin unterwegs hier in den Bündner Bergen. Ein Mitarbeiter hat mich angerufen und gesagt, dass Sie mein Forschungszentrum gestürmt hätten. Stimmt das?«

»Natürlich stimmt das. Wir wissen, dass Sie vom chinesischen Geheimdienst als Geisel genommen wurden, um ihnen den Braincode zu geben«, sagte Frank leicht genervt.

»Tut mir leid«, wandte Marchand ein, »aber sehe ich aus, als wäre ich entführt worden?« Marchand verwies mit einer großen Handbewegung auf die weite Landschaft in ihrem warmen Sonnenlicht.

»Wollen Sie etwa sagen, dass Sie nicht von den Chinesen angegangen wurden?«

»Sie haben Kontakt mit mir aufgenommen, das ist korrekt. Aber ich bin kein Gefangener. Sie hatten schlicht ein äußerst verlockendes Angebot, sodass sich mir nun ein unglaublich interessantes Forschungsgebiet eröffnet.«

»Sie haben den Code an die Chinesen verkauft?«, meldete sich nun Gabathuler.

»Ach, Herr Gabathuler! Wie schön, Sie zu sehen. Wie geht es Ihnen?«

»Nicht gut, wenn ich höre, dass Sie den Code verkauft haben.«

»Verkauft ist ein hässliches Wort in diesem Zusammenhang. Ich ziehe es vor, von einer aussichtsreichen Zusammenarbeit zu sprechen.«

»Zusammenarbeit? Was ist mit all den Überlegungen, dass der Code nicht in die falschen Hände gelangen dürfe und das Potenzial des Codes sowohl zum Wohl als auch zum Verderben der Menschen riesig sei?«

»Ich habe mir die Sache genau überlegt und dabei gelernt, dass die Chinesen ein viel umfassenderes Weltbild haben, als wir Westler es uns vorstellen können.«

»Aber die Chinesen treten doch alle demokratischen Überzeugungen mit Füßen. Sie unterdrücken ihr eigenes Volk.«

»Sie sind sehr hart, Herr Gabathuler. Die Kommunistische Partei Chinas muss ein Milliardenvolk führen. Das macht sie sehr erfolgreich. Sie führt klar und deutlich, aber mit sanfter Hand.«

Gabathuler verstand die Welt nicht mehr. Und er merkte nicht, dass sich eine gewisse Unruhe bei Ha und dem Kommandanten breitmachte, während er mit Marchand diskutierte. Beide waren nach draußen gegangen, zu den Soldaten des AAD 10, die am Himmel einen näher kommenden Hubschrauber beobachteten.

»Sieht harmlos aus«, meinte der Kommandant.

»Schon«, antwortete ein Soldat. »Aber die Flugsicherung hat gemeldet, dass der Hubschrauber für Davos keine Überflugerlaubnis hat.«

»Mit anderen Worten: Da ist etwas faul.«

»So sieht's aus«, bestätigte der Soldat.

Gabathuler fuhr im Gespräch mit Marchand fort: »Dann haben also unsere Special Forces vergebens und ohne Grund Ihr Forschungszentrum gestürmt?«

»Ich bin in der Tat sehr irritiert darüber, wie Sie mit unseren Sicherheitsleuten umgegangen sind«, meinte Marchand in beleidigtem Ton und – zwinkerte Gabathuler zu. Dann brach die Verbindung ab.

Gabathuler stutzte. »Da stimmt etwas nicht«, sagte er halblaut vor sich hin. »Er hat mir zugezwinkert.«

»Na und?«, fragte Bettina.

»Das ist das Zeichen.«

»Welches Zeichen?« Bettina wurde ungeduldig.

»Im Film *I, Robot* war das das Zeichen, das Will Smith zeigte, dass die Situation nicht war, wie sie schien. Irgendetwas stimmt da nicht.«

Bettina stutzte, sah nach draußen und sagte dann: »Natürlich stimmt da etwas nicht, da stimmt gar nichts«, meinte sie schließlich. »Wie war das Wetter? Wie sah die Gegend aus, als du mit Marchand sprachst?«

»Was soll damit nicht okay gewesen sein?«, fragte Gabathuler.

»Das Licht! Die Sonne hatte alles in ihr warmes Licht getaucht! Und nun schau mal nach draußen.«

Gabathuler wandte sich um. Natürlich! Die Sonne hatte sich schon längst hinter die Berge verabschiedet. Die Dämmerung war heraufgezogen. Das Bild, das sie auf dem Screen mit Marchand zu sehen bekommen hatten, war ein Fake. Wahrscheinlich war der ganze Hintergrund bloß eingeblendet. In diesem Moment hörte Gabathuler auch den Kommandanten sagen: »Da stimmt etwas nicht.« Allerdings bezog er sich auf den sich schnell nähernden Hubschrauber. »Der hat gar keinen Grund hierherzufliegen. Und erst recht keine Erlaubnis.«

»Was schlagen Sie vor?«, fragte Hug.

»Im Moment können wir nichts unternehmen. Denn er stellt keine Bedrohung für uns dar.« Der Kommandant befahl seinen Männern, den Hubschrauber weiter im Auge zu behalten, ihn aber nicht zu attackieren.

Währenddessen dachte Gabathuler angestrengt nach. Was hatte ihm Marchand sagen wollen? Genau wie

Dr. Alfred Lanning hatte er beim letzten Anruf gesagt: »Sie müssen die richtigen Fragen stellen.« Und nun zwinkerte er ihm zu, wie Sonny, der Roboter-Freund in der Schlusssequenz des Filmes Will Smith zugezwinkert hatte. Der Showdown stand also kurz bevor. Aber wo sollte er stattfinden? Wo war Marchand?

»Marchand muss hier irgendwo sein«, sagte Gabathuler bestimmt. Bettina und er sahen sich um, ob es irgendwo ein Versteck, eine geheime Tür oder einen Schrank gab, den sie bisher noch nicht beachtet hatten. Auch die anderen beteiligten sich an der Suche. Plötzlich sagte Bettina: »Da ist ein Haken in der Decke. Da ist eine Leiter in der Decke verborgen.« Gabathuler sah sich das an. Dann sah er nach draußen zum Helikopter, der nun unmittelbar im Anflug auf das Golden Ei war. Jetzt machte es bei Gabathuler klick. »Aber klar! Die sind im Dachgeschoss, und der Helikopter soll sie vom Dach abholen!«

»Was? Wie?« Der Kommandant brauchte einen Moment, bis er begriff.

»Der Hubschrauber! Die sind auf dem Dach mit Marchand!«, schrie Gabathuler.

Bettina hatte einen Tisch herangezogen und war dabei, auf die Tischplatte zu steigen und die Deckentür zu öffnen. Doch Hug hielt sie davon ab. »Lassen Sie das.« Sie zog Bettina beiseite. Soldaten des AAD 10 hatten sich in Stellung gebracht. Einer stieg auf den Tisch, und auf ein Zeichen hin öffnete er die Falltür in der Decke. Nichts geschah. Dann löste er einen Hebel, und wie auf Schienen entfaltete sich eine Treppe, die in den darüberliegenden Stock führte. Parallel dazu warnten die Männer auf dem Balkon mit Schüssen in die Luft den Hubschrauber davor, sich weiter dem Gebäude zu nähern. Ein weiterer Soldat rief der Besatzung mit einem Megaphon zu, sie solle umkehren. Ob die in dem ganzen Lärm überhaupt etwas verstand, blieb zweifelhaft. Aber sie hatten jedenfalls alles in ihrer Macht Stehende getan, um den Helikopter von einer weiteren Annäherung abzuhalten. Die Schüsse in die Luft taten ihre Wirkung. Der Hubscharuber verlangsamte seinen Anflug und blieb schließlich gut hundert Meter vor dem Golden Brain in der Luft stehen.

Derweil stürmten die Kollegen die ausgefahrene Treppe hoch. Gabathuler blieb mit Bettina zurück. Frank wich weiterhin nicht von Hugs Seite, die ebenfalls in der Bar blieb und mit anhörte, was vom Dachgeschoss zu ihnen drang. Das war nicht viel. Jedenfalls nicht viel Spezifisches. Sie hörten laute Rufe und Befehle und anschließend Schüsse. Eine erstaunlich lange Schießerei fand statt, jedenfalls im Urteil Gabathulers. Die Gegenwehr musste heftig sein. Doch schließlich wurde es ruhig. Dann vermeldete Ha, der weiterhin alles über Funk mitverfolgt hatte: »Dachgeschoss ist gesichert.«

Kurz darauf kamen die Männer samt ein paar ihrer chinesischen Gefangenen herunter. In der Bar mussten auch sie sich hinknien, damit ihre Hände mit Kabelbindern auf ihren Rücken gefesselt werden konnten. Die Männer von den Special Forces arbeiteten schnell und konzentriert. Es dauerte nicht lange, da waren allen Chinesen die Hände auf dem Rücken gefesselt. Einer der Soldaten meldete das via Funk. In diesem Moment gab es noch einmal Bewegung auf der Treppe, und der Kommandant stieg die schmale Leiter hinunter, gefolgt von – Marchand.

Nun atmete Hug auf. Sie ging auf ihn zu und begrüßte ihn. »Sind Sie verletzt?«

Marchand schüttelte den Kopf. Er war bleich. Dennoch sagte er: »Sie haben mir den Helikopterflug wohl nicht gegönnt.«

»Wir nehmen Sie lieber in einem unserer Hubschrauber mit«, konterte Hug ebenfalls mit einem Lächeln.

Nun ging Gabathuler auf Marchand zu. »Es tut gut, Sie zu sehen. Das hätten Sie sich auch nicht träumen lassen, als Sie mit der Entwicklung des Braincodes begannen, dass Sie dereinst von den Special Forces befreit werden müssten.« Marchand sah Gabathuler freundlich, aber abgekämpft an. Er ging gar nicht weiter auf Gabathulers Bemerkung ein und meinte stattdessen: »Das mit Angela tut mir sehr leid.«

Gabathuler nickte. »Ja, das ist schlimm.«

»Eigentlich habe ich sie ja genau deshalb in Winterthur arbeiten lassen, um sie aus der Schusslinie zu nehmen. Aber ich hätte nie gedacht, dass Staudinger ein faules Ei ist und die ganze Sache den Chinesen verkaufen wollte.«

»Was haben Sie den Chinesen gesagt?«, setzte Hug wieder ein.

»Nichts, gar nichts«, antwortete Marchand. »Wir wussten, dass sie nun den Sack zumachen würden. Da haben wir uns entsprechend vorbereitet.«

»Was bedeutet das?«

»Eine Frage: Könnten wir uns nicht setzen? Ich bin etwas müde von den vergangenen Tagen.«

»Selbstverständlich«, beeilte sich Frank zu sagen und räumte in einer Ecke, die von den Gefechten nicht allzu sehr in Mitleidenschaft gezogen worden war, ein paar Sessel und ein Tischchen frei. Sie setzten sich um das Tischchen, und Ha organisierte etwas Wasser. Er fand auch noch einige unversehrte Gläser, in die er allen einschenkte.

»Was heißt denn nun, Sie haben sich vorbereitet?« Die sonst immer gelassen wirkende Hug wurde ungeduldig.

»Wir haben das Gros der Mitarbeitenden nach Hause

geschickt und die wesentlichen Daten gelöscht«, erklärte Marchand relativ nüchtern.

»Aber wie haben Sie mitbekommen, dass die Chinesen nun, wie Sie sagten, den Sack zumachen wollten?«, fragte Ha.

»Wie gesagt: Die Chinesen haben uns ausspioniert, und wir haben bei ihnen mitgehört.«

»Und ab wann haben Sie gewusst, dass es jetzt ernst wird?«, fragte Gabathuler.

»In den Tagen vor Himmelfahrt haben wir gemerkt, dass sie unruhig werden. Sie wollten oder mussten Ergebnisse liefern.«

»Das deckt sich mit unseren Beobachtungen«, meinte Ha nachdenklich.

»Also haben wir unsere Mitarbeiter in die langen Pfingstferien geschickt und intern alle relevanten Festplatten gelöscht.«

»Sie haben aber doch bestimmt Sicherungskopien angelegt, nicht wahr?«, fragte Ha.

Marchand sah ihn an, als hätte er gefragt, ob man nach dem Gang auf die Toilette die Hände waschen müsse, und ging nicht weiter darauf ein.

Hug übernahm: »Aber wo sind die Forschungsergebnisse jetzt?«

»Sie sind sicher verwahrt. Ich kann sie jederzeit wieder aktivieren.« Und mit einem Blick in die verwüstete Bar fügte er an: »Es wird allerdings eine Weile dauern, bis alles wieder betriebsbereit ist.«

»Aber was ist denn nun mit dem Braincode?«, fragte Hug.

»Was soll mit dem sein?«

»Ich denke, nach allem, was geschehen ist, sollten Sie uns Zugang dazu geben. Ich finde, wir haben bewiesen, dass wir Sie am besten schützen können. Zudem ist der Code wohl nirgends besser aufgehoben als beim schweizerischen Nachrichtendienst.«

»Ich bin Ihnen in der Tat sehr dankbar für Ihre Befreiung«, meinte Marchand darauf. »Allerdings bezweifle ich, dass der Code in den Händen eines Geheimdienstes am besten aufgehoben ist.« Er nahm einen Schluck Wasser und fuhr dann fort: »Vor allem aber gibt es da ein Problem.«

»Nämlich?«

»Ich habe ihn nicht.«

»Ach, kommen Sie, Herr Marchand! Die Chinesen werden diesen Aufwand doch nicht betrieben haben, wenn sie den Braincode nicht bei Frau Friedrichs gefunden hätten.« Hug wurde nun ärgerlich.

»Sie dachten tatsächlich, dass sie ihn hätten. Und ich sollte ihn zum Laufen bringen. Aber sie hatten ihn eben nicht.«

»Sind Sie sicher? Weshalb haben sie dann Angela umgebracht?« Gabathuler war entsetzt.

»Noch einmal: Die Chinesen dachten, sie hätten den Braincode. Sie sind auch mit einem Memorystick, den sie bei Angela gefunden hatten, hierhergekommen. Wahrscheinlich hat Angela sie geschickt getäuscht. Und als sie meinten, den Braincode zu haben, haben sie Angela nicht mehr gebraucht. Sie wollten wohl keine Zeugin haben.«

»Sie meinen, Angela hat sich bewusst geopfert?«

»Ich vermute, dass sie zumindest im Bewusstsein gehandelt hat, dass sie dies zwar ihr Leben kosten könnte, dafür aber verhindern würde, dass der Braincode in die falschen Hände gerät.«

Alle schwiegen, als sie das hörten.

»Scheiße!«, sagte Gabathuler schließlich.

»Sie wussten, dass man den Braincode nur auf Angelas Spezialcomputer in Winterthur aktivieren konnte oder bei mir hier in Davos. Und nachdem Sie«, er zeigte auf Gabathuler, »den Computerraum an der ZHAW versiegelt hatten, gab es nur noch mich. Angela wurde nicht mehr gebraucht.«

Wieder schwiegen alle. Diesmal beendete Hug die Stille.

»Und was haben denn die Chinesen hierher mitgebracht? Ich meine, was hat ihnen Frau Friedrichs untergejubelt?«

»Zwei alte Versionen, die sie bearbeitet hatte, die aber eben noch nicht der Braincode sind.«

Ungeduldig hakte Hug nach: »Und wo ist denn nun der Braincode?«

Marchand zuckte mit den Schultern. »Keine Ahnung.«

»Was soll das heißen?«

»Ich weiß ehrlich nicht, wo der Code ist oder wer ihn hat oder ob ihn Angela nicht doch noch vernichtet hat.«

»Dann war diese ganze Aktion hier umsonst?«, fragte Ha.

Marchand sah Ha stirnrunzelnd an. »Ganz vergebens war es zumindest aus meiner Sicht nicht. Immerhin haben Sie mich und meine Mitarbeiter befreit.«

»Was Herr Ha eigentlich fragen wollte, ist«, präzisierte Hug, »ob Sie den Braincode tatsächlich nicht haben. Denn ich muss gestehen, dass auch ich Mühe habe zu glauben, dass das so ist. Für Frau Friedrichs hätte es ja keinen Grund gegeben, sich zu opfern, wenn sie den Code schon gelöscht hätte.«

»Auch die Chinesen haben mir nicht geglaubt, darum wollten sie mich ja mitnehmen, als Sie mit Ihren Jungs angerückt sind.«

»Und was machen wir jetzt?« Frank war, wie alle, ziemlich ratlos.

Marchand blieb ruhig. »Also ich werde hier erst einmal ein wenig Ordnung machen. Und nach Pfingsten werden meine Mitarbeiter wieder kommen, und dann werden wir mit unserer Arbeit weitermachen.«

»Sie machen einfach weiter, als ob nichts gewesen wäre?«

»Zu einem Forscherleben gehören Rückschläge«, meinte Marchand. »Ich muss zugeben, so einen dramatischen Rückschlag habe ich noch nie erlebt. Aber der Braincode ist ja auch ein außerordentliches Forschungsziel.«

Nun trat der Kommandant der Special Forces heran. »Frau Hug, ich denke, wir werden die Gefangenen in mehreren Etappen hier abtransportieren müssen. Mein Vorschlag ist, dass wir Sie zuerst nach Winterthur bringen und dann mit dem Abtransport der Gefangenen beginnen.«

Hug überlegte einen Moment. Dann meinte sie: »So machen wir's. Wir haben hier nichts mehr zu suchen.« Sie stand auf und wandte sich zum Gehen. Dann setzte der Kommandant noch einmal nach und fragte: »Wir haben in einer Etage ein paar Zivilisten gefunden, die wohl nicht zum chinesischen Geheimdienst gehören.«

»Das sind wahrscheinlich meine verbliebenen Mitarbeiter.«

»Haben Sie die auf der dritten Etage festgesetzt?«, fragte Gabathuler.

»Korrekt«, bestätigte der Kommandant.

»Dann könnt ihr sie gehen lassen«, bestätigte Gabathuler. »Das war eine spezielle Forschungsetage.«

»Vielleicht ist es klug, wenn Herr Marchand sie noch kurz identifiziert«, meinte Ha.

Hug nickte. Dann sagte sie: »Und wir gehen jetzt.« Einzig ihren noch schmaleren Lippen und den etwas zusammengekniffenen Augen sah Gabathuler an, dass Hug alles andere als zufrieden war.

Sie verabschiedeten sich von Marchand. Als Gabathuler ihm die Hand reichte, meinte er: »Ich danke Ihnen sehr. Es hilft manchmal, wenn man denselben Spielfilm gesehen hat.«

Gabathuler nickte und meinte: »Ihr Augenzwinkern hat mich auf die richtige Spur gebracht. Ich bin froh, dass Sie nicht wie Albert Lanning enden mussten.«

»Ich auch«, bestätigte Marchand mit einem erleichterten Lächeln.

Dann bestieg die kleine Truppe den Lift. Unten wartete der Van auf sie und brachte sie zu ihrem Super Puma, dessen Motoren eben warmliefen. Begleitet von zwei Männern der Special Forces bestiegen sie den Helikopter. Kurz danach hob er ab.

Unterwegs dachte Gabathuler an Angela, und ihre Eltern kamen ihm in den Sinn. Morgen, am Montag, musste er sie zu ihr bringen können. Er konnte sie nicht weiter vertrösten. Also sagte er, an Hug gewandt: »Ich muss morgen den Eltern Friedrichs ihre Tochter zeigen. Sie müssen Abschied nehmen und dann auch alle weiteren Schritte für die Beerdigung in die Wege leiten können.«

Hug nickte. »Ich werde dafür sorgen, dass Frau Friedrichs morgen in der Gerichtsmedizin liegt.«

»Und könnten Sie veranlassen, dass Angela so hergerichtet wird, dass man nicht mehr sieht, was mit ihr geschehen ist?« Gabathuler wollte unbedingt vermeiden, dass die Eltern und der Bruder zu sehen bekamen, was sie am Nachmittag hatten sehen müssen.

»Morgen um vierzehn Uhr können die Angehörigen eine unversehrte Tochter besuchen«, meinte Hug. »Versprochen!«

Gabathuler atmete auf und lehnte sich in seinem unkomfortablen Sitz zurück. Dann blickte er zu Bettina.

13

Es war dunkel, als der Super Puma in Winterthur aufsetzte. Schnell waren die Passagiere ausgestiegen, und ebenso schnell hob der Hubschrauber wieder ab. Auf Hug, Frank und Ha warteten zwei schwarze Limousinen.

»Vertrauen Sie Marchand?«, fragte Hug, als sie Gabathuler die Hand zum Abschied reichte.

»Ich glaube ihm, dass er den Braincode nicht hat.«

»Was macht Sie da so sicher?«

»›Sicher‹ ist ein starkes Wort. Aber in meinen Augen passt alles zusammen. Angela und er haben hohe Sicherheitsmaßnahmen etabliert, damit der Braincode nicht in falsche Hände gerät.«

»Aber wo ist er denn?«

»Wahrscheinlich liegt er vor unserer Nase. Wir haben ihn einfach noch nicht gesehen«, meinte Gabathuler achselzuckend.

»Und«, warf Bettina ein, »vielleicht ist das ja auch gut so. Ich habe heute gesehen, was der Kampf um den Code anrichten kann. Ohne ihn gäbe es auch keinen Grund mehr, darum zu kämpfen.«

»Das hat schon was«, meinte Ha. »Nur jetzt, da alle wissen, dass es möglich ist, den Braincode künstlich zu erzeugen, werden die Anstrengungen nicht ruhen, bis man ihn hat. Der Kampf ist bestimmt noch nicht zu Ende.«

»Und darum werden wir noch einmal alles auf den Kopf stellen«, sagte Hug energisch. »Wir werden Frau Friedrichs' Wohnung, ihr Zimmer in der Klinik und natürlich ihren Arbeitsplatz noch einmal gründlich durchsuchen. Der Braincode muss da irgendwo sein!«

Gabathuler musste an den Nachmittag zurückdenken, als Angela ihm den Code bei der Arbeit gezeigt hatte. Dabei fiel ihm etwas ein. Hug und die anderen wollten sich gerade zum Gehen wenden, da sagte er: »Sollten Sie ihn finden, gibt es noch ein weiteres Problem.«

»Nämlich?«, fragte Frank.

Und Hug fragte mit misstrauischem Unterton: »Was wissen Sie, das wir nicht wissen?«

»Angela hat mir den Braincode bei der Arbeit gezeigt. Das war schon sehr beeindruckend.«

»Erzählen Sie uns etwas, das wir noch nicht wissen«, meinte Ha, der sichtlich müde war.

»Ich habe miterlebt, wie sie den Code gestartet hat.«

»Nämlich?« Auch Frank schien die Geduld mit seinem Freund zu verlieren. Nur Hug blickte ihn weiter unverwandt mit forschendem Blick an.

»Sie hat ihn mit ihrer Stimme initialisiert. Sie sagte mir ausdrücklich, dass nur ihre Stimme den Code aktivieren könne. Und die ist nun, wie wir alle wissen, für immer verstummt.«

Ha ließ die Schultern hängen. Frank sah zu Hug. Die schaute Gabathuler weiter in die Augen. Dann atmete sie einmal tief durch und sagte: »Nun, das Problem lösen wir, wenn wir den Stick gefunden haben.« Dann wandte sie sich an Frank und Ha. »Wir gehen nun erst einmal schlafen. Morgen suchen wir den Braincode. Und wenn wir ihn haben, werden wir die eingebaute Sprachbarriere auch noch überwinden.« Damit ging sie mit zielgerichteten Schritten zur ersten Limousine. Frank beeilte sich, ihr die Tür zu öffnen, und stieg dann auf der anderen Seite ebenfalls in den Fond des Wagens. Ha setzte sich in die zweite Limousine. Dann brausten sie davon.

»Ich nehme nicht an, dass du noch eine Nacht in dieser Klinik übernachten willst. Oder?«

»Ich habe noch meine Sachen dort.«

»Die kannst du morgen abholen. Komm, ich gebe dir Asyl.«

Damit machten sie sich auf den Weg ins Pfarrhaus. Auf dem Esstisch fand Gabathuler eine Notiz, die wohl von Angelas Vater stammte. »Wir sind wieder in Andelfingen. Geben Sie uns bitte Bescheid, wenn Sie Neues wissen.«

Gabathuler zückte sein Handy und schrieb eine SMS. »Ich habe die Zusage, dass Sie morgen Nachmittag um vierzehn Uhr Angela sehen können. Gute Nacht.«

Am anderen Morgen holte er beim Bäcker Brötchen und machte für Bettina und sich Frühstück.

»Das war vielleicht ein Wochenende!«, sagte Bettina nach dem ersten Schluck Kaffee.

»Das kann man wohl sagen«, bestätigte Gabathuler.

»Wie geht's nun weiter?«

»Ich werde heute um zwei Uhr mit den Eltern und dem Bruder von Angela in die Gerichtsmedizin gehen. Dort werden sie dann endlich von ihr Abschied nehmen können.« Bettina nickte teilnahmsvoll. »Endlich!«

Gabathuler und Bettina saßen einander an dem kleinen Tischchen in der Küche gegenüber und gaben sich der Ruhe des Morgens und den leckeren Brötchen hin. Es war Montag, also Pfarrersonntag, und Bettina hatte offiziell immer noch Ferien. Sie lehnte sich in ihrem Küchenstuhl zurück und streckte ihre Beine, was trotz des knappen Platzes erstaunlich gut ging.

»Und was geschieht nun mit dem Braincode?«

»Was soll damit sein?«

»Ich bitte dich! Das gestern war eine polizeiliche Großaktion. Die wird doch ein Nachspiel haben. Zudem muss der Code doch irgendwo sein.«

»Das ist nun nicht mehr mein Problem«, sagte Gabathuler und biss in sein Brötchen.

Bettina sah nachdenklich in eine Ecke. »Und du meinst, das kannst du einfach so hinter dir lassen?«

»Ich muss«, antwortete Gabathuler mit entschlossener Stimme. »Ich habe mich Angelas ja nur aus seelsorgerlichen Gründen angenommen.«

»Trotzdem. Du hast der Sache mehr Zeit gewidmet als üblich. Bereits vor ein paar Wochen bist du nach Davos gefahren und hast Marchand besucht.«

»Natürlich hat mich das alles nicht kaltgelassen«, meinte Gabathuler nun leicht ärgerlich. »Und natürlich kitzeln solche Situationen auch den Ermittler in mir wieder wach. Aber ...«

Bettina schaute Gabathuler an, und als von dort nichts mehr kam, hakte sie nach: »Aber?«

»Ich bin jetzt Pfarrer und muss mich wieder auf meine eigentlichen Aufgaben konzentrieren.«

Bettina schwieg. Gabathuler stand auf und machte sich einen weiteren Kaffee. »Nimmst du auch noch einen?«

Mit »Gerne!« hielt sie ihm ihre Tasse hin. Als er ihr den frischen Kaffee hingestellt hatte, goss sie etwas Milch hinein und sagte: »Wenigstens verstehe ich deine Kaltblütigkeit etwas besser.«

»Was meinst du?«

»Ich habe in den vergangenen Fällen immer gestaunt, mit welcher Selbstverständlichkeit du Gewalt angewendet hast.«

»Habe ich das?«

»Roger! Wir sind unter uns. Es hört niemand von der Kirchenpflege zu.«

»Okay«, gab Gabathuler nach. »Fahr fort. Was genau hast du nun verstanden?«

»Zuweilen ist Gewalt notwendig. Das habe ich gestern anschaulich vor Augen geführt bekommen. Ich meine, all die Toten in Davos, das war schrecklich anzusehen. Andererseits, wenn wir nicht so hoch qualifizierte Special Forces hätten, hätten die Chinesen ihr Spiel gewonnen und Marchand auf Nimmerwiedersehen entführt.«

»Da hast du wohl nicht ganz unrecht.«

»Was mir schließlich klar geworden ist: Du hattest mehr als zehn Jahre lang mit solch üblen Gestalten zu tun, da gehörte der Einsatz von Gewalt irgendwann zum Alltag.«

»Darauf sind wir trainiert worden.«

»Für dich gehört Gewalt zum Leben dazu.«

Gabathuler nickte und biss erneut in sein Brötchen.

Wieder dachte Bettina nach. Dann fragte sie: »Wirst du diese harte Seite in dir jemals aufweichen können?«

»Warum sollte ich das wollen?«

»Du kannst sehr sanft und aufmerksam sein. Das macht es mir leicht, dich zu mögen. Aber deine Kaltblütigkeit stößt mich zuweilen ab.«

»Ist das so?«

»Deine gelegentliche Ignoranz den Gefühlen anderer gegenüber ist schon widerwärtig.«

»Wir müssen ja nicht gleich heiraten.«

»Roger, hast du nicht auch manchmal das Bedürfnis, weniger ein, ich weiß auch nicht, Arschloch zu sein?«

»Du bist sehr deutlich in deiner Wortwahl«, meinte Gabathuler mit einem beinahe anerkennenden Tonfall. »Aber ich verstehe, was du meinst.« Dann dachte er kurz nach und sagte: »Weißt du was? Komm doch am nächsten Mittwoch zum Sportplatz in Ganterwald. Da stell ich dir jemanden vor. Okay?«

»Wer wird das sein?«

»Das wirst du dann schon sehen.«

Um halb zwei klingelte die Familie Friedrichs an der Tür des Pfarrhauses.

Am Morgen hatte Frank Gabathuler angerufen und bestätigt, dass Angelas Leiche in Zürich in der Gerichtsmedizin angekommen und so weit hergerichtet worden war, dass sie den Angehörigen gezeigt werden konnte. Das nahm Gabathuler mit großer Erleichterung zur Kenntnis. Und er musste einmal mehr anerkennend feststellen, wie zuverlässig und umsichtig Hug arbeitete. Auf ihre Versprechen konnte man sich verlassen.

In Gabathulers Stimme schwang diese Erleichterung noch mit, als er die Angehörigen begrüßte und sagte: »Endlich können wir zu Angela!« Dann fügte er noch an: »Ich hoffe, ihr hattet einen einigermaßen angenehmen Sonntag.«

»Der war schon in Ordnung«, antwortete der Vater. »Und wie war dein Sonntag?«

Gabathuler berührte diese Frage eigentümlich. Es war die Art, wie er ihn dabei ansah, durch die Gabathuler merkte, dass der Vater nach mehr fragte als nur nach seinem Ergehen.

»Ach ja«, antwortete Gabathuler demonstrativ gelassen, »du weißt ja, wie das ist. Für einen Pfarrer ist der Sonntag immer ein spezieller Tag.«

»Ein Heidenlärm war das gestern«, meinte nun die Mutter. »Gerade als wir aus der Stadt zurückkamen, setzten zwei Hubschrauber zur Landung an. Dass die das an einem Sonntag dürfen!« In dieser Aussage schwang nun gar kein Hintergedanke mit. Es war wieder der beobachtende Blick des Vaters, der Gabathuler seine Reaktion vorsichtiger formulieren ließ.

»Die sind bei der psychiatrischen Klinik gelandet. Die Armee hat einen Spezialeinsatz simuliert.«

Angelas Bruder stand die ganze Zeit schweigend dabei. Ihm war offenbar nicht nach Reden zumute.

»Am besten ist wohl, wenn wir gleich losfahren«, meinte Gabathuler. »Die Fahrt nach Zürich wird eine Weile dauern.«

Sie nahmen wieder das Mietauto der Familie Friedrichs. Aber Gabathuler setzte sich ans Steuer. Der Vater hatte ihn darum gebeten. »Du kommst im Verkehr der Großstadt besser zurecht. Zudem wäre ich nun auch nicht ganz bei der Sache.«

Sie verteilten sich wie nach der Ankunft in Kloten im Wagen. Doch diesmal schwiegen sie während der Fahrt. Sie kamen gut voran. Das Navi lenkte sie zuverlässig vor den Haupteingang des Instituts für Rechtsmedizin. Am Empfang schien man sie schon zu erwarten. Gabathuler brauchte nur seinen Namen zu nennen, da wusste die Dame schon Bescheid. Sie führte Gabathuler und die Angehörigen zu einer Tür, wo sie die vier einem Herrn in weißem Kittel übergab, der sich als Dr. Wullschleger vorstellte. Er war offensichtlich jener Mediziner, der Angelas Leiche untersucht hatte. Er kondolierte den Eltern und dem Bruder und erklärte dann, dass man die Verstorbene eingehend habe untersuchen müssen, was insbesondere angesichts der Feiertage seine Zeit gedauert habe. »Aus diesem Grund, das werden Sie sicher verstehen, können wir sie nicht mehr aufbahren, sondern müssen sie dauerhaft kühlen.«

Vater, Mutter und Bruder nickten betroffen. Insbesondere dem Bruder war anzusehen, dass er angespannt war und wohl auch ein bisschen Angst davor hatte, was er denn nun zu sehen bekäme. Dann zog der Arzt mit einem kräftigen Ruck an einer Tür, und heraus rollte eine Liege, auf der ein menschlicher Körper unter einem weißen Leinentuch lag. Mit ruhiger Hand nahm er das Tuch am oberen Ende und schlug es sanft zurück. Nun blickten alle in das bleiche, kalte Gesicht dieser jungen Frau, die sie bis vor Kurzem noch als Tochter, Schwester oder Forscherin gekannt hatten. Die Mutter konnte einen leisen Schrei nicht unterdrücken. Sie hielt ihre Hand vor den Mund und biss sich in den Zeigefinger. Dann fuhr sie mit zärtlicher Bewegung über die Wange ihrer Tochter.

Vater und Bruder blieben hinter der Mutter stehen. Ihre Augen füllten sich mit Tränen, die schließlich über die Wangen rannen. Die Mutter schluchzte leise. Gabathuler staunte, wie gut Angela hergerichtet worden war. Dass Wälti ihr die Schädeldecke aufgeschnitten hatte, war nicht mehr zu sehen. Gabathuler hoffte einfach, dass die Angehörigen ihr nicht über den Kopf streicheln würden. Nachdem er Angela einen Moment lang aufmerksam betrachtet hatte, trat Gabathuler etwas zurück und stellte sich neben Wullschleger. Die kleine Familie sollte nicht weiter durch seine Gegenwart gestört werden. Den Raum verließ Gabathuler allerdings nicht. Er wollte da sein, falls etwas Außerordentliches geschah. Aber alles blieb ruhig. Einzig ein Schluchzen oder Schniefen drang gelegentlich zu den beiden Männern im Hintergrund. Schließlich räusperte sich der Vater und fragte leise: »Wie geht es nun weiter?«

Wullschleger trat einen Schritt auf den Vater zu. »Wie bitte?«

»Was müssen wir nun machen, damit wir unsere Tochter mit nach Hause nehmen und beerdigen können?«

»Wir werden zusehen, dass der Leichnam Ihrer Tochter an den von Ihnen gewünschten Ort gebracht wird«, sagte Wullschleger. Gabathuler fiel der warme Ton in seiner Stimme auf.

»Wir wohnen in Deutschland in einem kleinen Ort nördlich von Düsseldorf. Ich fürchte, das wird nicht so einfach sein«, meinte der Vater darauf.

»Das verkompliziert die Angelegenheit tatsächlich ein wenig. Aber auch dieses Problem ist durchaus lösbar. Am besten kommen Sie gleich mit in mein Büro. Dort können wir alles Weitere veranlassen«, sagte Wullschleger und trat näher heran. »Wenn ich bitten darf?« Die Mutter blickte auf und sah ihn mit großen, fragenden Augen an.

»Liebling, wir müssen jetzt das Schriftliche regeln«, erklärte ihr der Vater. »Komm, wir müssen gehen.« Liebevoll nahm er ihre Hand und trat mit ihr zusammen einen Schritt zurück. Ebenso sorgfältig schob darauf Wullschleger Angela wieder zurück in die Kühlbox und schloss die Tür. Jetzt, als die Tür zufiel und mit ihrem schweren Klick den Zugang zu ihrer Tochter definitiv und für immer zu verriegeln schien, brach es aus der Mutter heraus. Laut begann sie zu weinen und nach ihrer Tochter zu rufen. Der Bruder schnäuzte kräftig in sein Taschentuch. Der Vater konnte seine Gefühle wohl nur deshalb etwas zurückhalten, weil er sich um seine Frau kümmern musste. Fest hielt er sie in seinen Armen. Schließlich vergrub sie sich ganz darin und weinte nur noch. Nun konnte auch der Vater seinen Tränen freien Lauf lassen. Der Sohn kam dazu. So weinten sie eine ganze Weile gemeinsam und vergaßen ganz die Welt um sich herum. Irgendwann sah der Vater auf und blickte zu Wullschleger und Gabathuler. Er nickte ihnen zu, räusperte sich erneut und sagte zu den Seinen: »Kommt, wir müssen.«

Zwei Stunden später fuhr Gabathuler die kleine Familie zum Flughafen.

Beim Abschied meinte der Vater: »Wir würden uns freuen, wenn du bei der Trauerfeier für Angela dabei sein könntest.«

»Das ist sehr freundlich von euch«, meinte Gabathuler. »Wenn ich es mir einrichten kann, werde ich gerne kommen.«

Er wäre wirklich gerne beim Abschied von Angela dabei gewesen. Aber das Datum stand noch nicht fest, und daher musste er es bei dieser unverbindlichen Antwort belassen. Sie verabschiedeten sich. Gabathuler sah die drei noch durch die Passkontrolle verschwinden. Dann machte er sich auf den Rückweg.

Zu Hause wusste er nicht, was er machen sollte. Ziellos wechselte er von einem Raum in den nächsten. Im Büro konnte er sich auf keine Arbeit konzentrieren. Er ging in die Küche, öffnete die Reispackung und wusste kurz danach nicht mehr, wozu. Dann setzte er sich ins Wohnzimmer und zappte sich durch die Programme, die ihn alle gleichermaßen wenig interessierten. Schließlich fand er sich im Büro wieder. Gedankenverloren blickte er über den Computer hinweg aus dem Fenster. Angelas Eltern und ihr Bruder hatten sich in ihm festgehakt. Er sah die verweinten Augen des Vaters. Und er hörte die nach ihrer Tochter rufende Mutter. Er sah das wächserne Gesicht Angelas, und er hörte das Schniefen des Bruders. Bilder sah er vor dem inneren Auge. Und Stimmen hörte er im inneren Ohr. Die nach ihrer Tochter rufende Mutter war wieder da, die Tränen des Bruders und die roten, verweinten Augen des Vaters. Und er sah Angela vor sich, wie sie mit ihrem wächsernen Gesicht auf der Liege der Kühlbox lag, gekleidet in das sprichwörtlich letzte Hemd, das keine Taschen hat. Anders als Staudinger, der Ikarus gleich vom Braincode beflügelt den Himmel erstürmen wollte und das mit einem bösen Absturz bezahlen musste, hatte sie um die Möglichkeiten und Gefahren ihrer Entwicklung gewusst. Sie hatte sich verbergen und in Ruhe ihre weiteren Entscheidungen überdenken wollen. Aber in der freien Wildbahn, wo die staatlichen Interessen in der Gestalt ihrer Geheimdienste jedes Geräusch ihres Beutetiers zu hören vermögen, konnte Angela nicht lange verborgen bleiben. Und als man wusste, wo sie war, war zugleich die Jagd auf sie eröffnet. Sie hatte keine Chance. Selbst der schweizerische Nachrichtendienst, der Angela sehr zuverlässig überwacht hatte, war von der List des chinesischen Geheimdienstes überrascht worden. Frank hatte ihm am Morgen bei ihrem Telefongespräch noch erzählt, dass die Chinesen einen uralten Stollen entdeckt hätten, der in einen Flügel des über zweihundert Jahre alten Hauptgebäudes geführt habe. Dieser Stollen sei auf keiner Karte eingezeichnet gewesen. Die Chinesen hätten ihn wahrscheinlich auf einem speziellen Satellitenbild für Untergrundstrukturen entdeckt.

Gabathuler rieb sich die Augen und versuchte sich zu konzentrieren. Es war Montag, und er hatte frei. Was sollte er nun also mit dem angebrochenen Abend noch anstellen? Seine Augen wanderten durch das Büro, als könnte eines der Bücherregale ihm eine Antwort auf seine Frage liefern. Als er die Maus ergriff, um den Bildschirm zu wecken, fiel sein Blick auf Angelas Bibel, die er auf seinem Pult deponiert und vergessen hatte. Die hätte ich den Eltern mitgeben können, ging es ihm durch den Kopf. Dann werde ich sie ihnen eben zur Beerdigung mitbringen. Wenn ich mir den Besuch überhaupt zeitlich einrichten kann. Er schlug die Bibel auf. Weil sie verkehrt herum vor ihm lag, öffnete er sie an der Stelle, an der die Familienchronik ihren Platz hatte. In Frakturschrift war aufgelistet, was hier für gewöhnlich eingetragen wurde, nämlich Geburten und Taufen, Hochzeiten und Beerdigungen. Ja, normalerweise fand man hier solche Einträge. Aber in dieser Bibel waren keine Namen eingetragen. Kein Hausvater, keine Hausmutter, keine Kinder und keine Sterbefälle. Das verwunderte Gabathuler ein wenig, denn bis anhin war er davon ausgegangen, dass die Bibel für Angela deshalb so wertvoll war, weil sie für die Familie eine Bedeutung hatte. Er drehte das Buch um und schlug den Deckel auf. »Stuttgarter Jubiläumsbibel«, las er da und weiter unten die Jahreszahl 1912. Es war eine jener Ausgaben, die er schon öfter gesehen hatte. Was ihm auffiel, war der gute Zustand. Diese Bibel war nicht viel gelesen worden und hatte auch sonst keine große Geschichte zu erzählen. Genau genommen schien die Delle, die der Stockhieb von Schulz auf dem Deckel hinterlassen hatte, der einzige Schönheitsfehler zu sein. Gabathuler blätterte die nahezu makellosen Seiten der Genesis durch. Er fand keine Notizen, keine Eselsohren. Nichts. Als er allerdings zum zweiten Buch der Bibel kam, staunte er nicht schlecht. Mit großen Augen starrte er auf die erste Seite dieses zweiten Buches und damit im Grunde auch auf alle weiteren. »Ha!«, entfuhr es ihm laut. Ab diesem zweiten Buch war in die Seiten ein Loch von der Größe eines leistungsfähigen Memorysticks eingegraben. Und darin lag ein solcher, und zwar von der Art, wie er ihn damals in der Ludothek gesehen hatte, als Angela ihm den Braincode zeigte. Gabathuler musste nicht lange überlegen, was auf diesem Stick wohl gespeichert war. »Ha!«, rief er ein zweites Mal. Er klaubte den Stick heraus und betrachtete ihn staunend. »Angela, du hast uns alle überlistet!« Sie hatte den Stick mit dem Algorithmus des Braincodes darauf vor aller Augen versteckt. Sie hatte erfolgreich darauf gewettet, dass ohnehin niemand die Bibel anfassen und aufschlagen würde. Einzig der Pfarrer, zu dem sie Vertrauen gefasst hatte, würde sie sich wohl allein schon aus beruflichem Interesse mal näher ansehen. Und damit hatte sie die Entscheidung, was denn nun mit diesem mächtigen Instrument geschehen soll, auf ihn übertragen.

Gabathuler legte den Stick zurück in das ausgeschnittene Fach. Dabei fiel ihm auf, dass auf der letzten Seite der Genesis ein Satz unterstrichen war. Es war der berühmte Satz am Schluss der Josefsgeschichte. Er musste ihn gar nicht mehr lesen, denn er kannte ihn auswendig. Der Satz stand in Genesis 50, Vers 20. Laut zitierte er vor sich hin: »Ihr gedachtet es böse zu machen. Gott aber hat es zum Guten gewendet.« Die fromme Angela aus dem kleinen Ort Neukirchen-Vluyn kannte ihre Bibel. Sie hatte geahnt, dass die Sache böse ausgehen konnte. Ihr Vermächtnis aber war Hoffnung. Die Hoffnung darauf, dass Gott alles zum Guten wenden würde. Das berührte Gabathuler. Er lachte leise vor sich hin, hätte aber ebenso gut weinen können. Dann stutzte er noch einmal. Und wieder musste er über Angela staunen. Die inhaltsleere Sprachnachricht, die er damals von ihr bekommen hatte, sollte gar keine Aussage haben. Sie sollte einzig ihre Stimme digitalisiert speichern, damit das Braincode-Programm gestartet werden könnte. Die Schlüsselwörter wie ihren Namen, »Code« und »Starten« hatte sie aufgesprochen. Und hatte sie damit nicht auch gesagt, dass sie im Zweifelsfall Marchand vertraute und ihm den Code aushändigen würde?

Gabathuler schlug die Bibel zu und stand auf.

In den folgenden Tagen konnte er unerledigte administrative Aufgaben abarbeiten und sich auf die Vorbereitung des Pfingstgottesdienstes konzentrieren. Er hatte zum Glück wenig Termine. Am Mittwoch hatte er sich mit Bettina beim Sportplatz Ganterwald verabredet.

»Jetzt bin ich aber gespannt, wen du mir vorstellen willst.«

»Du wirst ihn gleich sehen.« Und tatsächlich, es dauerte keine zwei Minuten, da kam Linus aus der Garderobe. Die Sporttasche hatte er geschultert.

Gabathuler hatte Pia Konrad versprochen, Linus vom Probetraining beim FC Ganterwald abzuholen. Daher steuerte Linus auch direkt auf Gabathuler zu, nachdem er ihn entdeckt hatte.

»Na, wie war das Training?«, fragte Gabathuler.

»Ganz okay«, meinte Linus. »Der Trainer, Herr Giubellini, ist ein lustiger Mann.« Dann blickte Linus zu Bettina.

»Linus«, sagte darauf Gabathuler, »darf ich dir vorstellen, das ist Bettina. Bettina, das ist Linus.«

Bettina hielt ihm die Hand hin. Linus ergriff sie und sagte nur: »Hallo.«

Dann gingen sie zu Gabathulers Wagen. Linus hopste auf den Rücksitz. Gabathuler startete den Motor.

»Nun wirst du entscheiden müssen, ob du Fußball spielen oder weiter den CVJM besuchen willst.«

»Geht denn nicht beides?«, fragte Bettina.

»Nein«, antwortete Linus nach vorne. »Im Fußball müssen wir an den Wochenenden gegen andere Mannschaften spielen. Die Spiele finden oft am Samstag statt.«

»Und weißt du schon, wofür du dich entscheiden wirst?«

»Ich weiß nicht. Fußball ist schon cool. Aber im CVJM gibt es mehr Abwechslung. Da erleben wir jedes Mal eine andere Geschichte.«

Als sie bei Linus zu Hause angekommen waren, klingelten sie unten und stiegen die Treppen hoch. Oben stand Pia in der offenen Tür und empfing ihren Sohn und Gabathuler mit freudestrahlendem Gesicht. Als sie Bettina sah, wich der Glanz ihres Lächelns und bekam eine angestrengte Note. Gabathuler stellte ihr Bettina vor. Sie reichten sich die Hand.

»Und hat alles geklappt?«, fragte Pia.

»Alles bestens«, antwortete Gabathuler. »Nun steht Linus vor der Qual der Wahl.«

»Ja, das steht er wohl«, sagte Pia, und es war ihr anzusehen, dass anderes ihre Gedanken beschäftigte. »Kann ich euch noch zu einem Glas Wein überreden? Die Flasche ist schon offen«, fügte sie an.

»Das ist sehr freundlich«, sagte Gabathuler, ohne Bettinas Reaktion abzuwarten, »aber wir müssen weiter.«

»Na dann«, sagte Pia und bedankte sich noch einmal bei Gabathuler.

Schweigend stiegen Bettina und Gabathuler die Treppe hinunter. Als sie aus dem Haus traten, legte Gabathuler seine Hand um Bettinas Taille. So ging er mit Bettina zum Auto und hielt ihr die Tür auf.

»Was ist denn in dich gefahren?«, fragte Bettina erstaunt. »Hast du eine Schule für Gentlemen besucht?«

Gabathuler ging um den Wagen herum, und im Augenwinkel sah er, dass Pia aus dem Fenster schaute. Er stieg ein.

»Kannst du mir sagen, was das hätte sein sollen?«

»Ich wollte dir Linus vorstellen.«

»Wieso?«

»Der Mann von Pia ist damals, vor etwa acht Jahren, bei dieser großen Schießerei … du weißt, welche Schießerei ich meine?«

»Die, in der Frank V-Mann war und du vier Russen umgelegt hast.«

»Genau diese. Also dabei ist auch der Mann von Pia umgekommen. Sie war damals wohl schwanger mit Linus.«

Bettina schwieg. Dann fragte sie: »Und wieso sollte ich den jetzt kennenlernen?«

»Ich versuche, etwas gutzumachen. Und ich wollte, dass du das weißt. Ich versuche … ich möchte die Vergangenheit nicht einfach abschalten und vergessen. Und hier habe ich das Gefühl, dass ich Schaden gutmachen kann.«

»Okay«, meinte Bettina. »Das ist bestimmt ein Schritt in die richtige Richtung.« Wieder machte sie eine Pause. »Meine Frage ist, welchen Schaden hast du angerichtet? Du hast doch seinen Vater nicht umgebracht.«

Das war der wunde Punkt an der Sache. Gabathuler hatte mit dieser Rückfrage gerechnet.

»Linus wächst ohne Vater auf. Und weil ich damals die Operation geleitet habe, fühle ich mich auch verantwortlich für das, was geschehen ist. Besonders, weil die Aktion schiefgelaufen ist. Und wenn ich mich jetzt ein wenig um den Jungen kümmere, habe ich das Gefühl, wenigstens ein bisschen etwas gutzumachen.«

Gabathuler lenkte das Auto aus der Stadt heraus. Er war froh, dass Bettina verstanden hatte, was er beabsichtigte, und es für gut befunden hatte. Und er hoffte tatsächlich auch, dass dies sein Verhältnis zu seiner Polizeivergangenheit wenigstens ein bisschen verändern würde.

»Das freut mich für dich! Das könnte eine gute Sache werden, wenn du dich um den Knaben kümmerst.«

»Das hoffe ich sehr.«

»Und die Mutter? Wie sehr ›kümmerst‹ du dich um die Mutter?« Gabathuler konnte diese Frage nicht missverstehen.

»Wieso fragst du das? Ich bin liiert!«

»Aber du bist ein Mann. Ein attraktiver, wenn ich mir die Bemerkung erlauben darf. Und die Mutter hatte sich nicht nur wegen Linus' Begeisterung so gefreut.«

»Das war der Grund, weshalb ich dich nicht weiter vorgestellt habe. Sie sollte den Eindruck bekommen, dass es eine Frau in meinem Leben gibt.«

»Und du meinst, das reicht?«

»Ich mache jede Wette mit dir, dass sie Linus gleich, nachdem wir weggefahren waren, nach dir ausgefragt hat.«

»Er wird ihr aber nicht mehr sagen können, als sie schon weiß.«

»Manchmal sagt man mehr, wenn man Situationen sprechen lässt.«

Bettina dachte kurz nach. »Ach, darum hast du mir die Hand um die Taille gelegt?«

»Sie hat aus dem Fenster geschaut. Ich wollte sicherstellen, dass die Botschaft ankommt.«

Bettina musste lachen.

Nachdem er seine Schwester abgesetzt hatte, fuhr er nach Hause, aß eine Kleinigkeit und fiel bald in einen tiefen Schlaf.

Am nächsten Morgen überraschte ihn eine SMS von Marchand: Er solle ihn anrufen.

In dem kurzen Gespräch bat ihn Marchand um einen Gefallen.

»Ich kann wohl für längere Zeit nicht in mein Haus in Meilen. Ich werde hier unter der Obhut des schweizerischen Nachrichtendienstes bleiben müssen. Daher wollte ich Sie fragen, ob Sie mir zwei Dinge besorgen könnten. Sie haben vor allem emotionalen Wert für mich. Aber ich würde sie gerne bei mir haben.«

»Gerne. Was sind das für Gegenstände?«

»Wichtiger ist, dass ich Ihnen beschreibe, wo Sie sie finden.«

Marchand beschrieb ihm den Ort, wo er die beiden Sachen versorgt hatte. Er erklärte ihm, wie er die Alarmanlage ausschalten und am Schluss wieder einstellen konnte.

»Und wie komme ich überhaupt in Ihr Haus rein?«

»Das sage ich Ihnen, wenn Sie in Meilen sind. Könnten Sie das am Samstag erledigen? Frau Hug, Herr Herzog und Herr Ha wollen mir wieder einen Besuch abstatten. Auf dem Vorbeiweg könnten Sie ihnen die Sachen übergeben.«

Das bedeutete für Gabathuler, dass er am Freitag die Predigt für Pfingsten fertig haben musste. Und, ging ihm auch plötzlich durch den Kopf, vielleicht ergibt sich ja noch ein Treffen mit Bridschet! Je länger er darüber nachdachte, desto besser gefiel ihm der Gedanke an ein Treffen mit seiner Gelegenheitsflamme. Zudem wusste er seit damals, als er für Anastasija jemanden brauchte, der sich um sie kümmerte, dass Bridschet mittlerweile auch einfach eine gute Freundin geworden war. Ohne zu zögern, hatte sie damals zugesagt und sich den Unterricht, Bridschet war Lehrerin, zurechtgelegt. So eine Freundin konnte er nun gebrauchen. Denn es würde für weniger Aufmerksamkeit sorgen, wenn sie in ihrem Auto zu Marchands Haus fahren würden.

Am Abend sprach er mit Barbara per Videotelefonie. Sie war müde. Die Arbeit im Weinberg brauchte wieder ihre ganze Kraft und Aufmerksamkeit. Hinzu kam nun noch der Kleine, der nicht eben wenig Energie und Zuwendung einforderte.

Das Gespräch verlief entsprechend zäh. Barbara war nicht nur körperlich weit weg.

»Vermisst du mich wenigstens ein bisschen?«

»Gelegentlich vermisse ich dich sogar sehr«, meinte Barbara darauf. »Denn manchmal wäre es schon schön, wenn ich den Kleinen abgeben könnte.«

»Wie romantisch«, sagte Gabathuler, wobei es sarkastischer klang, als es gemeint war.

»Verzeih, Roger. Aber Noah und der Weinberg zusammen sind mehr als ein Fulltime-Job. Ich habe schlicht keine Kraft mehr, dich zu vermissen.«

»Würdest du dich denn freuen, wenn ich an Pfingsten nach dem Gottesdienst zu euch fahren würde?«

»Hast du nicht gesagt, du hättest kaum Zeit dafür?«

»Ich müsste am Montagabend bereits wieder zurückfahren. Aber für vierundzwanzig Stunden wäre ich bei euch.«

»Ja klar. Das ginge.«

»Die Begeisterung springt dir nicht gerade aus dem Gesicht«, meinte Gabathuler hörbar enttäuscht.

»Was soll ich sagen, Roger? Es ist immer schön, dich zu sehen. Aber ich bin zu müde, um jetzt noch in Begeisterungsstürme auszubrechen. Mach, was du willst. Sag mir einfach rechtzeitig, wie du dich entschieden hast. Ich muss Schluss machen.« Und mit einem Kussmund in die Kamera verabschiedete sie sich.

Seit sie wieder im Südtirol war, hatten die Gespräche mit ihr einen Grad an Nüchternheit erlangt, der ihm missfiel. Denn auch an Sonntagen – und sie sprachen meist am Sonntag miteinander – schien ihr Interesse an ihm und seinem Ergehen doch ziemlich erlahmt zu sein. Andererseits hatte sie es ja auch tatsächlich nicht leicht. Und da verstand Gabathuler schon, dass verbale Zärtlichkeiten zuweilen etwas viel verlangt waren. Nur, wie sollten sie ihre Beziehung pflegen, bei dieser Distanz? Und Barbara hätte ja auch mal von sich aus anrufen können. Diesbezüglich schien ihre Initiative nicht gerade stark ausgeprägt zu sein.

Er wollte das enttäuschende Gespräch von heute Abend nicht überbewerten. Stattdessen nahm er sich vor, sie am Samstagmorgen in aller Früh noch einmal zu kontaktieren. Danach würde er entscheiden, ob er die Fahrt nach Bozen unter die Räder nehmen wollte oder nicht.

Bridschet war dabei. »Aber klar, gerne doch!«, rief sie freudig ins Handy, nachdem ihr Gabathuler sein Vorhaben erklärt hatte. »Ich dachte schon, ich müsste die Pfingsttage ganz alleine verbringen. Nun kann ich sogar bei einer Spionageaktion dabei sein!«

»Versprich dir nicht zu viel davon. Du wirst mich vor allem hinfahren, im Auto warten und mich dann wieder wegfahren. Spektakulärer wird's nicht.«

»Das reicht mir schon vollkommen, sofern wir nachher noch etwas essen gehen. Wir gehen doch danach noch essen, nicht wahr?«

»Versprochen. *My treat!*«

»Soll ich uns etwas reservieren? Oder soll ich Pizza bestellen?«

»Du weißt schon, dass ich in einer festen Beziehung bin, oder?«

»Deswegen wirst du trotzdem Hunger haben. Und Pizza schmeckt immer.«

»Lass uns das doch am Samstag entscheiden«, meinte Gabathuler.

»Okay«, sagte Bridschet. »Dann wird es Pizza werden.«

»Das habe ich nicht gesagt.«

»Bist du sicher?«

Gabathuler lachte und sagte: »Wir treffen uns um zwei Uhr am Bahnhof. Um vier müssen wir die Sachen übergeben. Das sollte reichen.«

Sie legten auf.

Der Samstag kam, und Gabathuler rief Barbara an. Barbara war schon wach und trug Noah auf dem Arm.

»Er hat gerade gegessen«, erzählte sie mit munterer Stimme und verschlafenen Augen. Gabathuler winkte dem Kleinen zu, der nicht wirklich verstand, wer ihn da aus dem Bildschirm ansah. Gabathuler gab noch ein paar Silben von sich, die an ein Babygebrabbel erinnerten. Dann fragte Barbara: »Und wie hast du dich entschieden?«

Sie kommt gleich zur Sache, dachte Gabathuler. »Ich war mir nicht sicher, ob du dich freust, wenn ich am Sonntag am späteren Nachmittag eintreffe und einen Tag später wieder verschwinde.«

»Du würdest dich bestimmt freuen, den Kleinen zu sehen«, meinte Barbara.

»Danach habe ich nicht gefragt.«

Nun setzte sich Barbara gerade vor den Bildschirm. Aber ihre Augen wanderten mehr über die Tastatur und die Fläche daneben, als dass sie direkt in die Kamera geblickt hätte.

»Roger … ich weiß auch nicht … du bist sehr weit weg. Ich bin sehr weit weg. Ich habe mich sehr nach einer Beziehung mit dir gesehnt. Und die Geburt von Noah schien dieses Glück nun endlich zu besiegeln.« Sie machte eine Pause.

»Aber?«, fragte Gabathuler in ihr Schweigen hinein.

»Aber die Geschichte unserer Beziehung scheint nicht weiterzugehen. Oder besser gesagt, sie scheint stillzustehen. Das meine ich mit ›du bist weit weg‹.«

»Dass das so werden würde, wussten wir.«

»Aber ich hatte wohl gehofft, dass sich irgendwie eine Lösung ergeben würde, die mehr Alltäglichkeit zulässt. Stattdessen müssen wir unsere Wiedersehen sorgfältig planen.«

»Was ist daran falsch?«

»Es fühlt sich an, als würde ich in meiner Agenda für einen Gast Platz machen und nicht meinen Partner und den Vater meines Kindes erwarten. Verstehst du, was ich meine?«

Gabathuler verstand. »Du bist wieder in deinem Leben und ich in meinem. Und das eine hat mit dem anderen nichts zu tun.«

»So fühlt es sich jedenfalls für mich an«, bestätigte Barbara. »Deshalb darfst du auch nicht erwarten, dass ich euphorisch reagiere, wenn du dein Kommen ankündigst.«

»Euphorie habe ich nicht erwartet, aber Freude wäre schon schön gewesen.«

»Mir gefällt die Situation doch auch nicht, Roger. Aber ich weiß echt nicht, wie unsere Geschichte weitergehen soll.« Das war sehr ernüchternd. Aber Gabathuler war dankbar für die offenen Worte. Gerne hätte er weiter mit Barbara über ihre Zukunft gesprochen. Doch Noah hatte gerade den Inhalt seines Magens wieder von sich gegeben, und ihr blieb nichts anderes übrig, als das Gespräch abzubrechen und sich um den Sohn zu kümmern.

Gabathuler hatte seinen Saab in der Meilener Tiefgarage abgestellt. Bridschet traf er auf dem Park-and-ride-Feld vor dem Bahnhof. Sie wartete in ihrem roten Mini.

»Na, dann mal los«, sagte er, nachdem sie sich begrüßt hatten und er auf dem Beifahrersitz Platz genommen hatte. Er dirigierte Bridschet durch Meilen zu jenem kleinen Hügel, auf dem Marchands Villa stand. Als sie das Sträßchen hinunterfuhren, an dem das Haus lag, sah Gabathuler schon von Weitem ein Auto mit Diplomatenkennzeichen vor dem Haus stehen.

»Marchand hatte recht«, meinte Gabathuler. »Sein Haus

wird überwacht. Wenn wir da jetzt hineingehen, werden wir nicht allein bleiben.«

»Was machen wir denn nun?«, fragte Bridschet.

»Fahr einfach dran vorbei. Ich habe noch einen Plan B.« Bridschet lenkte den Mini an Marchands Haus und dem Diplomatenwagen vorbei. Als sie auf gleicher Höhe waren, schielte Gabathuler hinüber und erkannte ein asiatisches Gesicht. »Die Chinesen scheinen nicht aufzugeben.«

»Woher weißt du, dass es die Chinesen sind? Es könnten ja auch Japaner oder Nordkoreaner sein.«

»Du hast recht. Es ist nur eine Vermutung von mir«, gab Gabathuler zu, murmelte aber noch vor sich hin: »Allerdings basiert sie auf einschlägigen Erfahrungen.« Unten angekommen, lotste er Bridschet auf den Parkplatz des Schulhauses.

»Du wartest hier. Ich bin gleich zurück.«

»Fehlt da nicht noch etwas?«

»Wie meinst du das?«

»Ist das nicht die Stelle, wo der Held zu seiner Begleiterin sagt: ›Wenn ich in fünfzehn Minuten nicht zurück bin, schlägst du Alarm‹ oder ›rufst du diese Nummer an‹.«

»Du hast recht«, antwortete Gabathuler mit einem Schmunzeln. »Gib mir eine halbe Stunde. Wenn ich dann nicht wieder neben dir sitze, rufst du diese Nummer an.« Per Airdrop ließ er Bridschet die Nummer von Frank zukommen.

»Geht in Ordnung«, bestätigte Bridschet und lächelte ebenfalls.

»Und noch etwas«, sagte Gabathuler mit gespielt ernster Miene, »beweg dich nicht von der Stelle!« Bridschet lachte laut auf. Dann war Gabathuler verschwunden.

Marchand hatte ihn vorgewarnt, dass sein Haus womöglich unter Beobachtung stehen würde. Aber Gabathuler kannte ja den Weg durch das Schulhaus und den Fluchttunnel. Die Tür war mit einem Code geschützt. Nachdem Gabathuler Marchand mitgeteilt hatte, dass er um zwei Uhr das Haus zu betreten gedenke, hatte ihm Marchand fünf Minuten vorher den Code geschickt. »Tippen Sie einfach unser Forschungsprojekt ein«, las Gabathuler in seiner SMS. Direkte Kommunikation hat der wohl verlernt, dachte Gabathuler bei sich. Denn die Mitteilung klang vielleicht etwas enigmatisch. Aber wirklich schwierig war das Rätsel nicht. Im Kellergeschoss öffnete Gabathuler die Holzwand mit einem Druck an der richtigen Stelle und ging denselben Weg zurück, den er damals nach dem Besuch bei Marchand gegangen war. Er kam in die Garage mit den edlen Karossen und trat schließlich an die Tür mit einem Zahlendisplay anstelle des Schlüssellochs. Er tippte BRAINCODE ein, und sie gab nach. Nun stieg er den langen Flur zu Marchands Haus hinauf. Bewegungsmelder ließen die Deckenbeleuchtung angehen, und als er sich auf die Kellertür zubewegte, die direkt ins Haus führen würde, sah er darüber eine Kamera montiert, die durch ein kleines rotes Licht zu verstehen gab, dass sie aktiv war. Gabathuler hatte die Tür noch nicht erreicht, als er ein leises Klicken hörte. Er konnte eintreten. Dem entgeht nichts, was in seinem Haus geschieht, dachte Gabathuler und schmunzelte vor sich hin.

Die Beschreibung durch Marchand war sehr präzise. Zudem kannte er die Räumlichkeiten ja von seinem ersten Besuch schon ein wenig. Im Arbeitszimmer setzte er sich auf den Bürostuhl und zog die Schublade auf, die sich unter der Arbeitsfläche befand. Zwei schwere gebundene Bücher nahm er heraus. Das eine war ein Fotoalbum voller schwarz-weißer Fotos mit den typisch weißen gewellten Rändern. Aufgrund der Bildanschriften vermutete Gabathuler, dass dies Bilder von Marchands Eltern und Großeltern waren. Das andere war ein Tagebuch. Gemäß Aufschrift befanden sich darin Aufzeichnungen aus den Jahren 1942 bis 1945. Wahrscheinlich hatte Marchands Großmutter sie verfasst. Gabathuler besah sich die beiden Gegenstände, die da vor ihm auf dem Pult lagen. Keinen Datenspeicher, keinen Laptop oder dergleichen sollte er für Marchand aus dem Haus retten. Nein, Erinnerungsstücke an seine Geschichte, an seine Herkunft. Keine abstrakten, aber sehr wirkmächtigen Algorithmen, sondern Dokumente seines individuellen und unverwechselbaren Menschseins. Es gehört eben beides zusammen, das eine ist ohne das andere nicht zu haben. Das wird auch in Zukunft so bleiben, dachte Gabathuler bei sich und musste wieder schmunzeln.

Neben dem Schreibtisch fand Gabathuler eine leere Ledermappe, wie von Marchand beschrieben. Dorthinein steckte er das Album und das Tagebuch und verließ den Raum. Im Wohnzimmer gönnte er sich noch einmal einen Blick aus dem Fenster. Die Aussicht auf den ruhig daliegenden See und die mächtigen weißen Berge im Hintergrund war schlicht eindrücklich. Auch das wird eine künstliche Intelligenz nie genießen können, ging es Gabathuler durch den Kopf. Dann verließ er das Haus auf demselben Weg, wie er es betreten hatte, und fand auf dem Parkplatz Bridschet im Auto wartend vor.

»Du bist zu früh«, meinte sie. »In den Agentenfilmen kommt der Held doch immer sehr knapp oder sogar etwas zu spät, sodass die Begleiterin unmittelbar davor ist, Alarm zu schlagen.«

»Ich bin eben besser als die Filmhelden und komme gar nicht erst in solche brenzligen Situationen.«

Bis es so weit war, die Mappe Hug zu überreichen, tranken sie einen Kaffee und fuhren danach zum Bahnhof. Pünktlich um vier Uhr rauschte die Limousine mit Hug, Ha und Frank vor. Der Fahrer stieg aus und öffnete Hug die Tür. Frank, der neben Hug auf dem Rücksitz saß, stieg ebenfalls aus.

»Sie haben etwas für mich?«, fragte Hug.

»Herr Marchand bat mich, Ihnen diese Mappe mitzugeben.« Er händigte ihr die Ledermappe aus. »Es sind Familiendokumente. Marchand ist eben auch nur ein Mensch.« Hug reichte die Mappe an Frank weiter.

»Bestimmt«, meinte Hug.

»Ich denke nicht, dass die Dokumente für Sie von Interesse sein werden«, fügte Gabathuler an.

»Das werden wir sehen«, meinte Hug, deren Blick hinter einer dunklen Sonnenbrille verborgen blieb. »Ist das alles?«

»Da wäre nur noch diese Bibel«, sagte Gabathuler. »Sie hat eine Delle, weil Schulz einmal darauf eingeschlagen hat. Ich möchte sie Marchand schenken. Als Mahnung, wie gefährlich sein Unterfangen ist und bleibt. Zudem ist es ein lesenswertes Buch.«

»Das ist es bestimmt«, sagte Hug und reichte auch die Bibel direkt an Frank weiter. »Herr Gabathuler, ich danke Ihnen für Ihren Einsatz. Dass wir alle Frau Friedrichs nicht besser schützen konnten, bedaure ich sehr.«

Gabathuler nickte und schwieg.

»Ich hoffe«, fuhr Hug fort, »dass Sie sich nun ganz auf Ihre Arbeit als Pfarrer konzentrieren können.«

Ihre ruhige, bestimmte Art, verbunden mit ihrer warmen Stimme, klang sehr freundlich und zuvorkommend. Doch Gabathuler hörte, was sie eigentlich damit gemeint hatte. In Wirklichkeit hatte sie gesagt: »Ich erwarte, dass

Sie sich von nun an ganz um Ihre eigenen Angelegenheiten kümmern werden.«

»Ich hatte nie etwas anderes vor«, antwortete Gabathuler mit freundlichem Lächeln.

»Na dann, alles Gute!«, sagte Hug und ging zum Wagen, wo der Fahrer ihr die Tür aufhielt. Ha nahm auf dem Beifahrersitz Platz.

»Ich hoffe, wir treffen uns bald mal wieder zum Bier«, sagte Frank und reichte seinem Freund die Hand.

»Das ist überfällig!«, meinte Gabathuler.

»Ich bin in diesem neuen Job nun eben sehr eingespannt«, erklärte Frank. »Es ist unglaublich spannend für mich. Aber eben auch unglaublich zeitintensiv.«

Gabathuler schlug seinem Freund auf die Schulter. »Ich freu mich für dich. Melde dich, wenn du mal wieder ein Zeitfenster für mich hast.«

»Mach ich«, versprach Frank und stieg neben Hug in die Limousine.

Als Frank im Auto saß, sagte Gabathuler noch: »Und grüß mir bitte deine Frau und Kinder. Sieh zu, dass sie auch morgen noch wissen, wie du aussiehst.«

Frank lächelte, dann schlug Gabathuler die Tür zu, und die vier fuhren los.

Gabathuler sah dem Wagen nach und konnte ein breites Grinsen nicht unterdrücken. Er hatte mit Genugtuung gesehen, wie Frank die Bibel in die Tasche am Vordersitz versorgt hatte. Und nun malte er sich aus, wie sie auf dem Rücksitz das Tagebuch und das Fotoalbum durchstöbern würden nach Hinweisen auf versteckte Botschaften und Informationen. Wie sie womöglich an der Autobahnraststätte Heidiland haltmachen und sich zu dritt über die beiden Familiendokumente beugen und nach Hinweisen auf den Braincode suchen und schlicht nichts finden würden.

Sie würden nichts finden, weil sie die Bibel, die vor ihren Augen war, keines Blickes würdigen würden. Sie würden schließlich die Ledermappe Marchand aushändigen. Die Bibel ginge im ersten Moment vergessen. Aber weil Frank ein zuverlässiger Polizist und Freund war, würde er im letzten Moment daran denken und die Bibel noch schnell und ganz nebenbei Marchand in die Hand drücken.

Gabathuler wusste, dass dies nun eine Wette war, die er da einging. Denn sicher sein konnte er sich nicht. Aber, dachte er bei sich, sollte es anders herauskommen, dann wäre das auch keine Katastrophe. Doch er sollte recht behalten. Später am Abend erhielt er eine SMS von Marchand. »Herzlichen Dank für die Ledermappe. Ich bin froh, diese Sachen bei mir zu haben. Und danke für die Bibel. Die ist wirklich lesenswert!«

Gabathuler lachte. Dann schickte er ihm noch die Sprachnachricht von Angela. »Sie bat mich, Ihnen diese Nachricht bei Gelegenheit zu schicken. Ich denke, der Moment ist nun gekommen. Machen Sie's gut und machen Sie etwas Gutes! Ihr Pfarrer Gabathuler.«

Gabathuler stieg zu Bridschet ins Auto. »Was machen wir jetzt?«, fragte sie.

»Wir wollten doch etwas essen gehen«, antwortete Gabathuler.

»Schon, aber wo?«

»Ich war schon lange nicht mehr in meiner Wohnung. Ich schlage vor, dass wir uns dort einen Apéro genehmigen und dann weitersehen.«

»Ich habe ja gesagt, es wird Pizza geben«, gab Bridschet mit lässiger Haltung von sich und drückte aufs Gaspedal.

An der Hans-von-Gunten-Strasse angekommen, mixte Gabathuler für Bridschet einen Gin Tonic und für sich selber einen Whisky Cola. Sie setzten sich aufs Sofa und blickten aus dem großen Fenster. Der Zürichsee lag ruhig vor ihnen, die Sonne bewegte sich auf den Üetliberg zu und tauchte die ganze Szenerie in zunehmend warmes Licht. Bridschet erzählte von der Schule und wie sie immer noch die Jugendlichen liebte, die frech und undankbar sein konnten und gleichzeitig das Leben zu erkunden suchten und froh waren, wenn man ihnen dabei half.

Dann piepste Gabathulers Handy. Er öffnete die WhatsApp-Nachricht. Sie stammte von Barbara. Gabathuler las ihre Zeilen, runzelte die Stirn und las nochmals, was sie geschrieben hatte.

Bridschet achtete nicht weiter darauf. Sie genoss es, wieder einmal mit Gabathuler in seiner Wohnung zu sein.

»Also, was ist jetzt«, fragte sie, während ein Lächeln ihre Lippen umspielte, »essen wir nun Pizza oder«, und nun senkte sie leicht ihre Stimme und neigte sich zu Gabathuler hin, »oder essen wir ›Pizza‹?«

Gabathuler sah zu der verführerischen Bridschet. Dann las er noch einmal, was Barbara geschrieben hatte:

»Was hältst du davon, wenn wir gemeinsam an einen dritten Ort ziehen, nicht Winterthur, nicht Bozen und – heiraten? Schöne Pfingsten!«

ENDE